U0684417

Memory
House

记忆坊出品

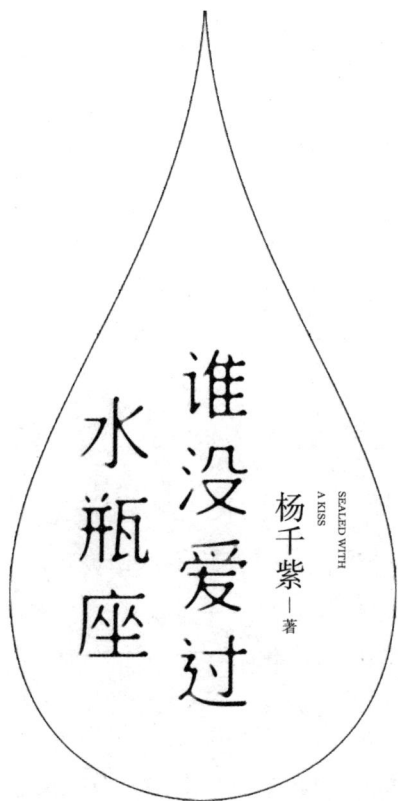

谁没爱过
水瓶座

SEALED WITH
A KISS

杨千紫—著

江苏凤凰文艺出版社
JIANGSU PHOENIX LITERATURE AND
ART PUBLISHING, LTD

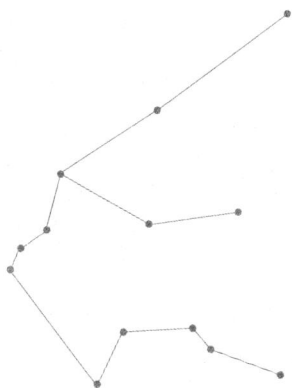

目录

新年的铃声就要敲响，我很快就要二十六岁了。

听说这个年纪就像一朵花，到了最艳丽的顶峰，要开始走下坡路了。

从此我不会再熬夜，不会再不涂眼霜就睡觉，也不会再在大半夜任性地给你打电话。

我的青春，就快要过去了吗？

我所有的年少轻狂，需要就此收敛，像忘记你一样，忘记那些逝去的时光吗？

安澜，我对你，爱就爱得天翻地覆，恨也恨得刻骨铭心。

后来我终于明白，有些人只能用来仰望，有些人只能用来遗忘。

你曾是我生命里最美的风景，即使喜欢到骨头里，也注定无法拥有。

想通了，也就放下了。可是当一切烟消云散，你为什么要重回我的世界，告诉我，我的幸福一定要与你有关？

要知道，我已经习惯了不幸福的人生啊。

我们之间的一切，也将如秘密一样石沉大海，就好像从来没有发生过一样。

第一章
我也不想这样

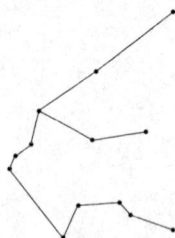

忽然间，毫无缘故；

再多的爱，也不满足。

想你的眉目，想到迷糊，

不知不觉让我中毒……

——王菲《我也不想这样》

1.

2010。

接到霄霄电话的时候，我正从考场往外走，这两天沈阳又降温了，晚上特别的冷。我一边戴红毛线手套，一边歪着脖子夹着手机："啊？宝贝你说什么？我跟好大一坨人挤在楼道里，沙丁鱼似的，听不清楚啊……"

霄霄在那头哇啦哇啦说了一堆，我只听清了最后一句："哎哟我去，人也能用'坨'来形容，你可真不愧是中文系的大才女啊！"

2010年12月5日，万众瞩目的国考。

记得霄霄昨天想找我逛街，被我严词拒绝了，我说姐明天还要早起参加国考呢，哪像你一天到晚不做正经事？

她怔了怔，然后挺认真地问我："国考是什么？你才研一，就开始考博啦？"

作为一个刚毕业的见习小律师，她竟然不知道国考指的是国家公务员考试。

我真羡慕她，可以不带脑子地活到现在。

第二门考试在下午四点半结束，考场在本市一所偏远的非重点中学，又破又旧，冬天过去就好像回到了九十年代。

哪像我的母校四十三中，富丽堂皇，一到放学时间门口车水马龙，所有的气氛都在烘托两个字——有钱！

所以当年的四十三中就像是偶像剧里的贵族学校，里面虽然没有活的王子，却聚集了本市最具潜力的高富帅幼苗。

因为公务员考试不允许提前交卷，所以大家都是在同一个时间从考场往外走。

楼道很窄，黑乎乎的，人与人之间挨得很近，我被挤得十分狼狈，只好先挂断了霄霄的电话。

我把手机从脖子底下拿出来，脖子好酸，就往后甩了下头——肩膀端了一天，此刻酸得不行，这样子甩一下舒服多了——哪知紧接着前额却是一痛，身后传来一声轻微的闷响，好像撞到了什么人。

此时楼道里只点着一盏橘色的灯，昏黄的光线笼罩着黑压压的一片人群。

北方的夜，冷而生硬，即使是在室内，空气里依然寒意逼人。

我回过头去想道个歉，可是万万没想到，在这么一栋又冷又旧的楼里，在黑压压的人群中……映入眼眸的，会是那样一双细长冷峻的眼睛。

也算不得是多好看，但就是很让人心动。

精致的内双，眼尾狭长，眸如寒星，一瞬间，我以为是他。

曾经多少次想象过重逢，但是我想命运不会给我这样的眷顾，让我如此轻易地遇见他。

况且他在北京高薪厚职、有车有房，怎么会回来参加这种千军万马的考试？

人潮汹涌中，那男子的脸离我很近，我细细看下去，他的每一寸眉眼和唇色，我都看得很清楚。瘦削，白皙，棱角分明，嘴唇很薄，据说这样长相的男子，桃花都会很旺。其实仔细看去，除了那双眼睛，他们长得并不像，分明是很陌生的一张脸，竟然给了我同样的感觉。很长一段时间，我就像个花痴似的看着那个人，脑子里出现短暂的空白。

"……对不起啊。"半晌，我抽了抽嘴角的肌肉，如梦初醒地说。这一刻我脸上会是怎样一种表情呢？我自己都想象不到。我竟然以为，我会像小说里写的那样，在这样一个矫情而拥挤的灯火阑珊处，一回首就看见他。

也许真是武侠小说写多了，太矫情了。江晓钺就总跟我说，你这是职业病，得治。

那男子大概早就被我瞅得发毛，左右看了看才确定我是在跟他说话，微微一怔，说："哦，没事。"然后就垂头避开了我的视线。

大概是真把我当花痴了吧。我急忙闪人，转过身跟着人群走出大门口，没有再回头。

外面已经全黑了，寒气扑面而来。我拿起电话拨给霄霄，说："喂，我出来了，二十分钟后太原街见？"

霄霄说："好，我从西塔往那边开，在万达广场等你。别磨叽，赶紧的。"

我左右看看，一辆出租车也没有，夜幕下的街道陌生而荒凉，就好像来到了另一个城市。我长吁一口凉彻的空气，其实我是多么不愿意触及与他有关的回忆，可是这一刻，我碰到了能令我想起他的人……心底竟有些兴奋。

那种一瞬间心动的感觉，已经多久没有过了？久到我以为这辈子都不会再有。

有那么一刻，我真想打个电话给他。

谁让我是文艺女青年呢？文艺女青年不就是这么矫情吗？我想学着大话西游里白晶晶的样子对他说："方才，我碰到一个很像你的人。"

2.

迎风站了几分钟，我整个人都快被冻透了，方圆半里仍然没有空车，我只好转身往公交车站走去。

站牌底下聚集了很多人，穿着厚厚的羽绒服，戴着毛线帽子和金丝眼镜，背着书包，或者随随便便拎个袋子，眉眼平淡，没什么激情。这就是80后，大体上轮廓一致，其实每个人的想法都不同。

这种情形让我想起了很多年前的高考。人还是那些人，过了同样的年纪，又来参加同样的考试……其实现在岁数也不小了，但都习惯性地装嫩，有一颗向往物质的心，却又对现实无能为力。曾经有部电影叫《老男孩》，竟然把我一个富二代朋友给看哭了，大概也触动了某种心情吧。

我走到人群中跟着他们一起等车。这时电话响起来，手机屏幕上跳动着江晓钺拿着我的手机在KTV自拍的大笑脸。

这可真是说曹操曹操就到，他就是那个看《老男孩》看哭了的富二代。

我划开锁屏，他说："喂，兰成雪，你在哪儿呢？"

兰成雪是我的笔名，江晓钺却叫得很欢。

这可能是因为打从认识起，他就一直叫错我的名字。

我叫杜芊芊，可是他一直叫我杜仙仙，而且一错就是七八年。后来有一年我生日，我当众许愿说希望江晓钺不要再叫错我的名字。

那天人挺多的，他大概是不好意思食言，从那天以后就开始叫我兰成雪。

我说："公交站牌底下等车呢。别给我打电话了，冻手指头。"

江晓钺表示不屑："大冷天的等什么公交车，你这娇生惯养的大小姐。赶紧给我打个车，少买两双鞋什么都出来了。不然，我去接你？"

我警惕起来："我怎么觉得，你这是黄鼠狼给鸡拜年没安好心？"

江晓钺笑笑，说："我们的大作家还真是聪明。我女朋友下礼拜要在公司年会上讲话，你给写个演讲稿呗？"

我疑惑："你女朋友不是没上班吗？"

他说："早换了。我现在喜欢单纯乖巧型。她刚毕业，在一家广告公司做策划，新找的工作，得好好表现。"

我丝毫不留情面："公司是给她发薪水，又没有发给我。姐很忙，你自己想办法吧。"

江晓钺顿了顿，嘿嘿一笑，说："一瓶Miracle的香水怎么样？50毫升的。"

我想了想，说："不要。家里还有两瓶'奇迹'没用完呢。"

"那就Dior那款crystal-shine，挺漂亮的小方盒子，里面是唇彩吧？我看你在微博上说过很想要来着。"江晓钺这厮有时候真像我的粉丝，经常出没在我的QQ空间和校内，只是很少留言，现在竟然连微博上都开始关注我了。

"Deal！"我怕他反悔，赶紧答应了。在他面前，我从不掩饰这颗容易被物质收买的虚荣心。

江晓钺对这个结果表示满意，说："嗯。你赶紧打车走吧，我女朋友来电话了，我就不去接你了啊。"

其实我也知道他说来接我只是说说而已。他现在那台奔驰CLK小跑，我一共也就坐过不到十次。但是看在Dior的面子上，我也没趁机挤对他，反而笑盈盈地说道："恭送江大财主。"

江晓钺是个正宗的富二代，家里是做房地产的，虽然不像万科、保利什么的有那么大规模，可在东北这片儿也算小有名气，虽然我不知道具体数字，但是也能看出来反正他这辈子是有花不完的钱。仔细想想，其实除了有钱，晓钺哥的其他条件也算不错——英国留学回来的硕士，主修金融。一米八一的身高，体重只有67公斤，算是偏瘦，是个天生的衣架子。他回国后我第一次见他的时候，他很夸张地穿了一身Dior高级定制的银色西装，那真是帅得无与伦比，连我都差点被他华丽的外表给迷惑了。

我跟他高中时就认识——好在他是那种你越了解他就越不会喜欢他的男人——他整天不是忙着泡妞就是忙着换车，认识这么多年以来，我从来没见他做过什么正经事。霄霄就总说他是"上完就甩"的衣冠禽兽，让无数女孩芳心尽碎，以后是要遭报应的。

不过不管他是不是禽兽，Dior的唇彩总是很无辜的。而且，或许因为是巨蟹座的关系，他号称是"千年怨妇化身男性""男人中的女人"，骨子里的确缠绕着一种温柔的天性，总是让人没有办法讨厌他。

不知道从什么时候起，他开始自诩为我的"半个闺密"。

3.

挂断江晓钺电话之后我等了十多分钟，公车还是没有要来的迹象。沈阳今年真的非常冷，我体质不好，穿了棉靴还是脚底生寒，正冻得跳脚，余光却瞄到身后有人在看我。夜幕下我警觉地回过头去，竟对上那双细长的眼睛。

北方的夜，生硬而凛冽，橘色路灯下缭绕着寒气，那人斜倚着站牌站着，细碎的刘海垂在额前，倒也真是长身玉立，正是方才在楼道里被我撞到的那个男子。

再仔细看看，这个人的肤色很白，灯光下明亮如玉，嘴唇也要更薄一些，其实他跟他长得根本就不像，只是扬眸时眼角刹那间的凛冽，给了我同样的感觉。

这时那人忽然朝我扬了扬下巴，说："你东西掉了。"

我一怔，左右看了看，才发现是手机上的小挂链掉了，正好落在一小块黑黢黢的冰面上。那是纪梵希2008年的会员回购礼，上面有朵绿色的四叶草，这么久以来一直挂在手机上。换了iPhone以后，手机上没有挂手机链的地方，我愣是费老大劲在手机套上系了个塑料绳，没想到这么不结实。我忽然间有些后怕，如果这条链子丢了，我一定会很伤心的吧。

毕竟那是分开以前，他送给我的最后一件礼物。

我俯身想把它捡起来，这时兜里的电话忽然铃声大作，是霄霄给自己设的一首嗨曲，我惊得脚下一滑，踩在冰上，哐当一声就摔了个底朝天。

站牌底下众多翘首等车的男男女女，此时纷纷回过头来看我。虽然我现在已经一把年纪，不再是过去怕被人看的小姑娘，可是在这种情况下，一瞬间我还是很尴尬。我急忙想要站起来，可是越急越容易出错，冰面很滑，我刚站起来，竟然又摔了个跟头。

此时我跌得半身都僵了，死鱼似的半躺在地上，包里的东西撒了一地，手里却紧紧地攥着那条挂链。那男子终于过来扶我，他的胳膊很瘦，轻轻一捏就能触到骨头，却很有力。这种触感很熟悉，仿佛曾经在另一个人身上出现过。

可能我真是太久没有接触过异性，太久没有交过男朋友了……所以现在才会这般草木皆兵。

那男子俯身帮我把包里的东西装好，拾起来递给我，礼貌地问了一句："你没事吧？"

我战战兢兢的，终于在冰面上立住了没倒。身边不少人在围观，搞得我冻透了的小脸蛋微微一热，恐怕要更红了。我刚想要道谢，这时忽有一辆黑色奥迪A6在我们面前停下来，那男子犹豫片刻，上前一步帮我打开后面的车门，说："你去哪儿？我送你吧。"

我怔了怔，没想到这大冷天的公交车站牌下站着的小帅哥竟然是个富二代。

然而此时我正想摆脱窘境，因此也没时间多想，就抱着零散的包包钻了进去。

车里开了空调，很暖很暖，窗外的灯火被寒气笼罩，闪烁着朦胧而离散的光。广播里放着一首王菲的老歌，我不知道名字，副歌部分是这样唱的："我也不想这么样，反反复复，反正最后每个人都孤独。你的甜蜜变成我的痛苦，离开你有没有帮助。"字字句句都让我觉得，今天真是煽情而又矫情的一天，所经历的一切，都让我避无可避地想起那个人。

A6的司机是个四十多岁的大叔，看我的眼神好像不太友好，等红灯的时候特意回过身来打量我一番，他明明在后视镜里就能看见我的脸。

当我满脸堆笑想要跟他打招呼的时候，他却白了我一眼转回身去。

我不由得有些讪讪的，这时却听见那个男子的声音，像是特意要缓解我的尴尬似的："你叫什么名字？考试的时候你坐我前面，看你答卷子挺快的。"

"原来我们是一个考场的呀！"我笑得有些假，"不会的题就瞎蒙呗！希望面试的时候能再见到你。"

他顿了顿，说："你报的什么岗位？"

我这才意识到自己刚才的话太不专业了，因为在公务员考试中，除非我们报一样的单位，否则就算都进了面试再碰到的概率也很低。

……这会显得我很没有常识，又或者会暴露跟他说话时我的紧张情绪。

"我报的税务口。"我脸上挂着笑，心里却有些悻悻的，草草回答了他的问题，闷闷地不想再说话。

4.

赶到万达广场楼上餐厅的时候，看样子霄霄已经等候多时了。不过破天荒地，她竟然没有埋怨我，而是若有所思地盯了我一会儿，把菜单往我面前一推，说："赶紧点菜吧，姐要饿死了。"此时我也很饿，就没去深究她的反常，一边噼里啪啦地点了一大堆菜，一边简明扼要地给她讲了我方才的经历。当然，略去了那男子的长相与某人相似的部分。

这家店上菜很快，霄霄喝了一口热奶茶，说："奥迪A6啊？还有司机？嗯，不错。留电话了吗？QQ号呢？"

我摇摇头，叉了一缕意大利面塞进嘴里，说："临下车前他又跟我说了一句话——看你方才摔得不轻，回去好好看看，别伤了筋骨。"

霄霄哈哈大笑，说："他肯定是巨蟹座的吧，跟江晓钺那个娘们一样，这么婆妈。"

我咬着叉子，很认真地说："那不叫婆妈，那叫温柔，那也是晓钺哥浑身上下唯一的优点。"

其实，我跟江晓钺是通过霄霄认识的。

他们两家是世交，一个盖房子，一个倒腾钢材，据说刚学会走路时他们就认识对方了，算得上是青梅竹马。女的是天蝎，男的是巨蟹，从星座角度来说也是绝配，可是不知道为什么，两个人始终不对付。

霄霄耸耸肩膀表示不屑，又问："那你有没有问他叫什么名字，是哪个学校毕业的？回家可以去社交网站上搜一搜。"

"是哦！"我假装恍然大悟的样子，随即又露出懊恼的神情，"在车上我光顾着听歌，忘记搭讪了。"

"你都坐进人家车里了，却没有下文，真是笨死了。"霄霄有些惋惜，又有些蔑视我的样子，"不过他大概对你也没啥兴趣，不然应该会主动问你的。"

这时她新买的iPhone 4在桌上狂震起来，我扫了一眼照片，好像是我们高中时候的班长肖旭。她接起，看我的眼神有些异样，对着电话有些犹豫，最终还是接起来了，说："啊，您下个月结婚嘛，我已经知道了。放心吧，肯定到。"

下个月，下个月就是2011年了。

一年一年，过得真快。

霄霄放下电话，直勾勾地看了我半天，说："估计一会儿老班长就要给你打电话了，你记住这个号码，不想去就别接，要不还得搭个红包。"

我笑，说："肖旭是班长，对每个人都很好，我怎么能不去啊？话说你从方才就眼神不对，怎么了？我记得我跟肖旭高中时候八竿子打不着，也没传过绯闻，他结婚关我什么事啊。"

霄霄撇了撇嘴角，说："你也知道肖旭人缘好啊！我们念书那会儿，全年级乃至全学校都有他的哥们儿。他婚礼正好赶上元旦，大家都放假，打算大办一场，很多在北京上海发展的同学都会回来。"

一瞬间，我明白了霄霄的意思，以及她刚才连我迟到也没计较的欲言又止。

她也不愿说得太明白，干笑两声，说："听说他把我们十一中的四大帅哥都聚齐了，也真是有面子。"她的声音低了一些，也有些感慨，"不知道当年那帮花痴他们的女生现在怎么样了，听到这个消息还会不会像过去一样高兴得要死。"

其实当年在学校里闹得沸沸扬扬的四大帅哥都有谁，我已经记不起来了，但我知道一定有他。

那时他是全校公认的最拉风的男孩子，长相也没有多俊美，眼睛狭长而冷感，皮肤也很黑，但就是看起来很帅。当时他号称是十一中跳得最高的男生，原地弹跳85厘米，据说别的男生摸篮板的时候，他已经在抓篮筐了。

我们那一代都是骑自行车上下学的。记得他的车是宝蓝色的赛车，需要弓着腰骑的那种，头发留得很长，独来独往桀骜不驯。其实现在想想，这些似乎也算不上什么优点，一点都不实用。

可在当时，这种吸引力对少女们来说是致命的。

我自认算是早熟，却也曾像《灌篮高手》里追着流川枫跑的花痴们一样，像个傻瓜一样，满眼是心地凝望过他的背影。

霄霄和我双双沉默了一会儿，然后她终于问我："你们的事……除了我，还有别人知道吗？"

我低着头，把玩着桌子上的玻璃杯，顿了顿，说："应该没有吧，我也不知道。"

霄霄似是有些感慨，说："当初听你讲你跟他的事，我还以为你吹牛说梦话呢。后来看了你们在拉萨的合照，我才相信，原来十一中当年帅绝人寰的安澜竟然真跟你有一段儿。"

安澜。很多次地想到这个人，都刻意回避念出这个名字，这一刻从霄霄嘴里说出来，竟然也没有太大的感觉。

时间，果然是一切的疗伤药。

我喝了一口柠檬水，说："今天考申论，我还在卷子上看到他的名字了呢。"说完这句话，我觉得嗓子有些哑，发音困难，喉咙很干，奋力扯了扯唇角，又说，"第二题的原话就是：'请概括王景治河后黄河安澜800年的主要原因。'我当时一边答题一边想，安澜这名字原来这么有学问，莫不是五行水太多了吧。"

霄霄扑哧一声笑了，然后抬起头意味深长地扫过我的脸，说："知道扯犊子了，看来好得差不多了。那肖旭结婚你准备去了呗？"

"再说吧，看看我那天忙不忙。"我把玩着手里的玻璃杯，看着里面的柠檬浮浮沉沉，"……我要是不去，你帮我给肖旭带个红包也行。"

"你这么说，就是在心里打退堂鼓了呗？"霄霄露出似笑非笑的神情，"你怕什么？打扮得漂漂亮亮的，拿香奈儿包，穿红底高跟鞋，让安澜后悔去吧！"

"他会因为那些而喜欢我吗？不可能的。"我脱口而出，隐藏在心底的满腹心酸化作唇边一缕比哭还难看的笑容，"如果他会喜欢我，那年在拉萨他就不会那样对我了……一年前在西安，他也不该跟我求婚啊，他真的是……"

我说不下去了，眼泪突如其来地充满了整个眼眶……我知道我不该这样，可是这一刻我真的没有办法。

难以言说的委屈……甚至是屈辱、难堪，伴随着心酸、心痛……霎时间像风一样灌满了我的胸口。

"他真的是让我失望了。梁霄，我输给齐雯绮这件事，其实比安澜甩了我这件事本身更让我难过。"我极力控制着自己的失态，扯过一叠面巾纸胡乱擦了擦眼睛，花掉的眼线和眼影蹭在上面，黑乎乎的一团。

也许我还是太年轻吧。

还会为这种无聊的事情哭。

Too young too simple.

霄霄望着我片刻，从包里掏出一片卸妆湿巾扔在桌上，表情十分纠结，忽而欣赏羡慕，忽而又怜又爱，又有点儿瞧不起我似的，又像是在看一只无家可归的流浪猫。

"我说杜芊芊你怎么这么有出息啊？这都什么年代了，你还以为一个人可以惦记另一个人一辈子吗？这个年代，所有的感情都是没有结果的。结了婚可以轻易离婚，就算有了孩子，也不过是在离婚的时候多个纪念品。"

霄霄扬了扬唇角，讥诮又伤感："这个年代再也没有一往情深深几许了。一个人单方面的念念不忘，只会让被念的那个人觉得有负担。现在是心机女的天下，要想赢，你就得玩男人，而不是玩自己、玩深情。人家齐雯绮是什么货色啊？一张脸长得那么难看，做起事来却杀伐决断，看见上亿身家的富二代就果断贴上去，一旦豪门梦碎，转身就把安澜摁住了！你看看人家，再看看你！便宜都让她占了，亏都让你吃了，你现在还好意思哭！你今年多大了？回家拿户口本好好瞅瞅，你一个无业大龄女研究生，你还当你是十八岁的花季少女呢？"

霄霄这样尖酸刻薄，我也没生气，怔了怔反而笑了，怪不得江晓钺都说我们是一对儿奇葩姐妹花。

我深吸一口气，拆开她给我的卸妆湿巾，对着粉饼盒子里的镜子仔细擦干净脸，然后拿起叉子扒了一口意大利面。

霄霄又说："安澜就是贱！你可别学他！他愿意被齐雯绮招之即来挥之即去当个万年备胎，你就让他去犯贱好了，你可是要当女神的好吗？我跟你说，男人就像狗，你必须把他当成狗，他才能把你当成人！"

她有些激动，说话声有点大，引来隔壁桌的一对情侣微微侧目。

我忍俊不禁："你们家的狗倒是都挺听话的，就是哪一条也没养长。"

霄霄点了根细长的女士烟，姿态优雅地夹在指缝里，深深吸了一口："那不是很好吗？哈士奇活泼、萨摩漂亮、金毛温顺、德牧威猛……我尝遍天下鲜，领略了不同男人的不同优点，总比那些在一棵树上吊死的怨妇强。"

"你够了啊！我才不是怨妇！"我有些不乐意了，她第一次说我我愿意听，第二次再说我就觉得烦了。

霄霄怔了一下，马上从优雅文艺女青年变成嬉皮笑脸的女青年，双脚跳到椅子上蹲着抽烟，就像村口穿白背心抽旱烟的老大爷，眯着眼睛说："嘿，你别生气嘛，我又没说你。你全对，错的是安澜。"

我忍不住笑了，霄霄总是这样，敌退我进，敌进我退，从不顶风作案；不像我，总是逆流而上，不撞南墙不回头。

因此我们成了最好的朋友。

她的眼神落在我身后，忽然定住了，长吁口气："这哥们儿也太像安澜了，我还以为说曹操曹操就到了呢，吓了我一跳！"

我心里将信将疑，一个模糊的念头闪过，人已经回过头去——

果然是他。

我在考点楼道上碰到的那个男子。

"怎么是他……"我冲口而出，这未免也太巧了些。

却见他径直向我走来，表情淡淡的，如玉般温润。霄霄在桌子底下扯了扯我的衣角："这就是你的考场男神？哇，真的很像安澜啊，是神韵像！"

她说话声很小，话音未落，"考场男神"已经走到我们身前，把一小串链子放到桌上："你手机链掉我车上了……之前见你宁可在冰上滑倒也要捡起它，我想这个东西可能对你很重要，就给你送回来了。"

"谢谢……不过，你怎么知道我在这儿？"

不知道为什么，我有些不敢去看他的脸，顺势低头望着桌上的手机链，有些怔怔的。

那是安澜送给我的，至今被我视若珍宝。

"你在车上打电话的时候说过。"他双唇抿起礼貌的弧度，脸颊两侧浮现出两汪酒窝，有点像几年前的古天乐。

"哦……"我有些惊讶，一时竟不知该说些什么。

到底是霄霄见过大世面，大大方方地接过了话茬儿："哎你看，这么老远还特意给送过来了……这大冷的天！现在像你这样的好人真不多了，简直是活雷锋啊！既然来了，就赏脸一起吃顿便饭吧！"说罢她还没等他回答，就高喊了一声："服务员！把菜单拿过来！"

他怔了一下，询问似的看我一眼。

这一刹那，竟有淡淡的心悸之感一闪而过，我忽然意识到，原来我心里是很渴望他留下来的……

我想了解这个人，并且渴望靠近这个人……好像是一种本能。

这是安澜留给我的创伤后遗症吗？是因为他太像安澜了，还是我天生就喜欢这个类型的男人？

然后我听见自己说："留下来吃点吧，我请，也好谢谢你，特意把这么微不足道的东西送还给我。"

他怔了怔，便坐了下来。灯光雪亮，笼罩在他脸庞上空，映得他愈发英俊苍白。

"帅哥，怎么称呼啊？"霄霄亲手帮他倒了一杯柠檬水。

"齐峰。"他说着，从怀里拿出来一个没有任何logo的皮质名片夹，拈出两张名片，分别递给我跟霄霄，"修身齐家的齐，峰回路转的峰。"

霄霄把我往前一推，说："这是杜芊芊，远近闻名的大才女，笔名兰成雪，出版过三本武侠小说，人称'少女小金庸'，网络红人，微博粉丝一百万，可不得了呢！"

这一刻霄霄流露出来的赞赏之情是真的，因为她家是做生意的，她最欣赏舞文弄墨的人。

不过我自己倒觉得，网络时代，出过几本书实在算不了什么。

齐峰又愣了一下，看我的眼神却明显有些不一样了："你是兰成雪？我看过你的小说。"

"真的吗？"

我有些惊讶，被他用那样的眼神看着，不知道为什么我的心突然漏跳了一拍……

……难道我真的对他有感觉吗？还是这一幕让我想起了许多许多年前……那些不堪回首的往事？

第二章
明月几时有

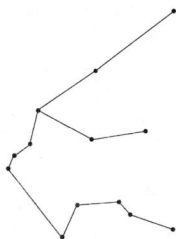

明月几时有，

把酒问青天。

不知天上宫阙，

今夕是何年。

——王菲《明月几时有》

1.

2002。

"你是兰成雪？我看过你的小说！"

安澜也曾对我说过同样的话。

"真的吗？"

我站在操场中央，心脏仿佛一瞬间被冰冻住了。

日光明亮，身边人来人往，所有人都在看着我们。谁能想到那么耀眼的安澜，竟会跟那么不起眼的我说话？

我的努力终于有效果了，那是我第一次离安澜这么近。

……我的意中人，会踩着七彩祥云来接我……可是我猜中了这开头，却猜不中那结局。

2.

我是从高一就开始暗恋安澜的。

在那个年纪喜欢上一个人，有时候比呼吸都简单，就像是花开的一刹那，眼底照进浅金色的光，世界从此被刷上不一样的色彩。

那是一个秋天的下午，风里透着凛冽的凉意，阳光透过高大的杨树照在操场上，我们班五十多个人站成好大一个方阵。体育老师是个刚从体校毕业的女汉子，动作利落，声音洪亮："在我的课上，女生没有例假这一说，都得给我动起来！月经期锻炼一下对身体有好处，总之谁也别想偷懒！"

这对我来说无疑是晴天霹雳。虽然在初中的时候，我跟班上的女生经常会假装来例假而逃掉体育课，成群结队地跑回教室里上自习，为了提高大家的学习成绩，班主任对这种事也是睁一只眼闭一只眼。

可是，今天，我是真的来大姨妈了。

体育老师指挥着男女生分别站成一排，绕着操场慢跑，她跟在排尾，一边跑一边大声说："你们这些重点中学的学霸，以为学习好就是一切吗？我告诉你们，如果没有好的体魄，书念得再多也是白搭……你看他，胖得像头猪，就算你考到年级第一也还是只猪……还有你，瘦得像个小鸡崽似的，手臂比火柴棍还细，一阵大风就把你吹走了，你这样的以后怎么能娶到老婆？打一辈子光棍吧你！"

我们那时到底是年纪小，对老师这个职位有着天然的畏惧，她话说得这样难听，其实已经违反了教师守则，可是当时我们班没有一个人敢站出来反抗，男生女生都噤若寒蝉，只是一个挨一个地在阳光下沉默地奔跑。

我实在是肚子疼，踩着地面上细碎的阳光树影，脚步越来越虚浮，额头上渗出层层寒意，整个身体都在冒虚汗，那感觉真是难受极了……

可是我不敢跟体育老师反映情况，生怕她会当着全班同学的面损我。我咬牙又往前跑了一圈，可是她却丝毫没有要让我们停下来的意思。我从小就体寒，身体素质本来就不好，一直都有痛经的毛病，此刻终于再也撑不住了，忽然眼前一黑，整个人不受控制地栽倒下去……

不过是电光石火间的事情，我脑中却有个念头飞快地闪过——我不能倒在队伍里，否则会被后面的人踩成肉饼。

于是我用仅有的力量往旁边踉跄几步，栽倒在操场跑道之外的空地上。

天旋地转……我仰在地上，却忽然觉得整个人都舒坦了，这时只见一个黑影正速度极快地朝我奔来！他好像也是刚看到我，明显是想减速，却已经太迟了……

我只觉腰间被重重地踢了一脚……痛得我眼眶含泪，却发不出声音来。那人绊在我身上，由于奔跑速度太快，也跌得极狠，咣当一声扑在了地上。

可能是我小说看得太多了，当时脑子里的想法十分诡异，一心想着这下子完了，他要是就这么摔死了，我岂不是将终生背负着一条人命，以后再也不能好好做人了……

好在那人很快从地上爬起来，忙不迭地跑过来扶起我，高大的身影遮住阳光，原来他心里跟我有同样的担忧："喂，你没死吧？喂！"

我奋力睁开眼睛，只见他皮肤黝黑，左边额角正在流血……那鲜红的血液顺着他的眉梢和睫毛流淌下来，滴在我脸上，凉凉的……

他的眼睛真漂亮啊，像夜空中的寒星……我想说什么，却发不出声音来，嘴唇徒劳地开合着……

就在这时，他伤口处涌出的血滴落到我嘴巴里……有点咸，还有一种金属的甜腥味。

"血，血！"我吓得不轻，这可是我第一次尝到人血的滋味……但是因为这个人是他，所以我并不觉得恶心，只是无端地感到害怕。

或许害怕也是一种预感。从这一刻起，我身体里有了他的血，命运也从此交汇，彼此都酝酿着给对方一个难以逃脱的梦魇。

他怔了怔，往我身下看了一眼，神色忽然慌张起来："你流了好多血！裤子都染红了，是不是摔断了腿啊？"

我忽然间明白那些血是什么了……校服裤子的颜色很浅，大姨妈一定全透出来了……想到这里，我心头一阵难堪，几欲昏厥过去。

绝望、难堪、手足无措……我望着他寒星般的眼睛，胸口一窒，整个人就昏了过去。

每个人都有情窦初开的瞬间吧，只是因为年少无知，往往自以为是。

多年后我想起安澜，其实我心里并不是不后悔的。

……爱错了人，怎能无悔？年华空付，怎能无悔？

张爱玲写给胡兰成的信上说："遇到他，她变得很低很低，低到尘埃里，但她心里是喜欢的，从尘埃里开出花来。"

有多少人曾把自己放得那样低，低到尘埃里……又有多少人真能从尘埃里开出花来？

3.

后来我听说，那天我是被体育老师送到医务室的。我昏过去之后，安澜也昏过去了……他有晕血的毛病，当时完全被我的大姨妈给吓傻了。

我妈妈在机关里工作，向来温文尔雅，可是这一次却跑来学校大闹一通，搞得那个体育老师差点被开除。我妈说我从小身体就不好，根本受不了高强度的运动……她就我这么一个女儿，我要是有个三长两短，她非要告到学校关门不可！

学校领导被吓坏了，急忙交代班主任以后对我"轻拿轻放"，爱请假就请假，爱干吗就干吗，只要别断气就行。

于是我在医院里躺了半个月，又在家里休养了半个月，一个月以后才回去上学。高中校园一派朝气蓬勃，每天都有好玩的事情发生，我回到学校的时候，"杜芊芊的大姨妈吓晕了安澜"这个笑话已经时过境迁，安澜似乎也跟我再无瓜葛了。

可能这就是命运吧，那次事件之后，他的人生并没有什么不同，可是我的人生轨迹却悄悄地改变了……

我开始关注他的一切消息，曾在百度和谷歌上搜索他的名字……我的眼神总是偷偷追随着他的身影，却又怕被别人看到……更怕被他看到。

我跟所有暗恋着他的平凡姑娘一样……每天期盼着与那个人在校园里相遇，可是当他真从身边走过，却又不敢抬头多看他一眼。

可是这样的情绪和心机，却没得到一丝回馈。对于安澜来说，我依然是一个完全没有存在感的人。

4.

以我的闷葫芦性格，原本应该一直这样暗恋下去的，可是那一年，我认识了霄霄。

霄霄比我大一岁，是上一届留级到我们班的。

我清楚地记得她刚来我们班那天，她皮肤黑得像炭，穿着脏兮兮的校服，歪歪斜斜地站在讲台上，可是眼睛却异常明亮。班主任对她非常客气，笑呵呵地跟同学们介绍："这位是梁霄，上一届的学姐，因为某些原因休学一年，现在即将加入我们班的大家庭，大家欢迎！"然后班主任率先鼓掌，同学们自然也都给面子，霎时间掌声雷动。

霄霄站在讲台上，收起吊儿郎当的表情，黝黑的脸庞上挂上灿烂的笑容，像明星一样对我们摊了摊手："沈阳的朋友们，我感受到你们的热情了，能不能再大声一点？"

底下哄堂大笑，班主任的表情有些尴尬，但也没说什么，只是把她安排到第一排坐下，跟我同桌。

我身边的位置可以说是关系户专用席，因为在第一排，看黑板清楚，我当时学习好，是班上的英语课代表，所以老师总把她喜欢的学生安排在我身边，认为这样可以提高他们的学习成绩。

而我也没让她失望，每一任跟我同桌过的人成绩多多少少都有些进步。

不过班主任一定不知道，其实这并不是因为我循循善诱……只不过我当时话少，老实巴交的，从不敢做出格的事情，而且闷声闷气从不与人闲聊，做我的同桌实在太无聊了，所以他们花在学习上的精力自然就会多了一些。

十六年来我一直循规蹈矩，喜欢一个人也只敢偷偷地藏在心底。直到霄霄给我讲了她的经历，我才知道原来人生竟然还有别样的活法。

5.

梁霄说她休学一年去了云南大理，孤陋寡闻的我那时才知道，原来金庸小说里段誉的大理国竟然是真实存在的地方。

霄霄说她是在一本小说上看到大理的故事，然后趁着周末，拎着一个小包就坐飞机去了那个美丽的彩云之南。

刚下飞机，她就爱上了那座城市。霄霄家庭条件好，从小就是大小姐，任性惯了，说什么也不肯回家了，跟父母说要转学到大理，大人们当然不同意，于是霄霄索性就给自己办了休学手续。家里人急得跳脚，为了逼她回来，断了她的经济供给。

可是霄霄年少气盛，没有钱也不怕，反而在大理跟着同住青年旅社的室友们学会了手工编制手链和项链等小饰品，每天晚上在大理游客最多的人民路上摆地摊，收入竟然很好，不但够她自己生活，还赚出了自驾游的钱。

她说："杜芊芊，你不觉得学校里的生活很无聊吗？所有人穿同样的衣服，做同样的事，说没营养的话，像没有灵魂的木头人。在大理的时候，我在青年旅社包了一个床位，八人间，身边来来往往的都是不同的人……每天听不同的故事，看不同的风景，有不同的思考，这才是人生啊……"

我听得目瞪口呆。

学校生活当然有一点无聊啦，可是我从没想过要偏离这个轨道。跟霄霄比起来，我自觉眼界狭窄……从小到大我做过的最叛逆的事莫过于暗恋安澜，我每天的希望和乐趣就是能多看他几眼。我也并不觉得学习很枯燥，因为除了学习我完全没有别的长处。

……我以为所有人都是像我一样生活的。

所以当霄霄给我讲完她的经历，我着实神往了一会儿，忽然问她："那你为什么回来？"

霄霄愣住片刻，微微一笑，雪白的牙齿在黝黑的肤色映衬下格外闪亮："这是个秘密，我不会告诉你的，除非……"

"除非什么？"我跟所有同龄人一样，沉不住气，最恨她这样吊人胃口，我扯住她的手臂，晃了晃，"你别卖关子了，快点告诉我啊！"

"明天告诉你。"霄霄朝我挤了挤眼睛，然后就转过身去假装写作业了。

霄霄学习成绩很差，平时又不肯听老师的话，难得她主动写作业，我也不好再打扰她了。我憋了一个晚上，第二天上学急忙又问她，她却嬉皮笑脸地回答："明天再告诉你。"

我气得跳脚，不过也没有办法，到底是事不关己，她拖了几天，我慢慢也就忘记这件事了。

可是不久后的一天，霄霄收到一封信，看完之后脸色就不太对，魂不守舍了一个上午，中午一放学就想翘课跑掉，临走前还嘱咐我帮她跟老师请假。

我好言劝她："过几天就要月考了，今天下午的课全是重点，要是没有特别重要的事……你还是别走了吧。"

霄霄面露不屑，可能也有点烦躁的情绪："杜芊芊，就算你把书上的知识点全背下来，月考考到年级第一名，又能怎么样呢？我最瞧不起你这样的书呆子了！你知道外面的世界是什么样的吗？你知道大理有多美吗？你看过三岛由纪夫的书吗？你听过重金属摇滚吗？"

我怔了怔，虽然我一向老实巴交的，却也被她这一刻的态度激怒了："听重金属能考上大学吗？大理再美，你不还是得回到学校来？学习不好是一件很酷的事情吗？留级是一件很酷的事情吗？你以为你翘课是在糊弄老师吗？那是在糊弄你自己！你这是自私，是不负责任，你根本没考虑过你父母和老师的感受！"

霄霄睁大了眼睛，被我说得愣住许久，然后她挑了挑唇角："别用你的眼光来看我，你看不懂！你以为你所信奉的一切都是对的，你可以继续当个木偶！但是你记住，你没有资格来评判我，因为你什么都没见过，什么都不懂！"

中午午休，教室里没有人，霄霄背起书包撞了我一下，摔门而去。

我在原地愣住几秒，冲出去追她，三步两步跑到她面前，大喊："你凭什么这样说我？起码我是年级前十名，不像你，从来就没及格过！少拿无知当个性了你！"

当时我是被气急了，因为她那句她瞧不起我这样的书呆子深深刺痛了我。我把她当成朋友，我以为我们之间的关系是不一样的，我是为了她好……她凭什么这样说我？

霄霄愣了一下，好像有些受伤的样子，她沉默地绕开我，走向深深的走廊尽头。正午时分，日光明亮，她的背影忽明忽暗，闪烁在我模糊的视线边缘。

……不知道过了多久，我蓦然回头，眼中的重重泪水被晃出眼眶，视线清晰起来，却看见安澜端着饭盒站在那里，怔怔地看着我。

对上他的目光，我完全傻掉了，他也有些尴尬似的，急忙扭头钻进旁边的教室里。

……可是片刻之后他又出来了。

因为他走错了教室。

6.

自作多情大概是少女们的通病，不过是一个很偶然的四目相对，我却从此杂念丛生，凭空联想出许多个版本的我和他主演的爱情故事。

比如，安澜心里也是有我的……毕竟我喝过他的血，他看过我的大姨妈，这可不是谁都能碰到的缘分。

……也许他会像我暗恋他一样，也在暗恋着我呢？

可是这个美好的幻想并没能维持几天，安澜跟上一届学生会会长齐雯绮谈恋爱的消息就传遍了整个校园。

齐雯绮跟梁霄一样，都是我从未见过的一种人，她当时所做的事，我连想也不敢想。

比如她能拿到全市辩论比赛的最佳辩手，还能穿着艳粉色的超短裙主持全校文艺晚会，万众瞩目的感觉只会让她更有光彩……她其实并不漂亮，一双小单眼皮就像是两条缝，从来就没睁开过眼睛似的，可是她拥有无可匹敌的自信，因此笑容很美，再加上傲人的双峰和一双长腿，也算是个另类美女。

与才貌双全、无忧无惧的齐雯绮比起来，我就是个可怜的丑小鸭，连在公众场合大声说话都不敢。

齐雯绮是很多男生心目中的女神，可是因为抢走她的是安澜，他们也只好认命地死了心。

其实安澜的光芒一点不逊色于她。他是远近学校里风头最劲的偶像球星，每天中午的篮球比赛但凡有他上场，都会被全市范围内闻风而来的女生围得水泄不通。

我那时候个子很矮，即使挤到人群中间也很难看见他的脸……但我却一厢情愿地以为他不会喜欢上任何人。每当我听说学校里的哪个漂亮姑娘又跟他表白却又被拒绝了，我就会很邪恶地在心里暗爽。

可是，齐雯绮出现了。

学校里多少姑娘梦碎今朝，可是我不知道有多少人如我一般，暗恋得太过认真，实实在在痛苦了一回。

7.

那天晚上放学后，我不想回家，我第一次做出对我自己而言非常疯狂的事情——

随便跳上一辆人很少的公交车，在清文化的发源地故宫跳下车，沿着红色的墙壁一直走一直走……从暮色四合走到天色漆黑，最后实在累了，我也不知道自己走到了哪里。

路边的小饭店门前点着一盏橘色的小灯，我浑身冰凉，扭头钻到里面，打算喝一点点啤酒。

书上总说借酒浇愁，我只是想试试这个滋味，不过即便心里如此难过，我也只打算喝一口而已。因为报纸上说，一个女孩独自喝醉是很危险的事情。

我点了十串羊肉串和一瓶啤酒，饿得狠了，竟短暂地忘了失恋这回事，正眼巴巴地等着上菜，一抬头却看见梁霄。

她跟一个长头发的男孩子并肩走进来，两个人都没有说话，只是默默地在门口的座位上坐下，梁霄背对着我，好像并没有发现我。

那个长头发的男生看起来有点面熟，却想不起来在哪里见过，一看就是南方人的长相。

自从上一次吵架之后，霄霄就一直没来上学，我气消了之后也有些担心她，可是却拉不下脸来去缓和我们的关系。

这次巧遇是和好的绝佳机会，我正在犹豫着该怎么跟她打招呼，这时忽然听见那个长头发的男孩子开口说话了，带着一点南方口音，好像正在打电话："我现在在沈阳，跟一个好朋友在一起……嗯，好的，我回头再打给你吧！我们很久没见了，正在一起吃饭。什么？你问我这个朋友是男的还是女的？哈哈，我有必要告诉你吗？好了你别瞎猜了，见面再说。"

霄霄沉默半晌，沉沉开口："秦睿，你把我当成好朋友……我可真荣幸。"

秦睿……哦对，他是秦睿！

我终于想起来这个男生是谁了！

——上一届全国作文大赛一等奖得主，叛逆的少年摄影师秦睿！他在几乎全校都订阅了的杂志上有个专栏，名叫"提着单反走天下"，人气很高。

真没想到霄霄会跟一个名人谈恋爱。

这时我听见她把一只瓷碗碰到地上，啪的一声，瓷碗碎掉了。霄霄俯身去捡，声音好像有些哽咽："你远道过来看我，我应该请你吃顿大餐的！我们是好朋友嘛，好朋友！"

秦睿笑嘻嘻地蹲下身去帮她，声音温润自然："你别动，我来弄吧，别把手弄破了。"

霄霄忽然背对着他站起来，偷偷用手背抹了抹眼泪，我这个角度刚好可以看到她这一刻的表情……眼神分明很悲伤，却装出若无其事的表情，让人看着就心酸。

她咬着嘴唇抬起头来，刚好对上我的目光，不由一怔。

我望着她的眼睛，微笑着站起身来，大声说道："梁霄！怎么这么巧啊，这离学校这么远咱们也能碰上！哟，这是你男朋友吗？你真不够意思，男朋友这么帅都不告诉我们！"

我绕到秦睿对面坐下，笑嘻嘻地说："你可真有福气，找到霄霄这么棒的女朋友！她为人仗义，长得又漂亮，在我们学校可受欢迎呢！"

秦睿怔了怔，很有礼貌地笑了："我不是她男朋友……我们是很好的朋友。"

"你的意思是，你们是纯洁的男女关系？"我笑着摇头，把眉毛挑得老高，"别逗了！我书读得少，你可别骗我！男女之间哪有单纯的友谊？哈哈，你放心，我嘴巴可严了，才不会告诉别人呢！"

他果然是见过大世面的人，此时面不改色，只是淡淡地笑："既然这么巧，坐下来一起吃吧。"

我连连点头，仍然不依不饶："霄霄真幸福呀，有你这么好的男朋友！"

霄霄在我旁边坐下，神色莫测，忽明忽暗，她看看秦睿，又看看我，说："他……真的不是我男朋友。"

她望着我，我也望着她，四目相对间，我看见了她眼底的心酸。也只是这一眼，我们之前的恩怨已经一笔勾销。

我故意说那些话，就是想逼着秦睿承认他跟霄霄之间的关系，可是他段位好高，也根本没把我看在眼里……现在连霄霄也这么说了，我一时不知道该如何接下去。

气氛仿佛忽然凝固住了，整张桌子沉默下来。

这时霄霄的手机忽然响了，是那一年最流行的摩托罗拉V9——当时全校拥有手机的学生不超过五个人——很贵的手机，连老师都用不起。

她沉默地翻开手机盖，放在耳边，蓝屏的微光照得她脸上一片蔚蓝。她说："哦，好，我跟好朋友在一起，待会儿带着他们一起过去。"

8.

在小饭馆上菜之前，霄霄带着我们偷偷跑了，一出门就跳上一辆出租车，说："去北行中间那个练歌房。"

我稀里糊涂地跟着跳上车，不知道为什么，竟然有些兴奋也有些恐慌："霄霄，你要带我们去哪儿呀？"

"我哥们儿过生日，想多找点人一起喝酒吃蛋糕，咱们今晚好好玩玩，不醉不归！"霄霄跟我坐在后面，秦睿坐在前面，她伸手揽住我的肩膀，把头轻轻靠过来，像一只受伤的猫。

她的声音低下来，在我耳边说："秦睿是水瓶座的。这下你明白了吧？"

我与她对视一眼，带着一丝疑问和同情。那时候我对星座还不了解……我什么都不明白，但是我知道安澜也是水瓶座的。

"如果水瓶座的男生说你是他的好朋友……那意味着他永远都不会喜欢上你。"路灯的光影透过车窗照在霄霄脸上，像大片的乌云掠过苍穹，她说："你不用再逼他承认什么了，你帮不了我。"

原来我方才那一番苦心，霄霄是明白的。我们两个无端地亲近了许多，她把手机递过来："给你家里打个电话吧，就说今晚全班同学集体给老师过生日，我带你好好玩玩。"

我犹豫片刻，接过手机按下家里的电话号码，还没说几句，霄霄就把电话抢了过去，三句两句就说服了我妈妈。

秦睿回过头来，望着霄霄露出温柔的笑容："你这么能说，将来真该去当个律师。"

说这话的时候，秦睿一定不会想到，十年后，霄霄真的学了法律成了律师，我们两个还是好朋友，可是他……

却早已经消失在天涯。

9.

霄霄带着我们杀上楼去，房间里一片黑暗，唯有一簇蜡烛的微光照亮了江晓钺的脸。

那是我第一次见到江晓钺。

他看见霄霄，笑嘻嘻地把她拉到人群中间："这是我发小梁霄，有钱有貌有性格，在场的弟兄们可要抓紧了啊！"

"这是我发小江晓钺，有钱有貌没良心，少女们千万不要喜欢他呀！"霄霄很适应这种场合，笑着推了他一把。

人群里传来阵阵起哄声，霄霄毫不怯场，笑着跟大家抱了抱拳，又把我扯到身边，说："这是我好朋友杜芊芊，人傻钱多学习好，你们也别放过啊！"

我哪里见过这样的场合，脸一下子红了，还好灯光昏暗看不出来，这时江晓钺挤到我和霄霄中间，两手一左一右搭在我们肩上：

"你们这群泥猴不许吹蜡烛哦，免得弄得蛋糕上都是口水！来，两位美女陪我一起吹蜡烛，祝我十七岁生日快乐！"

说完他拥着我往前一倾……我有些紧张，却也被现场的气氛感染了，陪着他一起吹灭了蜡烛。

江晓钺好像喝多了，忽然在我脸颊上亲了一口。

我整个人愣住了，这时房间里的日光灯亮了起来……在重重人群之中，我一下子就看到了安澜的脸。

霄霄像是要保护我似的，一下子把江晓钺从我身边推开了，笑着拍了下他的肩膀："哥们儿，你不是巨蟹座的吗？现在是十月份天秤月，你过的哪门子生日？"

江晓钺笑得花枝乱颤，拿起一块蛋糕砸到霄霄脸上："今天是我前女友的生日，她刚刚把我甩了……"

霄霄当然不肯吃亏，从蛋糕上抓了一把奶油就往他脸上招呼……很多人加入战争，身边尽是少男少女的嬉笑声，我不合群地站在人群中间，眼睛中却只看得到他。

10.

安澜靠窗坐着，薄薄的灯光如轻纱覆在他的肩膀上，他的脸庞在暗夜中闪现，长长的睫毛投下一圈毛茸茸的暗影，其实，他的样子因为在我脑海中出现太多遍，已经刻在心里最深处，深得让我自己都觉得无奈。

齐雯绮坐在他身边，这样凉的天气里，她穿着高跟凉鞋，露出一双长腿。可能是她当惯了主持人，喜欢掌控局面，这时她站起身拿起话筒说："你看你们，蛋糕都给扔没了，没得吃了，还好我们还有很多酒，一起玩个游戏吧！"

不得不承认，齐雯绮是个很有感染力的人，她的眼睛眯成两条缝，却有种烟视媚行的味道。她的话很快得到男生们的热烈回应，大家一个挨一个地在沙发上坐好："玩什么呀？真心话与大冒险？"

我被挤在江晓钺和霄霄中间，这才发现，秦睿不知道什么时候坐到了齐雯绮旁边。

"好啊，猜拳定输赢，第一个赢的人定题目。"齐雯绮环视一周，目光落在江晓钺身上，巧笑说道，"寿星，你说好不好？"

江晓钺耸了耸肩膀，唇角挑起，笑容里有种坏坏的味道："只玩大冒险，不讲真心话！怎么样，你们敢吗？"

说完他侧过头来，眯着眼睛看我："杜仙仙，你敢不敢？"

江晓钺是今天的主角，自然吸引着所有人的目光，我被备受瞩目的人所瞩目，自然又脸红了，小声纠正道："杜芊芊，不是杜仙仙。"

他喝多了，根本没听我的话，红着脸高喊一声："石头剪子布！"

在场有十几个人，出了好几把才定出输赢，我没输也没赢，属于沉默的大多数，我很满意这个结果。

江晓钺赢了，笑着指着秦睿："哈哈，你输了。"

秦睿面不改色："说吧，你想怎么玩？"

江晓钺看看他，又看一眼梁霄，笑道："挑一个你最喜欢的姑娘，给她一个舌吻！"

话音未落，整个房间都沸腾了，所有男生都在起哄，房顶都要被掀开了。

秦睿从容地点点头，爽朗地笑了："好吧，那我只好恭敬不如从命了！"我侧头看着霄霄，我以为秦睿会走过来吻她。

可是突然间，秦睿伸手扶住齐雯绮的后脑勺，深深地吻了下去。

所有人都惊呆了，包括我和霄霄，她瞠目结舌地望着秦睿，双手紧紧地攥在一起。

"滚！"这时只听安澜低吼一声，兜脸一拳挥向秦睿。

场面霎时乱成一团，有拉架的，有帮着安澜打秦睿的……江晓钺拿起桌上的冰桶泼向众人……

唯有霄霄和我一动不动，如石化般，呆呆地望着令自己心碎的男子。

11.

秦睿留在了这座城市，因为他喜欢上了安澜的绯闻女友齐雯绮。

霄霄跟我的关系从此更加亲近，因为我们有了一个共同的敌人。

她说杜芊芊，你打算就这么放弃安澜吗？我宁可鱼死网破，也绝不肯输给齐雯绮那样的女人！你以为天上会掉馅饼吗？喜欢一个人是要去争取的！如果将来安澜娶了齐雯绮这个贱人，你不会觉得后悔吗？

每个人的十六岁都是这样吧，对爱情，怀着无限丰富的幻想。每一首歌、每一首诗……甚至每一张明信片都会让我想起他。

"你去抢安澜，我夺回秦睿，咱们两个联手，毋宁死，也绝不能输给齐雯绮！"她的话让我心里腾起一丝蠢蠢欲动的希望……在我心里，霄霄是见过大世面的人，我相信她所说的话，决定跟她同仇敌忾。

要想接近一个人，办法总是有的，只不过我以前从来不敢而已。

那天电脑课，老师去忙别的事情，没有在课堂上看着，同学们不约而同地放下作业，上网玩游戏或者看网页。我拿着空杯子假装去接水，从安澜身后经过的时候瞟了几眼他的显示器，发现他正在看一个名叫"风动"的武侠论坛。

有了这一线索，我便像侦探似的顺藤摸瓜，很快就在这个论坛上找到了他的ID和个人空间。

他网名叫"波澜四起"，我几乎没怎么费力就锁定了这个ID。为了吸引安澜的注意，我开始写以他为主角的武侠小说，每天晚上从不断更地发到论坛。

我注册的ID叫"兰成雪"——"澜"是他的名字，"血"是我们结缘的纪念，这个笔名对我而言饱含深意，又很普通不落痕迹。可能是因为我勤奋吧，又认真研究过他回复和评论过的作品，文风几乎完全是为了讨好他的，男性向的硬朗加一点细腻的侠骨柔情，渐渐地竟在论坛上网罗了很多粉丝。

霄霄说，你在论坛里一定要保持低调，不能随便跟别人聊天，也不可以在空间里透露个人信息，否则一旦穿帮，你所做的一切就都白费了。

"为什么？"我傻傻地问我的狗头军师。

"一是为了保持神秘感，二是为了以后铺路——这样你就可以在跟安澜见面的时候假装惊讶地说一句，哦，原来你也在这个论坛。"

"然后呢？"

"傻啊你！"霄霄给我一个栗爆，"然后当然是假装很巧，假装你们很有缘，然后找机会跟他谈理想谈哲学，然后约他逛街吃饭看电影啦！女追男，隔层纱！"

如果女追男真的那样容易，为什么你跟秦睿……别忘了，安澜也是水瓶座。

我心里十分疑惑，却没敢说出口来。不过无论如何，霄霄确实给了我一个希望。

一个我梦寐以求，却从来连想都不敢想的希望。

霄霄对这件事情很投入，她也潜水到论坛里，凭着长袖善舞的优点，很快成了沈阳同城会会长，并组织了第一场同城见面活动，"兰成雪"跟"波澜四起"都收到邀请。

安澜……我的安澜。

那天晚上我激动得一夜没睡，跟霄霄在QQ上商量见到安澜时该怎样装出惊讶的表情，怎样说出第一句话……

第二天早晨，我偷偷弄了点妈妈的粉底抹在脸上，还把她的粉色口红偷偷塞到书包里，好像那些香喷喷的化妆品能让我稍微自信一点。

那一天真的很难忘。多年以后，我仍然能够记起那种满怀期待的感觉。我很艰难地等到放学，刻意跟霄霄分开，各自前往同城聚会现场……我坐在公交车上，一路上车水马龙，秋天的黄昏笼罩了这个城市，我觉得自己就像在梦里穿行。

终于赶到同城聚会现场，是在一家三星级酒店的餐厅里，大理石地面被水晶灯照得通明雪亮，我站在大厅门口，忽然想转身跑掉。

还是霄霄走过来，把我拉了进去。

"当你感到害怕，当你想要逃避……你就想想齐雯绮那个小贱人，想想她那张令人憎恨的脸！难道你愿意就这么输给她吗？"霄霄狠狠地拍了拍我的肩膀。

其实我对齐雯绮并没有那么深刻的私人恩怨，我只是喜欢安澜而已。不过我还是受到霄霄的士气鼓舞，开始在人群里寻找那个身影……来来回回走了十几圈，我终于绝望地发现，安澜今天并没有来。

同城会气氛很好，论坛好友中有大学生，也有已经参加工作的哥哥姐姐，我身边人来人往，心里却异常寂寞。

这就是无心插柳柳成荫吧，我自己从来没有想过，"兰成雪"这个ID会被网友们捧到天上，他们叫我少女武侠作家，现场还有出版社的编辑说要帮我出书……

可是，我最想见到的那个人，偏偏没有来。

在人群之中，我羞涩地笑着，想起那口鲜血的滋味，想起令人尴尬的大姨妈，想起安澜寒星般的眼睛……

也许我跟安澜真的没有缘分，我悲哀地想。

第三章
我走不出昨天

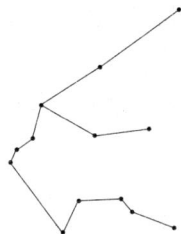

我走不出昨天，留不住眼泪。

你曾是我的天，让我仰着脸就有一切。

叫我如何面对，没有你的夜？

——王菲《不变》

1.

2010。

霄霄很会聊天，没怎么费力就打听出齐峰在哪里上班、买房子是不是贷了款、开什么型号的车，甚至是用什么牌子的剃须膏和洗发水。

齐峰话不多，在橘色灯光下面容雪亮，基本上霄霄问什么他就答什么，但他十分体贴，跟他同桌吃饭，我跟霄霄的水杯一直都是满着的。

趁着一起去洗手间的时间，霄霄在镜子前涂唇膏，说："齐峰条件挺好的，不过他这样的人不可能没对象啊？现在那帮剩女多么凶猛，连90后都开始跟我们抢市场了，他有房有车长得帅，要不是有什么隐疾，怎么可能剩到现在呢？"

"什么隐疾啊？你刚才怎么没问问他？"我把她的唇膏抢过来，笑嘻嘻地涂在嘴上。

霄霄在镜子里看着我："哎你还真别不信啊，现在市场上女多男少逆差严重，你可小心点，别被他那张脸触动了旧情，弄个二次伤害，自己往火坑里跳！"

霄霄方才拿的是一支透明的润唇膏，我涂完之后，又拿出一根本季最流行的橘色口红，轻轻在嘴唇上涂了一层，脸上多了这样一缕明媚的颜色，整个人都生动起来。

我把口红递给她，霄霄一边玩手机一边摇了摇头。

其实我们之间有个默契，就是跟对方有好感的男生一起吃饭的时候，另一个人是要尽量淡妆的，这是无声宣告归属权的一种方式，也是避嫌。

那些闺密之间因为男人明争暗斗的戏码，永远不会发生在我们身上。

霄霄挽着我的手臂，把头凑过来小声说："如果趁我们不在的时候，他偷偷把账结了，我再给他加十分！"说罢又促狭地看我一眼，"然后我就说我没开车，给他个机会送你回家，嘿嘿，总不能让人家白花钱嘛。"

想到要与齐峰独处，我心底里竟生出一种淡淡的憧憬……这种微微心动的感觉，我已经很多年没有过了，嘴上却说："万一他也不肯送我呢？万一他是弯的呢……万一他是韩国电影里那种变态杀人狂呢？你就这么放心把我交给一个陌生男人？"

霄霄十分鄙视地看我一眼："别装了啊！跟这么一个帅哥孤男寡女共处一车，你素食多年，不把人家生吞活剥就不错了。"

我嘿嘿一笑："看来今天晚上要是不发生点什么，还真对不住你这么看得起我。"

我们回到饭桌前的时候，齐峰果然已经付过账了，还细心地把剩下的比萨打了包，见到我们回来，他说："很晚了，我送你们回家吧。"

霄霄拎着包站起来："不用了，我还要去个地方，你送她就行了。"说完霄霄转身就走，穿着七寸高的靴子竟然跑得快得像兔子似的，转眼间就不见了踪影。

她是有心为之，相信齐峰也看得出来……现在就剩下我们两个，他看起来面色如常，我却有些尴尬，两个人一起低头走到电梯口，一直没有说话。

电梯门终于打开，里面有一对情侣正在热吻，大学生模样，吻得很认真，完全到了旁若无人的境界，我跟齐峰对视一眼，犹豫片刻，还是进了电梯。

狭小空间里，那对情侣的喘息声此起彼伏，十分暧昧……好像过了漫长的一个世纪，电梯终于抵达地下停车场。

我一刻也不想待在电梯里了，可是忙中出错，细细的鞋跟在门缝里卡了一下，我整个人朝前扑去，险些跌倒，我手臂胡乱一挥，本能地挽住了齐峰。

……像是有一种细微的电流经过指尖，他衣服的料子干燥而亲切，摸起来十分舒服。陌生的男子气息与停车场寒冷的空气混合在一起，格外清凉。

我急忙松开了他。

电梯门在身后闭合，这已经是这栋楼的最底层，但是那对情侣却没有下来，留在里面继续热吻。

他望着我，我也望着他……灯光雪亮，他看起来面容平和，可是这一刻我却尴尬到了极点。

"你家在哪儿？我送你。"齐峰按了一下车钥匙，黑色奥迪A6的车灯闪了闪，停得很近，就在我们旁边。

"……你家在哪儿？顺路吗？"我的声音听起来有些不自然。

"不顺路，那你自己打车回去吧。"他面无表情地看着我。

我怔住了。

他笑了，微微弯起唇角，那笑容就像和煦春风里湖面拂起的涟漪，一漾一漾，随着夜风泛开了去。

我也笑了，虽然他说笑话的样子很冷，但他原来并不像看上去那样死板。

"那些武侠情节你是怎么想出来的？你知道吗，当年我看《怜月歌》的时候，每天都在等更新，还刷了不少月票给你呢。"他单手扶着方向盘，侧脸的线条在昏暗的灯光下分外柔和。

地下停车场很大，像个迷宫，他带着我在一片灰色中穿梭……冲上地面的那一刻，车窗外灯火阑珊，我们像从深深的海底浮出水面。

"如果我不是兰成雪，你还会送我回家吗？"不知怎的，我突然问出这样一句话。

齐峰的可怕之处在于，他总会在某个不经意的瞬间唤起我对安澜的记忆。这对我而言，是痛苦，也是惊喜。

因为在安澜身上，我终于明白，欣赏只是欣赏而已。很多人喜欢看金鱼在水里游来游去，并因此去逗弄它，喂它鱼食……但谁会把一条金鱼作为终身伴侣？

安澜对我不就是这样。

前面的路口处是红灯，齐峰踩了刹车，换挡，停好车子，侧过头来看我的脸："我是专程来还你东西的，在此之前，我并不知道你的第二个身份。"

他回答得这样认真，我反而有些不好意思了。对于一个初次见面的人来说，也许我不该说这样的话。

我是白羊座，率真是骨子里的天性……因为他在我眼中与别人不同，所以我难免口无遮拦。

"杜芊芊，你是不是担心自己会被笔名的光芒所掩盖了？"信号灯变成绿色，齐峰发动车子，忽然转过头来看着我的脸。

我怔怔地望着他，那双眸子倒映着车窗外黯淡的橘色灯火，凝聚而光明，仿佛亮到人心里去。

多年以前，安澜对我就是这样，因欣赏而靠近，因了解而分开。古代女子无才便是德，现代女人有才也未必能留住男人心，其实才华也分很多种，有些只够把他带到你面前。

"其实不会啊，因为这个笔名本来就是你自身的一部分。"齐峰转过头来瞥我一眼，"杜芊芊，虽然你给了我一个惊喜，但我并不是因为这个才想跟你做朋友的。"

我怔了怔，心里某个柔软的地方突然被触动了……我扬起唇角，这一抹笑意发自内心。

我拍了一张车窗外空荡的街景，更新了一条微博。

"挥别错的才能跟对的相逢……我有病，他好像有药。"

其实我又何尝不想摆脱安澜的阴影，开始另一段人生？就算前路漫漫，也总好过停滞不前。

霄霄的私信很快就过来了："啥药？虎鞭？"

我手一抖，没拿住，手机啪的一声砸到车门上，齐峰侧头看我一眼，长长的睫毛在脸上投出一圈毛茸茸的暗影。

我与他对视一眼，蓦地收敛了笑意。

……这种感觉，是叫作怦然心动吗？

……是为他，还是为了记忆深处的那位故人？

2.

车子驶进小区，停在我家楼下。

园区里灯光如繁星，不远处有野猫在叫，一声一声，叫得人阵阵心悸。

我道了谢，拿起包包刚要下车，齐峰忽然咔的一声锁上车门。

"你干吗？"我诧异地看他一眼。

他降下玻璃，将胳膊伸出窗外，空中一轮明月圆似银盘，伴着冰凉夜风，将清辉洒在每一寸人间："不知道为什么……就是不想让你走。"

我没有说话，只是一动不动地望着前方，心怦怦跳着，像是喝了太多咖啡。

"你没有男朋友吧？"他仍然背对着我，"明天可不可以陪我看电影？"

车里的狭小空间忽然异常安静。

我不知道该说什么，可是沉默也有许多含义。

跟安澜分手已经快两年了，这段时光里，我对所有雄性生物都失去了兴趣，再帅的男生摆在眼前，我看都懒得看一眼。

我以为我这辈子就这样了，像一根点不燃的烟，与全世界绝缘，孤独地散发着苦涩的香气……只好做个世俗眼中那种有隐疾的怪咖。

还好我遇到了齐峰。

就算我们之间停步于此，再无交集，我也依然感激，因为他帮我找回了年轻女孩应有的感觉，哪怕只有一瞬间也好。

我还活着，我的心还会跳。

微弱的按键音打破了夜一样的沉默，齐峰转过头来的时候，我正在摆弄他的手机。

"这是我的电话。"我把他的手机放回原处，"记得明天打给我。"

3.

我刚上楼，齐峰的短信就来了："到家了吗？"

黑暗中，手机屏幕的光芒微弱极了，如风中的烛火，摇曳心旌。

我换了拖鞋，走进卧室，正想着该怎么回复，他的电话就打过来了。

电波里一阵沉默，我靠着房门，没有开灯。

"你怎么不说话？"他问。

"等你先说。"

我觉得我声音里有种挑逗的意味，于是又不再说话，黑暗中弥漫起大片大片的沉默，却似拥有了别样的颜色。

"你怎么不开灯？"

我怔了一下，急忙往窗边走去，他的车还在楼下，两柱灯光照得好远，隐约有个模糊的轮廓靠车站着，夜色下像一团花影……

仿佛风一吹就会散去。

"你怎么还没走？"我看一眼手机，已经快十一点了，我咬咬牙，问，"对一个初次见面的女生，你会不会太主动了点？"

"怎么，你觉得你不值得？"齐峰的声音在电话里格外动听。

窗外，他好像在抬头望我。

"我怎么想并不重要，关键在你。"

窗帘上有紫色的印花，我轻轻攥着，窗帘皱成一团。

他笑了，好像有轻微的气息沿着听筒传来："明晚一起吃饭吧，我来接你。"

"嗯，我请。"

"这辈子你跟我吃的所有的饭，都由我请。"

他挂断电话，发动车子，缓缓开出我的视线。

手机微微发烫，顺着手指，蔓延到心尖。

我打开台灯，橘色的光辉在墙壁上投出薄薄的一片影，我趴在地上，从床底下取出一个铁盒，上面的Hello Kitty图案因为年代久远，已经有些褪色了。

多少年了，我一直不敢打开这个盒子，我怕它会像潘多拉魔盒一样，释放出不堪回首的记忆——

贪婪、虚无、嫉妒、痛苦……那全是我在那段感情中，最绝望的感受。

4.

铁盒里装着厚厚的一叠信。

大部分是我写给安澜的，只有三分之一是他写给我的。

其实在这段感情里，我待他有十分，他待我能有三分就不错了。

少女时代迷恋一个人是很容易的……如果没有后来那段奇遇，我可能早就醒过来了。

我拂了拂灰尘，打开一个信封，安澜的字迹映入眼帘——

"兰成雪，你新书里的男主角原型就是我吧？哈哈，我是不是该收你点版权费什么的呀？什么？你想肉偿？想得美！那我不是太吃亏了吗……"

过去的时光呼啸而来，我心里猛然掠过一阵惊痛。

我急忙叠上信纸，胡乱放回盒子里，打算明天拿出去丢掉。

挥别错的，才能与对的相逢。

手机又响了，是条新短信，是齐峰，他说："晚安。"

我急忙回了同样的话，怕他看不到就睡着了。

但愿这是一个好的开始吧……他很像安澜，却比安澜对我好太多了。

5.

卸了妆，洗了澡，我躺在床上，望着天花板睡不着觉，索性打电话给霄霄，把跟齐峰的事讲给她听。

霄霄很欣慰的样子："这就对了嘛，赶紧把他拿下，领着去参加班长的婚礼，多有面儿啊！"

"婚礼就在下周，哪那么快啊……"

我嘴上这样说，心里却在想，安澜，他真的会来吗？

"杜芊芊你别跟我装啊，难道你就不想在安澜面前挣回点面子？反正我要赶紧寻觅个大帅哥，到时候带过去威风威风！"

"齐峰怎么样？要不我发给你吧！"我故意逗她，可能潜意识里很想跟她再多聊一聊齐峰吧。

"哎哟，你还说呢，你猜我回家路上，忽然想起谁来了？"霄霄一拍大腿，"齐雯绮那个小娘们啊，是不是长的跟他有点像？"

我怔了怔，努力回忆齐雯绮的脸，却有些模糊了。

"他俩还一个姓，该不会是兄妹吧？"霄霄嘿嘿两声，"完了，这完全是狗血剧的节奏啊，姐姐男友被撬，派弟弟复仇，结果弟弟真心爱上了仇人……"

"啊……不会吧？"我瞬间入戏，脑海中浮现虐心剧情。

"傻呀你，哪有这么巧的事，怎么不去买彩票啊你！齐峰说他是吉林人，怎么可能跟齐雯绮有关系。"霄霄见我真的信了，急忙把话往回拉，"他们两个不过是眼睛都小了点嘛……其实也不是太像！齐峰长得比齐雯绮好看多了，她都丑哭了，还以为是个公的就会喜欢自己！"

可这确实是个蛮虐心的梗啊……我忽然来了灵感，草草挂断电话，跑去写武侠小说了。

6.

昨晚我赶稿子到两点多，还没睡饱，就接到了齐峰的电话。

"杜芊芊，该起床啦。"他的声音听起来十分振奋。

"哥……我昨天睡得很晚。"我最恨被吵醒，可是这一次，好像也不是那么难受。

"我知道，两点多嘛，我看了你的博客。"

我一下子从床上坐起来，握着话筒，却没有说话。

沉默拥有很多的含义，这一刻……可能是感动吧。

这个男生想了解我……他很认真地关注着我。

"给你半个小时收拾一下，我买了好吃的，在车里等你。"齐峰挂断电话。

我赤脚跳下床，撩开窗帘，看见齐峰的车就在楼下。

其实这是个很好的开始吧……可是偏偏就在这一刻，我想起了安澜。

安澜从不曾给我这样的呵护，他不会在深夜里去看我的微博，亦不会趁午休跑到我家楼下，更不会给我半个小时的时间梳洗打扮。

记得曾在哪位小清新的空间里看过这样一句话："你欠某个人的，会有另外一个人要回去。某个人欠你的，会有另一个人还回来。人生的无情与有情、滥情与绝情，长久来看，是守恒的。"

……这会是个幸福的开始吗？

我是因为安澜才注意到齐峰的，他们眉眼里有种相似的东西，也许，他就是来还债的人？

旧得褪了色的Hello Kitty饼干盒就放在门口，里面装满了我与安澜的信，曾经我视若珍宝，如今却不敢再看，我把它装到一个黑塑料袋里，打算一会儿拿出去扔掉。

作为一个武侠小说家，我当然知道，每一段孽缘的开始，都美丽得像场童话。可是有多少人明知道结局是悲剧，却依旧义无反顾……而我，既然还有放手一搏的机会，何不重整旗鼓，下盘好棋？

第一步，就是忘记安澜。

7.

齐峰远远看见了我，从车上下来，为我打开副驾驶的门。

我化了妆，喷了Miss Dior的香水，还穿了细高跟的黄色瓢鞋。

他端详着我，唇角一弯："刚睡醒就这么漂亮。"

每个女人都喜欢听到赞美，即使明知道是假的，我心里还是好像喝了蜜糖。

"你这么会聊天……一定有过很多女朋友吧。"我低着头，假装自己也很老练。

齐峰递给我一块三文鱼比萨："吃吧，这也是从你博客上看的。"

我看他一眼，接了过来，齐峰的眼睛细而幽深，耐人寻味。

"我是有过很多女朋友，但这并不妨碍我现在喜欢你。"这句话他说得很轻描淡写。

比萨上有少量芥末，我咳嗽几声，差点呛到。

可能是从小打下的基础吧，其实我心底里是自卑的，就算现在长开了，会化妆，打扮完了勉强也算半个美女，但我知道自己的资质，我依然不觉得自己的外貌有吸引男人的魅力。

我默默地吃着比萨，一颗心扑通扑通的，齐峰轻轻捧起我的脸，食指在我眉毛上搓了搓。

"你左边的眉毛没画好。"他的声音逼近了我，人也逼近了我……我看见他眸子里的光，像一根缓缓烧着的灯芯。

"这也是从我博客上看的吧？"我奋力一笑，"怎么，你想帮我画眉？"

齐峰的唇，忽然印上我额头……很软、很轻，我闻到他身上的气息，带着淡淡的烟草香。

"当我女朋友吧。"他在我耳边说，"以后我天天帮你画眉。"

我愣住了，心里一瞬间有千百个念头闪过，却没有一个留得住……最后一帧画面，是安澜年少时的脸。

"你喜欢的是你想象中的兰成雪，不是我。"我躲开他，贴着车门坐着，扭头望着窗外，"画眉只是我小说里的情节……现实中的我很恶俗的，不化妆素颜的样子很难看，也不知道怎么给人当女朋友……"

齐峰拉住我的手，轻轻攥着："没关系的，我可以教你。"

第四章
我把思念给了你

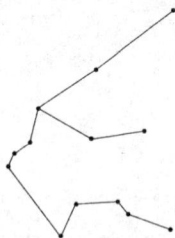

我把风情给了你，

日子给了他。

我把思念给了你，

时间给了他。

我把眼泪给了你……

——王菲《不留》

1.

2002。

"风动"武侠论坛的第一次同城见面会之后，我与安澜的距离并没有被拉近，可是我的生活并始起了变化，可以说是人生的一个转折点。

我本来是为了安澜才去写武侠小说的，处心积虑地投其所好，是想吸引他的注意。可惜，同城见面会上，安澜并没有来，我却被本城最大出版社的图书编辑看中，说要帮我出书，并且约我下周一面谈。

我回家把这件事跟我妈一说，她怔了怔，第一个反应是："你别白日做梦了，遇到骗子了吧？出书是不是得管你要钱啊？"

我爸在社会科学院供职多年，倒是没把出书这件事看得那么难，反而鼓励我说："你去看看也行，见见世面，但是别被人骗了，找个同学陪你去。"

"你看看你，心怎么这么大啊，你当爸的不陪着，让她找个同学，两个小姑娘不是更危险吗？"

"那就找个男同学陪着呗！"爸爸把报纸翻了一面，也不生气，依旧笑呵呵的，"咱闺女都这么大了，要放在古代，指不定我都当上姥爷了。"

我怕他们再说下去会扯得更远，忙说："放心吧，这点事我自己能处理，有事我给你们打电话！"

"说到电话……"我爸把报纸放到桌上，摘掉眼镜，从挂在腰带上的棕色小皮包里掏出一个灰色的摩托罗拉V9，"这个给你用吧！我刚下来一笔翻译费，再买个便宜点的用就行，宝贝闺女用好的！"

我怔了怔，接过来紧紧攥在手里，片刻后兴奋极了："真的吗？"

我妈比较严厉，走过来一把抢了回去："这么贵的东西你给一个高中生用合适吗？老师会怎么想，同学会怎么想？你是搞社会研究的，你觉得这样合适吗？"

在我们家，我妈的地位堪比女皇，她眼睛一瞪，我跟我爸一秒钟就变成了小绵羊，根本不敢顶嘴。

不过我实在是想要个手机，尤其是拉风的V9，忍不住眼眶含泪地看了她一眼。

"哎，算了，你爸话都说出去了，那就给你吧。"我妈终究还是把手机给了我，又补了一句，"……里面有我手机号，没事可以给我发短信！电话费从你零花钱里扣！"

我高兴得跳起来，轮流抱着他们狂亲，心里却想着，有了手机，我以后就可以给安澜发短信了！

当时的我根本没有想过，多年以后，安澜竟会真成了我男朋友。

呵，谁说人生无希望？原来我真的可以逆袭，就算幸福很短，但也终究得到过。

虽然只有短暂的几个月，却好像做过一世的夫妻……那时的他无家可归，我父母收留了他，把他当准女婿一样悉心照顾，安澜说他觉得我家里特别温馨，他说他会一辈子把我父母当成亲爸亲妈。

不过，这些又有什么用呢？

他爱我所拥有的一切，可是独独不爱我。

2.

高中课堂上，霄霄看到我的摩托罗拉银灰色V9，比我还兴奋："你知道一部手机对追男生这件事有多大帮助吗？从此以后，你可以每天叫他起床，睡前跟他说晚安……你还可以发心情发笑话，屁大点事都可以告诉他。"

"可是……我不知道安澜的电话号码。"

其实霄霄说的这些，我都迫不及待地想用在安澜身上，但是我不敢。

内心深处我是自卑的，我打心眼里觉得自己配不上安澜。

霄霄想了想，说："这事好办，学校里爱嘚瑟的男生就那么几个，我挨个去跟他们套近乎，今晚放学前就能要到安澜的电话号码。"

这时，我无意中往窗外望了一眼，正好看见安澜跟齐雯绮一起并肩横穿操场，俊男美女，背影真是羡煞旁人。

我当时不过一米六多一点，而齐雯绮至少有一米七，跟一米八五的安澜站在一起非常般配，就像电视里走T台的模特，我又自惭形秽起来："算了吧，我怎么抢得过齐雯绮呢？他们发展到哪一步了我都不知道……何必自取其辱。"

霄霄顺着我的目光望向窗外，狠狠地说："这种贱人你也拿来当对手，她配吗？走肾不走心，根本不是人。"

话音未落，她的眼神忽然僵住了，倏地从座位上站了起来。

我也站了起来，顺着她的目光看过去，隐约看见安澜和齐雯绮站在校门口，一个瘦瘦的男生站在他们对面，手上好像捧着什么。

我指着窗外："咦，那不是秦睿吗？"

霄霄阴着脸，扭头走出教室，一言不发地往楼下狂奔。

我一路小跑着跟在她身后，想起安澜和秦睿上次在练歌房因为齐雯绮打架的情景，心里不禁苦涩难言。

霄霄一口气跑到校门口，速度堪比百米赛跑，然后不住地大喘气："秦睿你可别闹了啊！小样的你单枪匹马还敢来送花……你不知道安澜人缘有多好，方圆百里都是他哥们儿，待会儿给你堵墙角群踢！"

秦睿微微一笑，阳光下的他看起来英俊儒雅，手里捧着一束白玫瑰，缓缓走到霄霄面前："别傻了，这是送给你的。"

霄霄愣住了，原本正在大喘气的她一下子屏住了呼吸："你……你说什么？"

秦睿笑着把目光扫向安澜和齐雯绮："刚才我已经跟他们解释过了，上次的事是场误会……你跟我才是一对。"

一瞬间，霄霄好像石化成了一尊雕像，她用那样的眼神看着他，一动不动："秦睿，你再说一遍？"

"再说几遍都行。"秦睿把白玫瑰塞进霄霄怀里，手顺势搭在她肩膀上，"你说过你喜欢这种花，我一直都记得。"他把手一紧，霄霄整个人栽进他怀里，脸上腾起一丝娇羞的表情。

……那个表情，多年以后我依然记得清清楚楚。

正午和煦的阳光照在她身上，笼起轻纱样的金色光泽，薄薄一层，将她整颗心勾勒出来……赤红的、跳动的。那一刻，她得到了全世界。

齐雯绮眼中闪过一丝嫉妒与不耐，她习惯了做主角，不喜欢当观众，于是捏了捏安澜的手："我们走吧，吃完午饭我还要画板报。"

说完她扫了秦睿一眼，两人目光相对，秦睿没有闪躲，沉默的眼神中透着一丝挑衅。

安澜顺从地跟着齐雯绮走开，很温柔地问她："想吃什么？"

秦睿揽着霄霄挡住他们的去路："安澜，咱们四个一起去吃点什么吧，我请。"

还没等安澜回答，齐雯绮抢道："去就去！地方是不是我们点啊？"

秦睿点点头："当然，随便点。"

"必胜客怎么样？有点贵吧？"

齐雯绮似笑非笑，秦睿面露难色。

我听霄霄说过，秦睿父母离异，并且各自组建了新的家庭，因此他早熟而叛逆，小小年纪就出来闯荡了。

在当时的高中生眼里，必胜客是很昂贵的地方，吃一次基本要花掉一个月的生活费，秦睿自然是请不起的。

霄霄嗤了一声："还以为你费老大劲要点什么，原来就是个美国快餐，走吧，随便点，不但管饱还给打包。"

齐雯绮面色一沉，然后笑了："哟，不愧是富家女，出手可真大方。"

这时霄霄余光忽然扫到我，急忙迎过来拉我："走吧，一起去！"

我急忙推辞："不用了，我带了盒饭。"

慌乱之中，我抬头看了一眼安澜。

那一刻，他好像也在看着我。

……该怎么形容跟他对视的感觉呢？全身如被软针乱刺，怎么摆姿势都不舒服，一颗心怦怦直跳，我只好夹着尾巴逃走："你们快走吧，四个人正好打一辆车。"

这时，齐雯绮打到了一辆车，三个人都坐了上去。除了霄霄，没有人过来邀请我。

霄霄只好依依不舍地放开我："那等我回来给你带比萨吃。"

我僵硬地扬着唇角，笑得灿烂而辛苦："好！"

目送出租车绝尘而去，我缓缓收起笑容，忽然间觉得眼眶酸楚。

……是我太矫情了吗？为什么我有种被抛弃了的感觉？

霄霄跟秦睿现在是情侣了，物以类聚，也许他们很快就会跟安澜和齐雯绮这对风云人物成为朋友……而我呢，我是什么？我跟他们根本就不是一个档次的人……

我不配跟他们一起吃必胜客，也不配跟齐雯绮争安澜。

我转身走回学校，用校服袖子揩掉眼角的泪，独自在操场上漫无目的地走，一圈又一圈。

身边人来人往，可是不会有一个人注意到我，也不会有一个人为我停留。

我从小就是这么一个没有存在感的人，也许我根本不该对安澜痴心妄想。

3.

风很大，卷起地面上的沙子扬我一脸，我背过身去，把下颌缩到校服领子里，倒退着往前走。

"哎哟！"我好像踩到了什么人，他的声音有点耳熟。

我回过头，抹了一把脸上的沙子，对上一双乌溜溜的眼睛。

"杜……杜仙仙！"他指着我的鼻尖，露出恍然大悟的表情。

"江晓钺？"我认出他来。

这厮又把我的名字叫错了。

江晓钺家里有钱，成绩也不错，念的是实验中学合作校，听霄霄说他正在办出国手续。

"梁霄呢？"他很自来熟，扯着我到一棵大树底下躲沙子。

"吃午饭去了。"我有些讪讪的。

那个时候江晓钺个子不高，身量偏瘦，穿着当时学校里最流行的耐克运动服，胸前有一个大大的对号，在沙尘暴里那个logo看起来像一只眯起的眼睛。

他忽然不怀好意地凑过来："喂，杜仙仙，你吃午饭了没有？"

我狐疑地看着江晓钺，心里却想，虽然他跟安澜不是一个级别的，但也算是远近闻名……总不至于会喜欢我这个瘦小干瘪的学霸吧。

"首先，我叫杜芊芊，然后，我没吃午饭。"

我很认真地回答了他的问题。

"我请你吃饭吧！"江晓钺的脸忽然在我眼前放大了许多，他将我逼退到大树底下，风摇落叶，卷着风沙漫天飞舞。

"为什么？你很喜欢到处请人吃饭吗？"话没说完，我就赶紧闭上了嘴巴。

又是一阵大风刮来，把沙子直甩到人脸上，江晓钺搂着我背过身去，半拖着我往校门外走去。

我闭着眼睛，听见街头音像店里传来谢霆锋的歌："莫说岁月长长，岁月长更缠绵，如果拥有一瞬间，宁愿放弃我孤单……"

他也跟着唱起来，声线还不错。

那时候我觉得江晓钺完全是个二货，当我恍然发觉他其实很帅的时候，转眼已快二十年。

4.

我跟许许多多的女孩一样，在少女时代喜欢过谢霆锋。

我们喜欢他锋利的眉眼、凛冽的五官，以及唇边那一抹羞涩又蛊惑的笑容。

可是这样的男人，一旦拥有，就要随时准备失去了吧？如果没有惊人的美貌和天后的气场，谁敢去爱他？

于是他后来充满命运感的每一步，都会让我想起自己的少女时代。泛黄海报上的那个英俊少年，那一年他刚与王菲相恋。

到底什么是命运呢？

2002年，张柏芝曾经遇过一次劫难，她在表演飞车镜头的时候出现意外，汽车落地时失去控制，张柏芝受重伤被送进医院，据说她当时伤势非常严重，甚至有可能终身瘫痪。

我清清楚楚地记得，当时八卦杂志铺天盖地地写，陈晓东和张柏芝分手，是因为谢霆锋横刀夺爱。谢霆锋自然矢口否认，说他和张柏芝只是兄妹关系，他爱的人是王菲，将来要结婚的人也是王菲。

我信了他的话。在教室里，我跟一群女生争辩，说谢霆锋跟王菲，一定会在一起一生一世。

2002年，我十六岁，我喜欢上安澜，很喜欢很喜欢，但我以为我们永远不会有交集。

2005年，陈凯歌的一部《无极》撮合了这对金童玉女，可是张柏芝在片中被诅咒："你永远都得不到真爱，就算得到也会马上失去。"

2005年，我读大三，暑假独自去西安看兵马俑，安澜刚巧在那座城市里实习，他在QQ上给我留言："杜芊芊，我请你吃顿饭吧。"

2006年，谢霆锋在海岛上向张柏芝求婚，碧蓝的天、碧蓝的海，浪漫极了，就像童话。但是香港有相士批谢霆锋与张柏芝在命格上处处相克，谢霆锋轻则惹上官非，重则有性命之虞，可是当时谢霆锋说："我爱她！愿意用命去搏！"

2008年，安澜穿着银行职员的制服，收敛了少年时锋利的棱角，他说杜芊芊，我喜欢你。

2014年，谢霆锋被曝与王菲复合，我惊讶到嘴巴脱臼。一曲传奇，兜兜转转，这几个人中龙凤竟然回到原点。当我听到这个消息的时候，有种无法形容的酸涩心情……十二年的轮回，多少人的爱情已经面目全非。

而我又何曾想过，最后陪在我身边的人竟会是他。

我们十六岁相识，二十九岁相爱，说一生一世为时尚早，不过总归是个目标。

他也知道，我永远都忘不了安澜。

因为每个人都有十六岁——

最好的年纪，也是最坏的年纪。

5.

江晓钺说要请我吃午饭。

他爸爸给他买的车就停在学校门外，是一辆帕萨特，在当时也够张扬的了，要知道那个年纪我们都是骑自行车的。

当我终于可以睁开眼睛开口说话的时候，发现自己已经坐在他车上了。

江晓钺稚嫩的脸上露出得意的笑容，他发动车子，打开车窗，故意开得很慢。

"快把窗户关上，你还嫌被沙子呛得不够？"我眼看一大片风沙扑在前挡风玻璃上。

"你懂什么，车窗关上了我怎么泡姑娘？"江晓钺用手抹了一下脸，重新摆好笑容，"你永远不知道有多少姑娘会对你一见钟情。"

他说完这话，又一轮风沙扬起，我眼看着一大把沙子灌进他嘴里，忍不住替他牙碜。

"带你去吃必胜客吧。"他拿起车门上的矿泉水，一大口倒进嘴里，应该是想漱漱口吧，可是这时右前方忽然有个美女经过，他猛一刹车，那一口沙子汤就喷了出来。

"江、晓、钺……"我的校服湿了一半，上面还沾着从他嘴里吐出来的沙子。

他嘿嘿一笑："不好意思啊，我先带你买身衣服去。"

6.

江晓钺挑女装的品位跟我完全不同，他喜欢甜美可人型的，可是这些衣服我平常都不好意思穿。

后来他不耐烦了，硬给我买了一条连衣裙："就这个吧，牛仔的，配上运动鞋也不至于太难看。"

我没带那么多钱，江晓钺先付了账，不过我是打算还给他的：

"我在发票上给你写个欠条吧，下个月一发零花钱，我马上还你。"

江晓钺摆了摆手："得了吧，你有这个钱，好好捯饬一下你自己，别天天穿得跟块破抹布似的，安澜喜欢漂亮的。"

我一下子怔住了。

什么？安澜？……他都知道什么？

江晓钺见我停下脚步，就拽起我的袖子往前走，苦口婆心地道："你别紧张，这也不是什么大事，其实你掩饰得很好，但是你的眼神还是出卖了你……放心吧，一般人是看不出来的，哥身经百战，万花丛中过，看透你的心思也很正常。"

"你瞎说什么呀！"我急了，脸颊发热，"我跟安澜连话都没说过几句！你随口瞎掰，倒是不痛不痒，但别给我找麻烦好吗？"

"嘿，要不是做贼心虚，你急什么呀。"江晓钺把头凑过来，一双黑眼睛贼溜溜的，很亲热地揽住我的肩膀，"妹子，待会儿吃饱了，帮哥哥做件事吧，否则……嘿嘿。"

我推开他，狠狠地瞪过去："干吗呀，你想威胁我？"

"你要是不帮我办事，我就把你暗恋安澜的事儿登到校刊上去。"江晓钺仍然笑嘻嘻的，"到时候你可就出名啦！"

7.

江晓钺说要带我去吃的大餐，原来真的是必胜客。

车子停在门口的时候，我的心着实跳漏了一拍……安澜，他现在就在里面吧？现在的我，穿着新买的连衣裙，身边跟着隔壁学校最红的男生……

他，会不会多看我一眼呢？

带着这样复杂的心情，我挺直脊背，摆着姿态走进大门。江晓钺狐疑地看着我："你怎么忽然像只鹌鹑？能不能好好走路？"

"管好你自己吧，我就是像大鹅跟你又有什么关系？"我小声反驳。

江晓钺却笑开了："哈哈，那待会儿拿铁锅把你炖了。"

就在这时，我忽然看见安澜。

真佩服自己有这样的本事，无论在何时何地，有多少人，我总能第一眼就定位安澜，比GPS还牛。

他们四个好像刚吃完饭，正说说笑笑地往外走，在我看着他的时候……安澜也看见了我。

他停下脚步，拍了拍霄霄的肩膀，看向我。

"芊芊！"霄霄迎过来，拖着秦睿的手，笑嘻嘻地说，"咦，江晓钺？你们两个怎么搞到一起了？"

我看着霄霄，余光却在注意安澜，完全没有听进去她的话。

"我本来是去你们学校找你的，可是你不在啊，我就捡了这个傻妹子。"江晓钺又来搭我肩膀，"不过看你这重色轻友的样，应该也不会帮我的，还是她好。"

我急忙躲开，离江晓钺八丈远，偷偷看向安澜，他却早就已经走远了。

……原来我的新衣服、我的鹌鹑姿态，他根本就没放在眼里。

自作多情不就是这样吗？

我像一朵卑微的花，卑微地换了新衣裳，顶着沙尘暴盛开，可是你想让他看到的那个人……

原来却从来都不在意啊。

8.

这一顿比萨有点索然无味，江晓钺瞄了我一眼："杜仙仙你怎么跟丢了魂似的？看到安澜跟别人在一起，心里不好受了吧？"

我有些蔫蔫的："你再乱说，我待会儿就不帮你办事了。"

江晓钺立马变脸："仙仙妹子，还点菜不？我给你叫个比萨打包带走吧？"

我白了他一眼，用餐刀把盘子里的比萨切成大蟹酥那么大的小小碎块，江晓钺看见了，一把抢了过去："哎，好精致呀，给我尝尝！"

我趴在桌子上，歪着头瞅他："不管切成什么形状，比萨就是比萨，又不会变成牛排。"

"不管高矮胖瘦，男人就是男人，横竖都得看脸。"江晓钺不依不饶，又把话题扯了回来，"安澜那小子有什么好的？瞧你这丧气样吧，至于吗。他根本就不适合你，你应该找个学霸，成为一段励志的传说！"

我站起来就走："你不就是变着法说我长得丑吗？行，是我癞蛤蟆想吃天鹅肉，我认了还不行吗？"

风沙依旧很大，我穿着新买的衣服，强横地走在风里。

不知道走了多久，我抬起头来看路，发现自己走错了方向。我颓然转过头去，却看见江晓钺的车，正慢慢地跟在我身后。

他降下车窗，风沙再次糊了他一脸："杜仙仙，你过足了戏瘾，可以上车了吧？"

我转身就走，江晓钺跳下来抓我："我答应你，等你帮我做完这件事，我帮你追安澜还不行吗？"

他的车挡住了右转的路，后面的车不住地按喇叭，我被这声音刺激得有些慌乱，被他胡乱塞进车里："走吧，仙仙姐，我以后再也不敢惹你了！"

车窗外依旧风沙肆虐，我身上有汗，黏合了沙子，心里跟身上一样有些难受。

……是霄霄和江晓钺害了我吗？

这两个人，一个给我希望，一个让我难堪……我本来只是想偷偷喜欢他而已，现在却成了笑话一场。

车子安静地在市区行驶，我扭着头没有说话，直到江晓钺在一所学校门口停下车来。

大牌匾上写着"锦绣艺术女中"。

"杜仙仙，我爱上了一个姑娘，你可不可以帮我个忙？"江晓钺仰头靠着车窗，把玩着衣领上的拉链，上上下下，拉链发出嘶嘶的声响，"她们这儿管得很严，而且是女校，男生进去太显眼了，尤其是我这样的帅哥……你装成她姐姐，进去把她找出来，好不好？"

原来江晓钺要拜托我的就是这件事。

我现在虽然烦他，可是毕竟拿人手短、吃人嘴软……他一路哄着我，我怎么也要帮他这一次才行，而且今天下午第一节是体育课，我有逃课的特权，也不想那么早回去。

9.

我按照江晓钺的意思，到锦绣艺术女中，把一位名叫薛菲的姑娘请了出来。

艺术院校确实美女如云，我一进去，就感觉环肥燕瘦应有尽有，而这个薛菲姑娘，又是这一群美女中的佼佼者。

单单从外貌上来说，薛菲比齐雯绮要高出好几个级数，简直一个是明星一个是路人……跟我往一块站，那更是云泥之别。

从整体上看，她很像《喜剧之王》里的张柏芝，只是五官没那么浓，眉间隐有风尘气，一张脸却又异常清纯。

江晓钺看见她很开心，从车上下来，迎向我们，这时风不是很大，他的眼睛亮晶晶的，整个人都精神起来。

薛菲看见他，微微一笑："你又逃课？"

在她面前，江晓钺完全没有了平时那种浪荡的神色，他挠挠头说："没事儿，今天下午都是自习课。"

我抓紧机会逗他："怎么会呢，实验中学课很满的，下午从来没有自习课。"

江晓钺瞪了我一眼，想挤对我却又不能发作，那样子好玩极了。原来，每个人在自己喜欢的人面前都是这么狼狈的。

这时，薛菲忽然停下了脚步。

我抬起头，只见一群小混混模样的男生不知何时围住了江晓钺的车，正不怀好意地看着我们。

"怎么回事啊？"我向来胆小，不由自主地躲到江晓钺身后。

江晓钺也愣了一下，但很快就装出满不在乎的样子："看他们那样，可能是附近技校的土包子吧。"

领头的男生身材修长清瘦，穿着黑色皮夹克，额前染了一撮黄毛，他踩着前盖跳上车顶，很嚣张地跳了几下，笑着看向江晓钺："哥们儿，你胆儿挺大的啊，开车来泡我的妞，有钱人就是牛啊！"

薛菲忙说："东辰你想干吗呀？我早就跟你分手了，他是我朋友，你放尊重点！"

"操，你找个啥样的不好，偏偏挑个小矬子，不就是有钱吗？我今天废了他你信不信！"黄毛长得其实不难看，就是表情太夸张了，他的眼睛从薛菲身上移开，喷火似的看着江晓钺。

"来呀，你过来。"江晓钺很酷地朝他摆摆手。

黄毛从车顶上跳下来，结果没站稳，差点摔在地上。

他索性就坐在那儿指挥手下："去！把那小子给我逮过来！"

江晓钺脸色发青，撸胳膊挽袖子就要往前冲，我急忙拉住他："哎，你别过去！"

可是他哪里肯听我的，一头牛似的就往前冲。

"快拉住他啊！"我急忙叫薛菲帮忙。

薛菲根本不理我，只是无助地哭起来了，泪凝于睫的样子，确实楚楚可怜。

我没有办法，只好拿出手机："喂，110吗？我在锦绣艺术女中遭到流氓袭击，你们快点儿来呀！"

"操！"黄毛一听，跳起来就要抢我电话，我扭头往学校里跑，一边跑一边大喊："我爸是派出所所长，你离我远点！"

"还报警，真没劲！"黄毛好像被我唬住了，停下脚步，指了指江晓钺的鼻尖，带着手下迅速撤离。

我吓得腿一软，整个人瘫在地上。

江晓钺在不远处抱着薛菲，为她擦干眼泪，轻声安慰，远远看去，那画面温馨极了。

不知道过了多久，他才终于想起了我。

"杜仙仙，你真报警了？我们快走吧，免得麻烦。"江晓钺走到我面前，伸出手来。

好吧，我已经习惯他叫错我的名字了。

"当然没报警了，我吓唬他们的。"我无视江晓钺的手，自己从地上站起来，抱怨道，"早知道会有这种事，请我吃一百顿必胜客我也不来！"

江晓钺拍拍我的肩膀："朋友嘛，对不？"

10.

狭小空间里，我能感受到江晓钺和薛菲之间暧昧的气息。

"薛菲家里管得严，所以我不能去学校找她……以后你还要不要帮我呀杜仙仙？"江晓钺在后视镜里看我。

"仙仙姐啊，今天的事真是谢谢你了。"薛菲转过头来看我。

她脸上一点儿妆都没有，眉目清秀，皮肤剔透，即便我是女生，也打心眼里觉得她明艳动人。

"没什么。你们难得见面，我自己回去就行啦。"碰巧是个红灯，我下了车，往相反的方向走去。

风沙中我一个人独行，心里五味杂陈，既羡慕薛菲，又自惭形秽。

或许江晓钺是对的。

男生都喜欢漂亮的女生，就算我穿了新裙子，会写武侠小说……可是这些都是加分的东西，单凭我这一张脸，就过不了及格线。

所以安澜不喜欢我，真是一件再正常不过的事情。

在回学校之前，我找了一家肯德基，在洗手间里换回校服。

……突然有种心灰意冷的感觉，伴着漫天风沙，把我的心吹凉。

那时年轻，内心毫无坚强可言，外界一点点风吹草动，都可以影响我的心情，让我患得患失，心灰意冷。

我打定主意，从今晚开始，我再也不会上那个"风动"论坛，再也不会写武侠小说了。

11.

然而命运向来峰回路转。

当我穿着又脏又丑的校服，拎着装牛仔裙的购物袋横穿操场的时候，我们班正在上体育课，霄霄远远看见我，扯着嗓子喊："芊芊，芊芊……"

说不清出于什么心情，我就是不想理她，我假装没听到，低着头直勾勾地往前冲。

忽然撞到了一个人，他很高，地上的影子被拉得很长很长。

我抬起头，整个人都傻掉了。

"你是兰成雪？我看过你的小说！"他低头看我，眼中有明亮的光泽。

"真……真的吗？"

这一幕来得太突然了。

我几乎语无伦次，站在操场中央，心脏仿佛一瞬间被冰冻住了。

日光明亮，身边人来人往，所有人都在看着我们。谁能想到那么耀眼的安澜，竟会跟那么不起眼的我说话？

这是我第一次离安澜这么近，他身上有淡淡的洗衣粉的味道。

12.

整个下午，霄霄一直在偷偷给秦睿编手链，整张脸上都写着"爱情"两个字。而我，忽然被安澜搭讪，整个人晕乎乎的，觉得今天所经历的一切都像是梦。

霄霄说，是她把我兰成雪这个身份告诉安澜的，而且她说的很有技巧，安澜并不知道我是处心积虑想接近他的。

在下午最后一节自习课的时候，霄霄钻到桌子底下，偷偷用打火机燎线头，一缕焦味飘了上来，熏得她直咳嗽……她急忙想坐起来，但咚的一声，她不小心磕到了头。

我看着她这狼狈的样子，不免又联想到自己。

我在安澜面前是不是比她还傻？他像是个会法术的人，一看着谁就会把她变成木头人。

"好不好看？"霄霄拈着手链，美滋滋地问我，那结打得密密实实……像少女的心事，却是无解。

我点点头，本来我是有点生霄霄的气……可是因为安澜这件事，我又把之前的事情都抛在脑后了。

我一边想着安澜，一边暗想今天晚上要写的情节……武侠小说我是因他而写，既然他喜欢看，我就会一直写下去。

霄霄又说："告诉你个好消息吧，齐雯绮下午请了事假……说是她爸爸病了，谁知道呢。"

"……这算什么好消息。"

就算她是齐雯绮，我也不愿意听到这种事情。

"她有事不能来学校，你跟安澜不就有机会了吗？"霄霄把编好的手链小心翼翼地放到一个粉色的小方盒子里，"芊芊你知道吗，我今天真的很开心……我希望你也能跟我一样开心。"

我忽然有些惭愧……为中午我那一点微妙的心情。

"这个给你。"我把今天发的卷子递给她，上面已经写满了答案，"这几天抓典型，不写作业的会被罚站。"

霄霄探身过来，作势要亲我，我急忙闪躲，她哈哈大笑："今晚我想跟秦睿去看电影，正愁作业的事呢……芊芊呀，要不你好人做到底，干脆帮我写了得了……"

我一听这话，以起床的速度收拾好书包，一阵风似的飞奔出教室。

13.

走出教学楼，外面的天已经漆黑一片，我蓦一抬头，就看到安澜。

他竟好像是在等我，一看见我就朝我走来。

"喂，你今晚会不会更新啊？"他跟着我一起往校门外走。

我又被他变成木头人："嗯……应该会吧。"

很多人在看我们，大家都背着书包，穿着灰扑扑的校服。

安澜是红人，他跟齐雯绮在一起备受瞩目，跟我在一起也依然是焦点。

"我真佩服你，能想出那么曲折的故事。"走到大门前，他停住了脚步。

我仰头看他，月色下的安澜像一帧影子，美丽而不真实。

"再见！"他跟我道别。

那一年，东北的冬天来得特别早，也特别冷，可是好像只有这种冷，才足以冻结我内心的痴妄。

安澜与我之间的纠缠，也由此开始。

14.

安澜主动跟我说话已经让我受宠若惊，而他方才竟然在门口等我……我有种飘飘然的感觉，走在路上，像是在飞。

这条回家的路，仿佛也拥有了别样的含义……我低着头走，不知不觉嘴角已经上扬。

再往前走一条街就是我家小区了，这条巷子有点黑，我在地上看到三条长长的人影，可是当我越走越近，他们却没有闪躲。

我抬起头，昏暗的灯光下，只见那人头上有一撮黄毛，身形很瘦，旁边跟着两个毛头小子，衣着打扮都挺怪的，像发廊里的洗头小工。

"你跟江晓钺很熟？"

那三个人挡住了我的去路，黄毛朝我摇摇晃晃地走来："你今天中午是骗我的吧？你根本就没报警。"

"但是，我爸虽然不是警察，但我二大爷真是警察……"我一步步后退，心里不是不害怕的。

听说技校的男生都很野，学习也不好，跟我们省重点高中的人可以说是泾渭分明，向来很少有交集。

"你帮人跑腿之前，也不先去打听打听，薛菲是谁的人？"黄毛的手下逼近了我，伸手过来扯我的书包。

我抓起一块石头扔过去，转身拼命往反方向跑。

身后的脚步声越来越近……他们腿长，步子也大，要不是巷子狭窄跑不开，恐怕他们早就追上我了。

终于跑到巷子口，一时灯光大亮，我刚刚冲出去，就听到刺耳的刹车声。

安澜一脚着地，骑着自行车划到我身旁，他抬头看见是我，脸上露出惊讶的表情。

我的心怦怦直跳，不知道是因为后边的追兵，还是因为安澜的眼睛。

他看了一眼我身后，发现有人追我，急忙将我抱上横梁，飞驰而去。

阑珊的街景迅速后退，我的姿势很不舒服，夹在他跟横梁之间，摇摇欲坠。

可那是我最快乐的一刻。

情窦初开，得偿所愿，那种感觉应该跟粉丝跟明星近距离接触是一样的。

那时安澜就是我小世界里的天皇巨星，是我以为自己永远无法企及的一个梦。

所以今生今世，我可能都不会再有那样的一刻。

心动而辉煌，无与伦比。

第五章
爱上一个天使的缺点

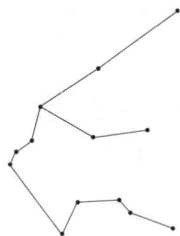

> 爱上一个天使的缺点，用一种魔鬼的语言。
>
> 你在我旁边，只眨了一眨眼。
>
> 五月的晴天，闪了电……
>
> ——王菲《流年》

1.

2010。

当上齐峰女友的第三天，霄霄约我逛街。

"哎，按照这个节奏，你是不是应该送他点小礼物，表示一下心意？"霄霄拉我进了一家男装店，"齐峰身材挺不错的，你给他买衣服就行。"

"才不呢。"我瞄着模特身上的休闲西装，说，"我跟他才在一起三天，这三天里他加了两天班，还不知道以后怎么样呢。"

霄霄拿了一件条纹衬衫，看得十分仔细："你当我是为了他啊？我是为了你。肖旭明天的婚礼，你不给齐峰好好打扮打扮？"

我心里一跳，原来明天就是肖旭结婚的日子了……时间过得真快。

"安澜在北京上班，以他的性格，不一定会来吧。"我竟有些紧张。

"他来不来不重要啊，你这场翻身仗，是给其他同学看的。"霄霄挑完男士衬衫，又跑去看外套，"你的事，总有一天会传到他耳朵里。"

可是……他会在乎吗？

我有些怔怔的，心中竟生出一种胆怯的心情……曾经多么盼望和他重逢，在我最痛苦的时候，只要能再见他一面，让我去死我都愿意。

……可是那样深重的痛，我挺过来了，好怕再见他一面，就会重新跌回万劫不复的深渊。

明天他会来吗？

如果他来，我的伤口还会再疼吗？

霄霄忽然神神秘秘地凑了过来："哎，你跟齐峰发展到哪一步了？"

"梁小姐，我跟他认识还不到一个星期，你说能到哪一步？"

"亲亲抱抱总该有了吧？下一步就是……"霄霄促狭地看着我。

"你当我像你呀！"我扯了扯她手中的驼色休闲外套，"你这是给谁买的？也不跟我汇报汇报。"

霄霄轻描淡写地回答："家里给介绍的，北大毕业，没什么钱，但是身材样貌都还可以，又高又瘦，挺帅的。"

"跟秦睿比呢？"我也不知道怎么了，脑子闪过这么一句话，还没来得及细想，就已经冲口而出。

霄霄脸色一变，但很快就恢复如常："肯定比他帅啊，他现在都多大岁数了，早就残了。"

我没再说什么，霄霄低着头，眼睛覆在灯光的阴影里，看起来漂亮而单薄……我忽然很想跟她说一说秦睿的近况，可是话到嘴边，还是吞了回去。

十七岁的时候，你根本想不到，有朝一日，你喜欢的人，会变成你最不屑的那种样子。

可是那就是事实……这就是时间的奥秘。

而对霄霄这样的白富美来说，人生最悲哀的，莫过于那个人变成那种样子，她却还是深爱着他。

2.

我跟霄霄逛完街，正好到了下班时间，齐峰说要来接我。

霄霄又露出促狭的表情："你刚才不是喝咖啡了吗？正好今晚别睡了。"

"我这个年纪，该以结婚为目的谈恋爱了，我才不会那么随便。"我陪霄霄一起等电梯。

"这附近有很多酒店，五星的也有，快捷的也有……"霄霄继续取笑我，"我估计齐峰会带你去喝点酒。"

"他才不是那种人。"

"男人都是一样的，女人却正好相反。"电梯来了，霄霄走进去，电梯门缓缓闭合，"身体给出去了，心也会跟着去……那才是最痛苦的。"

送走霄霄，我一个人站在街边等齐峰。

夜风很凉，商业街上灯火通明，远处的大屏幕忽闪忽闪的。

我忽然想起高三那一年，霄霄哀求我陪她去医院打胎。

秦睿像一阵风来了又走，他唯一给她留下的，竟然只是一条短信——

"等我有能力了，我会回来娶你。"

当时我那么文静，可是当我看到这条短信，还是忍不住爆了粗口——秦睿真是个浑蛋！

我听说那种手术很疼很疼……在狭窄昏暗的走廊里，空气里飘浮着消毒水的味道，霄霄微低着头，嘴唇发紫，脸色青白，没有一丝表情。

我眼睛一热，竟落下泪来。

霄霄反过来劝我："没事儿，你没看过电视上说吗，无痛人流，不疼。"

"这时候还开玩笑，你心咋那么大呢？听说这时候喝点猪蹄炖黄豆汤好……"我不想让自己显得那么没用，可是眼泪却怎么也止不住，"我让我妈熬点这个汤，明天带来给你喝。"

"喝什么也没有用了。"霄霄捂着肚子，身上的校服显得格外宽松，"这已经是第二次了。我为了他……杀掉了我们的孩子。我自找的……我会遭报应的。"

齐峰在我面前按了好几下喇叭，我才缓过神来。

"你想吃什么？"他一手握着方向盘，一手放在我膝盖上。

"听你的。"

想起往事，我只觉苦涩，其实什么都不想吃。

夜色阑珊，灯光笼罩在齐峰脸上，明明灭灭的："牛排、烤肉，还是火锅？"

我忽然想回学校附近看看："要不去北行吧？那附近有条夜市，晚上很热闹，有超多小吃。"

齐峰面色微微一变，像是有些犹豫。

"怎么，你不喜欢去那种地方？"

其实我并不了解齐峰，我只知道他开A6，却不知道他是什么出身。

"倒也不是。"他轻轻叹了口气，"如果你想吃……就一起去吧。"

3.

夜市非常热闹，成群结队的情侣，如过江之鲫。

人群里有点挤，齐峰很自然地将我护在怀里，我闻到了他身上的香水味……是我小时候所幻想过的成年男子的味道。

"我知道前面有条小路，那里有各种各样的小吃摊。"我拉起他的手，穿过重重人海，可是走得太急，差点被别人绊倒，齐峰伸手环住我，将我拢在他臂弯里。

小路上人不多，路边有烤冷面、烤苞米、烤肉串，还有炸香肠……空气中飘着一缕缕的炊烟，像一层轻纱似的，笼罩着齐峰的脸。

"我记得这家的烤面筋特别好吃！"我围到一家小摊跟前，要了五个烤面筋。老板娘是个四十岁左右的女人，我记得近十年前我上高中的时候，她就长这个样子，一直都没变过。

齐峰低着头站在我旁边，影子修长，一手揽着我，一手把玩着车钥匙。

"大姐，你还记不记得我？我以前在这边读高中，晚上一放学，就来您这儿吃烤面筋。"

我与老板娘攀谈，齐峰回头四下看看，好像不太习惯这种地方。

"那么多学生，一茬儿又一茬儿，我哪儿记得住啊？"大姐嘿嘿一笑，把烤好的面筋递到我手上，目光落到齐峰身上，倒是顿了一下，"这是你对象？"

"……是啊！"我犹豫一下，脆声答了。

齐峰却没什么反应，只是低着头。

"小伙儿，你以前在这儿待过没？"大姐好像对他比对我有兴趣。

齐峰抬起头来，有些诧异的样子。

我说："在这儿待过是什么意思？他以前不是我们学校的。"

"哦，没啥。"大姐大咧咧一笑，"这小伙长得帅，特像以前这条街上卖烤地瓜的儿子。"

我扑哧一声笑了："哈哈，原来你看他长得像烤地瓜呀。"

齐峰也笑了："我第一次来这条街……不过我以后还会再来的。"

4.

吃完烤面筋，齐峰又给我买了焖子和炸土豆。

拎着大包小包的吃的，齐峰还腾出手来帮我打开车门。

"你怎么不说话？"

齐峰今晚话很少。

"连加了几天班，有点累。"

我看他这样子，确实有点憔悴，一时不知该说什么。

齐峰可能以为我生气了，急忙说："你晚上还吃，不怕胖吗？"

"破罐子破摔嘛。"我朝他笑笑。

齐峰开车很快，不一会儿就到了我家楼下。

……想起霄霄那一番话，我的心情有些复杂。

齐峰似乎一点也没有要带我出去过夜的意思……可是这样，到底是好还是不好？

"明天你有时间吗？能不能陪我去参加个婚礼？"

齐峰沉吟片刻："……很重要的婚礼？"

我点了点头："我希望你陪我去。"

5.

直到肖旭结婚，我才发现时间在不知不觉间已经变成了2011年。

跨年那几天正好赶上期末考试，并且我对2010年也没什么眷恋之情。

肖旭的婚礼定在一家四星级酒店，门口堆着无数葡萄似的粉白色气球。

我站在酒店门口等齐峰，可是到了约定的时间，他却没有来。这时我看见霄霄，她开着一辆红色的敞篷跑车招摇而过，身边坐着一个戴眼镜的清瘦帅哥，穿着她昨天刚买的男装，确实很有型。

霄霄带着黑超，像明星街拍似的跟我摆手："芊芊，你杵在那里迎宾呢？"

"快进去吧你，这么多废话！"

我在阳光下奋力保持微笑，其实心里已经很烦躁了……齐峰为什么还没有来？没有他在我身边，我该如何面对安澜？

……我真怕一不小心会碰到他，不知该摆出什么样的表情。我拿出手机打给齐峰，一直没有人接，我又发了好几条短信，焦急地等着回复。

这时手机叮的一声，是齐峰的短信："别等我了，我今天有事过不去，sorry。"

看到这条短信，我差点把手机摔在地上！就算要放鸽子也不带这样的呀，好歹给我一个上网找替补的时间好吗？

今天天气很好，艳阳高照，天空是漂亮的冰蓝色。

我来之前整整化了两个小时的妆，还穿了一双七寸高跟鞋，这种鞋很容易摔倒，我真的不想一个人走。

此时此刻，我身上已经出了薄薄的一层汗，齐峰这事简直是晴天霹雳，雷得我妆都花了。

这时，忽然有辆黑色牧马人停在我身前，车窗里探出一张陌生又熟悉的脸——

黝黑的皮肤、细长的眼睛、拥有完美弧度的侧脸……眸子很亮，像天上的星星一样……

中间隔了那么漫长的时光，我看到这双眼睛，原来还是会心悸。

我没想过，2011年伊始，我竟然会重遇安澜。

"芊芊？"

安澜的声音一如从前，可是他的风格变了，以前是穿着制服的银行职员，现在却像个艺术家，穿着白色棉布上衣，头发也留长了，随意地扎在脑后，胡子拉碴，却多了一种别样的美。

我看着他，像在看一个陌生人。

我脑子里无数个念头闪过，流星一般，却无一个留得住。我该笑着上前寒暄吗，还是转身就走？

这时，安澜忽然为我打开车门："你带我去地下停车场好吗？我没来过这儿，兜了几圈都找不到路。"

……也许还是转身就走会比较酷吧，我心里这样想着，却鬼使神差地上了他的车。

车里的广播开着，是音乐频道，正在放王菲的《流年》。

我听见天后年轻时清澈的声音——五月的晴天，闪了电。

"你过得好吗？"他关掉音乐，车子里安静下来。

我的答案无非是好和不好，有什么意义？我侧过头去，不想说无聊的话。

他显然是认识路的，熟练地开往地下停车场，外面的光线暗了下来。

"以前的事……对不起。"他把车停在收费杆前拿计费卡时，忽然冒出这么一句话。

可是不知为什么，我忽然无法忍受。

他为什么要提以前，为什么要提那些不堪回首的往事？我再也不想回忆起那种感觉了……心像是被挖掉了一块，痛得无法呼吸……那是我最不堪的时光啊，甚至曾经有那么一刻，我想跪下求他留下来。

我打开车门，猛地奔了出去。

安澜从小体育就好，反应极快，跳下车一把拉住我的手臂。

"芊芊，你跟我说句话好吗？"

他看着我的眼睛，眸子上隐有碎痕，我相信这一刻，他是真的在内疚。

我心里像是被灌了一瓶醋，忽然变得很酸很酸，甚至渐渐灼痛起来……委屈、耻辱和痛苦的记忆像风一样倒灌进我的胸口。

"你想听我说什么呢？"我的声音平静得连自己都觉得陌生，"你好吗？我很好？别那么假了好吗，我过得好不好，跟你也没什么关系！"

这时后面传来嘀嘀的鸣笛声，此起彼伏，显然不止一辆车。安澜的车停在收费杆前面，后头堵了一大排车。

我在震天的鸣笛声里，以为他会马上回去把车移开……

可是他没有。

……他只是强抱住我，深深地吻下来。

第六章
笑忘书

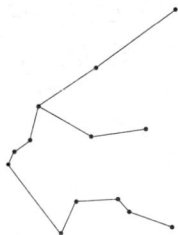

有一点帮助，就可以对谁倾诉。

有一个人保护，就不用自我保护。

有一点满足，就准备如何结束。

有一点点领悟，就可以往后回顾。

——王菲《笑忘书》

1.

2011。

安澜的气息像风暴一样席卷天下……我整个人僵硬起来，大脑发出抗拒的信号，可是心却被这熟悉的气息所融化了……

安澜……我的安澜，不，是曾经属于过我，却又弃我于不顾的安澜。

我骗我自己说全都忘记了，可悲的是我记得他的一切……他的吻、他的唇、他打横抱起我时臂弯的弧度。

我忽然回应了他，眼泪也在那一瞬间奔涌出来……我不得不承认，我内心深处在渴望着他的吻，我为这样的自己感到悲凉。

也许是察觉到了我的泪水，安澜忽然松开了我，他低头看我的角度还与从前一样。这张脸并无二致，此时此刻，却让我感到陌生而心痛。我抬起手，很想像电视剧里那些被强吻的女主角一样，甩给他一记响亮的耳光，然后哭着跑走……也许他会来追我，也许他会说他还爱着我。

可是仅仅是把手举起来，我就泄了气……他那一双星眸，亮闪闪地看着我，竟然能够那么无辜。身后刺耳的鸣笛声依然此起彼伏，他的车堵住了地下停车场的入口，车灯将这段昏暗的路照得恍如白昼，我们刚刚当着众人的面，演了一幕狗血剧。

我转身就走，意气使然，踏着七寸高的鞋，我竟也能够如履平地。

……方才发生了什么？难道是个梦？安澜疯了？他想从我这里得到什么？那些他亲口说出来的绝情话，我现在依然记得……我相信他也记得。

我挺着脊背走路如风，眼前模糊一片……那些往事像沾了玻璃水的雨刷器，不停地在我眼前交错摇摆，将我心里仅有的那一点自尊擦得越发清晰。

安澜他当我是什么？

"杜芊芊，你别走。"

我转过楼角，一个高大的人影覆住了我……安澜站在我面前，阳光下白衣耀眼，却像是一个陌生人。

"你真的一句话也不想跟我说？"

"该说的，不是早就说完了吗？"

他朝我走近一步，我往后退了一步。

"我找过你的。"安澜伸手捉住我的手腕，"你换了电话号码，QQ也不肯加我，邮箱又拒收我的信件……"

我奋力想要甩开他，却挣不开他的手，眼眶越发酸涩："安澜，我原本以为你只是不喜欢我……没想到在你心里，我竟然轻贱到这个地步！你当我是什么？你想来就来、想走就走，我是不是应该洗干净了等你翻我牌子？"

安澜手上加力，拢着我的手收到胸前："我只是想跟你说句对不起。"

"我不需要！"我实在受不了了，用尽所有力气，像疯了一样想要挣开他的手，"收起你的怜悯好吗？你找我干什么？想看我失去你后有多狼狈？"

安澜错愕地松开我，手背上缓缓渗出一道血痕。

我指甲里有他的血，这一切让我想起多年前我们初遇的那个下午。我双手攥成拳头，指甲深深嵌进肉里。

关于他的所有回忆，随着这疼痛一起，在心底飞驰。

2.

2002。

我因为江晓钺的事惹祸上身，被堵在小巷里慌不择路地一顿疯跑，还好安澜经过，把我撂在自行车横梁上扬长而去。

那一刻，整个城市在我眼中像一座倾斜的玻璃宝塔，万家灯火摇摇欲坠，他的手臂将我拢在其中，迎面而来的冷风灌进衣领，可是我却不觉得冷。

前面是红灯，安澜猛一刹车，我险些被甩出去，好在他及时伸手挡住了我。沿着他有力的手臂，我的视线缓缓向上，仰头看着他的脸。

安澜忽然低下头来，眼眸中倒映着路灯璀璨的光晕："你怎么会惹到那些人？"

我还沉浸在离他这么近的喜悦里，一时语塞："因为薛菲……哦不，因为江晓钺。"

信号灯变了，安澜踏了一下地面，车子又飞驰起来，他一手扶着车把，另一只手用来扶我："你真不该招惹那些人，他们要是再来找你怎么办？"

我认真想了想，说："那我一会儿去买个电棍吧，听说也不贵，夜市才卖15元。"

安澜笑了，眼睛微眯起来，睫毛显得更加密长："我劝你还是别买了，万一被他们抢走，反过来电你怎么办？"

我怔了怔，一时无言。

夜风拂来，我闻到他身上的味道，柠檬洗衣粉混合着一丝淡淡的烟草香……我忽然有些后悔，今天出门前真应该喷一下妈妈从香港买给我的粉红色香水。

这场邂逅实在来得太突然了，我一点准备都没有，昨天晚上我甚至没有洗头……在他的位置上，不知道会不会闻到一股馊味……

安澜在我家附近的小广场停了下来，单腿踩着马路牙子，横梁一斜，将我稳稳地放到地上。

深秋的夜晚寒意涌动，可是此时我不但不觉得冷，身上还渗出薄薄的一层汗珠。

安澜把自行车放倒在路灯底下，自己靠着灯柱，从校服兜里摸出一盒烟。

察觉到我在看他，他把目光转过来："你抽吗？"

我摇了摇头，心里微微有些惊讶。

……在我眼里，安澜固然算不上好孩子，但我没想到他会抽烟。在那时候的我眼里，抽烟是只有像东辰那种技校的男生才会做的事情。

安澜犹豫一下，又把烟盒收了起来："算了，等你走了我再抽吧。"

"没关系的，我不怕烟味。"我忽然很想看看他抽烟的样子。

……我想看他所有的样子。

安澜晃开烟盒，动作利落地抽出一根来，指了指小广场尽头的黑色铁门说："那道门应该直通你家小区吧。"

我又是一怔："你怎么知道我家住这儿？"

"齐雯绮说的。"安澜把烟叼在嘴里，看起来比平时多了几分野性，他把一簇小火苗护在手心里，"她说你家住在大学校园里，所以你学习好。"

我倒是没想到，像齐雯绮这样的人竟然会关注我的事，我仔细想了想，倒也合理："哦，她经常帮学校组织年级家长会，应该有看过我们的资料。对了，这周五是年级家长会，到时候我们又可以放假了。"

安澜面色微微一沉，声音里忽然多了几分冷感："你回去吧，我抽完烟就走了。"

"那……再见！"我有些慌了，不知道安澜为什么忽然不开心起来，生怕惹他讨厌，我急匆匆地往小区大门走去。

夜色中小广场的台阶模糊不清，我差点被绊倒，可是很快就挺直脊背，保持着端庄的走姿。穿过深秋路灯下的重重树影，快到小区门口的时候，我闪到旁边的大树后面，偷偷回头望他。

——安澜倚着灯柱，正朝着另一个方向抽烟，根本就没有看我。纵然如此，我依然不甘心就这样走掉。

多少个这样的夜晚，放学后我假装在车库门口等同学，其实只是想看他一眼。曾经暗恋得那样辛苦，若不是有霄霄明里暗里的帮助，我可能至今都没有跟他说话的机会。

北方城市的深秋雾气茫茫，我抬起头，望着头顶那一轮模糊不清的银月，咬紧牙关，又折了回去。

3.

"你教我抽烟好不好？"

我忽然蹿出来，安澜微微一怔。

"快回家，别学我。"

他吐了一口烟圈，很快与夜晚的雾气融合在一起，飘到半空，缓缓消弭。

"我真的想学。"我怯生生地坚持，"……听说抽烟能给人带来灵感。"

安澜忽然来了兴致："哦，对了，你小说写得不错。那些故事你是怎么想出来的？节奏感真棒，文笔也不错。"

我从未想过可以得到他的夸赞，脸上一热，强自克制着局促不安的感觉："其实很简单的……你要是喜欢，你也可以写。"

他松开手，橘色烟头坠落到地上，像一颗流星燃烧到尽头："我没那个天分的。一方水土养一方人，你家住在大学里面，父母应该都是文化人，所以你学习好，有才华……你跟我们不一样。"

他的脸又沉下来，眉宇间带着几分惆怅。

我怔了怔，很想问问他口中的"我们"指的是谁，正想要开口，只听他又说："你该回家了吧？你家人一定做好了饭在等你。我也要去吃晚饭了。"

说这话的时候，安澜看起来有些落寞。今晚我见到了不一样的他，原来学校以外的他似乎满怀心事，还会抽烟，并不像表面看起来那样完美。

可是这种不完美……却让他更加魅惑。

"等等……"我叫住他，撒了个小谎，"我父母出差了，我今晚也没有饭吃。"

安澜犹豫片刻，说："那我带你去我常去的餐馆吧，你可别嫌不好。"

——到了"餐馆"，我完全傻了眼。

我根本没想到，他所说的餐馆竟然是个网吧。

这个网吧很大，有上下两层，网管似乎跟安澜很熟，在他刚进门的时候就给了他两碗杯面。

安澜一边打开电脑，一边熟练地用热水泡面。望着瞠目结舌的我，他微一抿唇："我说了，你别嫌不好。"

"你每天晚饭都吃这个？"我真的被惊呆了。

"是啊，我是这里的会员，几乎每天都来。"安澜打开"风动"论坛，登录，最小化，然后点开游戏界面，"我要玩游戏了，玩累了就看小说，大约十点多才回家，吃完饭你就先回去吧。"

红烧牛肉味的泡面散发着又辣又热的香味，汤上漂着一块一块的红油，看起来很有食欲。可是妈妈告诉过我，这种东西是不能当饭吃的，没营养，对身体伤害很大。

此时安澜已经戴上耳机，整个人像是进入了另一个世界，那个游戏名叫奇迹，我四下看了看，发现网吧里的大部分年轻人都在玩这个。安澜玩得很专注，泡面都冷掉了，我偷偷尝了一口，特别难吃。

趁他不注意，我把他和我的泡面都拿去扔掉了，然后出门坐了两站公交车，去买了两份麦当劳。

"吃这个吧。"我把纸盒子一个个打开，在他面前摆好，"虽然也没什么营养，但总比泡面好吃。"

"哦，谢了。"安澜百忙之中看我一眼，看见满桌子的食物不由一怔，有些惊喜的样子，"我早就想吃这个了，只是懒得去买。"

我心里欢喜，垂着头不想让他看到我的笑容……还好此时他的注意力完全不在我身上，依然紧盯着电脑，他熟练地把游戏界面最小化，调出风动论坛的页面，一边看小说一边吃汉堡。

"嗯，好吃。"安澜狼吞虎咽，侧脸依然很帅，我怔怔地望着，忽然有些心酸，恰巧这时他侧过头来看我，"兰成雪，今晚你还更新吗？"

"最近要准备月考，已经好几天没更新了……"我顿了顿，又说，"你每天晚上都是这么过的吗？作业怎么办？"

安澜从兜里摸出来一百块钱，塞进我手里说："我雇了人帮我写，一百块包月。这是这顿麦当劳的钱，你拿着。"

"我不要！"我急忙塞还给他。

安澜比我有劲，拉扯几个回合后，他忽然攥住了我的手。

……手背上渗透进丝丝热力，安澜的手很漂亮，手指修长，温暖有力。我的手握着钱，他握着我的手。

"别闹了，我不花女生的钱。"

我的心因为与他肢体接触而咚咚直跳，无力挣扎，只好收下："用不了这么多钱……那我下一次再买给你。"

安澜忽然拍了拍我的头，像在教育小孩子："你是好学生，以后别再往这儿跑了。"

那你呢？你怎么办？你这样堕落，不想考好大学了吗？虽然，就算你堕落了我也依然喜欢你，可是你总该为自己的将来考虑一下啊……

这些心里话我正犹豫着该怎样表达，这时身后忽然传来一个熟悉而清脆的女声："安澜，你看我给你带什么来了？"

4.

齐雯绮穿着白色漆皮套装，胸口处印着一种进口啤酒的logo，手里拎着大大小小的塑料袋，踩着白色高跟鞋摇曳而来。

看见我，她收敛了笑容，微微一怔。

安澜很开心，站起来去迎她，接过她手里大包小包的东西，手很自然地扶在她腰上，我心里微微发酸，忽然不知道该如何自处。

"看来你已经吃过晚饭了。"齐雯绮扫一眼桌上凌乱的麦当劳纸盒，声音低了八度，"早知道我就不过来了。"

我看了一眼她带来的东西，烤冷面、炸鸡排、烤地瓜……应该都是从北行夜市的小摊上买来的。

安澜对她和我的情绪浑然不觉："你不是说今天要上晚班吗？我以为你不过来了，还挂了你的账号帮你练级。"

原来齐雯绮也玩这个游戏……原来他们之间的关系比我想象的要深得多。

"吃完了麦当劳，你还吃不吃我这地摊货呀？"齐雯绮瞥我一眼，似笑非笑地看向安澜。

我也看着安澜……我想再多看他一眼就走。

"吃啊，正好当夜宵。"安澜嘿嘿一笑，眼睛里面都是她。

这时我的手机忽然响了，一定是爸妈等不到我回家吃饭，着急了。

我硬着头皮接起来，本以为妈妈会生气的，不过她的声音竟然挺温和："宝贝呀，看到我跟你爸给你留的钱了吗？就压在电视机底下。乡下的二姨姥病了，我们回去看看，这几天你自己照顾自己，少看点电视，听到没？"

我有种峰回路转得救了的感觉："好，我知道啦！"

"出版社那边过去谈了吗？我们还是不太放心你一个人去，你傻乎乎的，要是遇上骗子可怎么办？"

"编辑说这几天社长出差，约了我明天见面……哎呀你就别瞎担心啦，还真把我当傻子呀。"在安澜面前，我有些窘。

"你可不就是嘛……好了，你自己小心点，明晚记得给我们打电话。"

"遵命，拜拜！"

我急忙挂断电话，妈妈总是这么啰唆。蓦一抬起头，只见安澜和齐雯绮都在看我，眼神里各有各的复杂。

齐雯绮脸上的羡慕和嫉妒一闪而过，随即换上温和的神情说："听说，有出版社的编辑要给你出书？"

"是啊。"我老实回答。

齐雯绮主动跟我说话，打破了我的尴尬，可是对于她跟安澜来说，我依然觉得自己是个多余的人，走也不是留也不是。

"见面的时间地点在哪儿呀？上午还是下午？你明天要请假去出版社吗？"齐雯绮好像对这件事很感兴趣。

"我也不知道，编辑说会再打电话给我。"

"对哦，你也有手机……不过一个女孩子，多少还是有点危险吧！"

齐雯绮忽然扯了扯身边人的衣角说："安澜，你不也常去那个论坛吗？明天你陪杜芊芊一起去吧。"

我愣了一下，她这句话真是让我始料未及。

"啊？"安澜也愣了一下，但他还是答应了，"好吧，明天我骑车带你去。"

我点了点头，心想明天早晨我一定要洗头……还要喷一点粉红色的香水，这样坐在他横梁上的时候，才能够有自信一点。

可齐雯绮到底是怎么想的呢？她为什么要这么做呢？

她应该是根本没把我放在眼里吧，否则怎会把安澜推向另一个女生？

不过，不管怎么样都好，只要能和他多待一秒，跟他说话……
我就很满足了。

5.

第二天，趁着下课的时候，我把昨天的所有事讲给霄霄听。

她一听齐雯绮这个名字就冒火："切，她那是黄鼠狼给鸡拜
年，指不定安着什么心呢，你别相信她！"

"可是，她不是黄鼠狼，我也不是鸡，她给我拜年能有什么好
处呢？你知道吗，她竟然知道我家的地址啊，也许她……真的对我
很感兴趣？"

关于齐雯绮这个人，我是越来越看不透了。

霄霄用手指戳我脑门："你看你看，怪不得你妈说你傻呢！黄
鼠狼要是不知道鸡家的地址，怎么给它拜年？这更说明她有问题！
我劝你啊，出版社你自己去，也别带安澜了，谁知道齐雯绮那小娘
们儿又要什么花样！"

"不，我想跟他一起去。"我四下看看，压低了音量，像是在
说一个很重要的秘密，"你知道吗，安澜竟然会抽烟！他身上的烟
味可好闻了……昨天我坐在他自行车横梁上，就像在飞一样……真
想再坐一次。"

霄霄笑着打量我："瞧你那花痴的样！昨晚激动得一夜没睡
吧？黑眼圈都出来了。"

昨天我确实睡得很晚，难得父母不在家，我回忆着跟安澜相处
的一点一滴，心里兴奋极了，根本没有一丝睡意，反而文思泉涌，
坐在电脑前一口气写了好几个章节。

这时忽然有人在门外叫我："杜仙仙，杜仙仙！你出来一下！"
门口那儿有不少女生回过头来看我，眼中隐约竟有艳羡之情。
我与霄霄对视一眼："好像是江晓钺的声音？"
天底下好像只有他一个人执着地叫我杜仙仙。
霄霄急忙拿出一本练习册立在桌子上，把脸埋进去："你快

去！他找的是你，可别带上我！秦睿不让我跟他说话！"

秦睿，又是秦睿。她还说我呢，自己还不是这么没用！

我颇为鄙视地看了霄霄一眼，有些无奈地走出教室。

江晓钺捧着一大束玫瑰花，穿着卡其色的休闲裤，配深蓝皮夹克和鹿皮鞋，这身衣服搭配得确实很不错。

"我很帅吧？"江晓钺从斜挎的GUCCI包里掏出一本娱乐杂志，我这才发现他竟然跟封面上的谢霆锋穿得一模一样。

江晓钺笑嘻嘻地说："这一套可是明星同款呀，花了大价钱的。"

瞧他这架势，肯定是要去约会了。我马上明白了他的意图，忙说："今天我有事，不能陪你去找薛菲了……你还是找别人吧。"

"我是来找你的。"江晓钺把玫瑰花塞进我手里，"听说昨天东辰找你麻烦去了，这件事因我而起，你放心，我一定会摆平他的。"

上课铃响了，走廊里人来人往，我捧着一束娇艳欲滴的红玫瑰，几乎所有人都在看我。

我不习惯这样的瞩目，一心只想打发他走："哪有人没事乱送花的？你还是拿去给薛菲吧！"

碰巧安澜从走廊另一端走过，看见我，在不远处停下了脚步。

江晓钺眼睛一弯，一副奸计得逞的样子："那走吧，你帮我去送给她！"

"啊？"我有种中计了的感觉，被江晓钺拖着往外走，我想甩开他，可是他力气好大。

经过安澜身边的时候，忽然有人伸手按住了我的肩膀。

江晓钺一怔，手上也加了力，我像一根拔河的绳子似的被他们拉扯着，安澜索性将我揽在怀里："她今天跟我约好了，不能跟你走。"

"哟，你这是在跟我抢人吗？"江晓钺的眼睛又弯起来，可是整个人的神情都不一样了，他看我一眼，复又看向安澜，"没想到你跟杜仙仙这么熟。"

我忽然有些害怕……我怕江晓钺一生气，会把我喜欢安澜这个秘密说出来。虽然我从没在他面前承认过，可是那就是事实，我难免会做贼心虚。

于是我试图去安抚江晓钺："你拿着玫瑰花先走，我答应你，明天中午陪你去艺校。"

江晓钺接过玫瑰花束，扯出几朵，漫不经心地揪着花瓣，一字一顿地说："不，我就要今天，现在。"

安澜面有愠色，沉沉地看着江晓钺，我忽然觉得，这两个男生之间的较劲已经与我无关。

缺乏经验情商又低的我，真不知道该如何收场。

6.

正在我不知所措的时候，手机响了，是编辑打来的。

这时梁霄也从教室里走出来找我，看到江晓钺，她上前杵了一下他的肩膀："哎，待会儿还有课呢，你怎么磨磨唧唧的还不走啊？过两个月你就要出国了，人家杜仙仙可还要高考呢。"

江晓钺没理梁霄，轻轻把她推到一边，眼睛直勾勾地望着安澜，继续撕扯着花瓣："你喜欢杜仙仙吗？你要是说你喜欢她，我二话不说，马上滚蛋。"

糟了，事情往我最不想看到的方向发展了，我转身想跑："……我得去跟老师请假了，编辑约我在乐购楼下的星巴克见面。"

我铆足力气要跑，忽然有人自后扼住我的手腕，于是我像一根皮筋似的弹了回来——弹进安澜怀里。

"好吧，我喜欢她。"他拥着我，下巴抵在我头顶，"你可以滚了吗？"

江晓钺脸色铁青，可是当他的目光落到我眼睛里的时候，忽然又柔和下来："我走了，杜仙仙，你要加油哦。"说完他用力一甩，把嫣红的玫瑰花瓣扬到我身上。

玫瑰的香气飘浮在半空中……嫣红的花瓣像雨一样坠落在走廊灰白色的地面上。在学校里扔花瓣这种事可能只有他做得出来。

江晓钺很酷地扬长而去，多年后我依然记得他那一刻的动作，明显是想模仿谢霆锋。

只可惜一点儿都不像。

7.

2011。

老同学的婚礼现场，我跑到酒店卫生间里，重新梳了头发，然后又补了妆，把嘴唇涂成今年韩剧里最流行的橘红色，这才镇定了些，昂着头走了出去。

现场很乱，来参加婚礼的宾客三三两两在叙旧，我绕开重重人群，打算把红包交给肖旭，然后偷偷溜走。

……因为我还是负担不起。

安澜跟我的那些过往……我永远都负担不起。

这时有人高喊新郎新娘到了，宾客们纷纷往大门口涌去，我奋力在人群中搜寻霄霄的身影，可是她不知跑哪儿去了，电话也不接。

我一边往后门走，一边给霄霄发短信，想让她帮我给肖旭带个红包，我等不及了，决定要先走。

冷不丁撞上个人，我的脑门被他的金属扣子硌得生疼。

"兰成雪！"江晓钺的声音从我头顶传来，他拎着我的衣领把我扯了回来，"婚礼还没开始呢，你怎么往后门跑？"

记得几年前的某一天，江晓钺跟往常一样叫我杜仙仙，那时我还是安澜的女朋友，因为他冷落我而心情不好，跟江晓钺大发脾气——认识多少年了你还叫错我的名字？你到底有没有把我当朋友？

从那以后江晓钺就长记性了，一直叫我兰成雪，再也没提过"杜仙仙"这三个字。

"这就是我跟你提过的大才女。"江晓钺把我介绍给他身边的美女。

我急忙把他推到一旁："你小点声好不好！这里全是我同学，你怕他们看不到我是不是？"

江晓钺的女友有些不爽地瞟了我一眼，我急忙后退一步，跟江晓钺保持正常的社交距离。

我不知道这个女孩有没有化妆，反正看起来像是素颜，十分清水芙蓉……这么多年来江晓钺一直偏爱清纯型的女人，就像薛菲。

"来都来了，吃完饭再走嘛。"江晓钺笑嘻嘻地走近我，"一个班有几个班长？人生有几个二十七岁？再过几年，大家都会忙事业忙孩子，想再聚在一起就难了！"

我无心跟他啰唆，转身想从后门溜出去："帮我给他带个红包，我一会儿用支付宝打给你！"

江晓钺伸手拉我，却被我躲开了，就在这时，安澜忽然从这扇门里走了进来。

有生之年，狭路相逢，终不能幸免。

他原本低着头走，所以差点与我撞到一起，当我们抬起头看清楚对方的脸……两个人都愣住了。

酒店大堂灯光耀眼，照得所有前尘旧梦缥缈如雾……他手背上的血痕已经被擦掉了，好像根本没有受过伤似的。

……是不是我们之间本来就什么也没发生过？关于他的一切是不是都出于我的幻想？有那么一瞬间，我竟有些恍惚了。

安澜此时就这么活生生地站在我面前，可是我说不得、躲不得、见不得，也忘不得。

他还跟从前一样，不管站在哪儿，都具备在人群中吸引所有目光的能力。

有个女生看到了安澜，惊叫一声，然后老同学们就成群结队地围了过来。

在他面前，女同学们纷纷露出少女时代的娇羞表情："安澜，你变化挺大的呀……听说你在北京一家待遇很好的银行上班？怎么看起来却像个艺术家？"

"我辞职了。"安澜轻描淡写地说,"现在是自由职业者,给杂志和网站做摄影师。"

不知道为什么,我忽然想起秦睿,他跟安澜都是水瓶座的。

水瓶座的男人天生具有艺术灵感,以及,伤害女人的能力。

他们说爱你的时候未必是真爱……可是说不爱的时候,就一定是不爱了。

8.

其实我跟安澜的故事,霄霄所知道的也不是全部。

生活有时候惨烈得难以想象。有些狗血桥段我们原以为永远不会发生在自己身上,却忘记了那些狗血原本就是取材于现实。

肖旭的婚礼办得很隆重,主持人叫琪琪,是我们学生时代很火的电台DJ,十年前她主持的节目叫《青青校园草》,每个黄昏时分,她的声音都会回荡在操场上空,成为我们从枯燥的练习题中抽身出来的短暂安慰。

肖旭的婚礼上,高中同学分坐成两桌,男生一桌女生一桌。我脸上一直挂着僵硬的笑容,思绪却飞到了九霄云外,关于安澜的记忆在我脑海中交错闪现,像破碎掉的电影剪辑。

我看见十年前的我趴在书桌上……班长肖旭正在挨桌收班费,窗外的天空是瑰丽的深红色,成群的候鸟展翅飞过……我以为长大后就可以像它们一样自由地飞翔……我以为考上好大学就可以得到幸福的人生。

……好像只是一眨眼的工夫,我就坐在肖旭的婚礼上了。

长长的十年,却也是短短的十年……长得足够爱上一个人,却短得不够忘记他。

"芊芊?芊芊!戴斯跟你说话呢。"耳边传来一个声音,把我从神游中唤醒。

说话的女生跟小时候一模一样,戴金属眼镜,扎着不长不短的马尾,她是我们班上的小喇叭,语速特别快。

戴斯是高中时我们班的体育委员，据说当时她也喜欢安澜，还为了安澜参加了校女篮队。

仔细想想，高中时代喜欢一个人就像重感冒，竟然会传染。你不了解那个人，本来也不喜欢他，可是当你知道其他女生都喜欢他的时候，你就会去注意他，发现他的好……渐渐地，这种感情就在心里扎了根，变成一件很认真的事情。

"听说你当了作家？"戴斯发育早，比同龄女孩早熟，读书时人气很高，当时学校里有许多男生喜欢她，但是她很高傲，拒绝了所有人的追求，如今她看我的眼神也还是那么高高在上，"真是十年河东十年河西呀……早知道这样，当初在学校里真该跟你打好关系。"

我有些不好意思，尴尬一笑："混口饭吃罢了，又不是正经职业，研究生毕业了还是要找工作上班的……"

"哎，都是老同学，在咱们面前你不用说这些虚的！当作家多好呀，不用坐班，赚得又多！"小喇叭打断我，忽然凑了过来，"哎，有传闻说你毕业后跟安澜处过一段……是真的吗？"

忽然之间，我整个人都傻掉了。

难道这个我守口如瓶的秘密，已经在暗地里传开了吗？

戴斯好像也吃了一惊："可是我上个月才见过齐雯绮啊！她跟我说她跟安澜这些年一直都在一起啊，而且马上就要结婚了……难道，杜芊芊是小……"

"三"这个音她只发了一半，就急忙吞了回去。

像是在与戴斯争辩似的，小喇叭又说："但我是听安澜的大学同学说的啊！我的消息也不会错的！"

她们两个对视一眼，然后同时看向我。

"那到底是怎么回事啊？杜芊芊，你给我们讲讲呗？你跟安澜的传闻是真的吗？"小喇叭蹭到我身边，很亲热地拉着我的手。

"说起来，我今天好像在停车场看到你们接吻了！"坐在圆桌另一端的某个女生一拍脑门，露出恍然大悟的神情。

靠，她们是在玩三句半吗？这个包袱抖得可真响！

一时之间，桌上的所有女生都在看我。

……虽然现在的我学会了化妆，学会了照着韩剧穿衣打扮，可是在高中同学面前，我觉得自己依然是那个穿着宽大校服的瘦小女孩。

安澜跟我是什么关系？我们俩真的好过一段吗？

我紧紧地攥着袖口，不知道该怎样回答。

无助、难堪……这些我最害怕的情绪，终究还是来了，因为安澜。

这就是我非要齐峰陪我来的原因，只怪他失约，只怪我无能。

可就在这时，忽然有一双灼热的手覆在我肩膀上。

9.

是安澜吗？

这个念头像火苗一样在我脑海中划过，可是我很快就听到了江晓钺的声音："杜芊芊是我女朋友，怎么你们不知道吗？"

所有人都惊呆了，当然也包括我。

我回过头去看他，想要站起来，却被他牢牢地按在椅子上。

江晓钺又说："我们在一起很多年了，她跟谁的绯闻我都不会介意，可是干吗偏偏开老同学的玩笑呢？安澜就在那桌，人家好不容易回沈阳一次，听了这话多尴尬呀？二位美女你们说是不是？"

小喇叭有些不好意思了，可是戴斯却更生气了："她是你女朋友？别逗了，你带来那美女呢？刚才还在你身边来着！"

江晓钺依然嬉皮笑脸的，朝邻桌摆了摆手："哎，小缇，你过来一下！"

我心想这下完了，那个名叫小缇的姑娘还不得过来抽我一耳光？

小缇面无表情地走到江晓钺身边，环视一周，忽然笑了："各位姐姐，我是江总的助理，因为下午要出差才跟他过来的……我已经结婚了，老公是江总的司机，你们可千万别误会啊。"

我再一次惊呆了，其他人也是。

这时，忽然有什么东西从我们头顶上飞了过去，一片花叶刚好落在江晓钺的肩膀上……所有人的目光都随着那个东西去了，看着它在空中划了个漂亮的半弧。

原来是新娘把花球抛了过来，所有人都站起来去接，它却不偏不倚地落到了安澜手里。

主持人琪琪的声音依然那么甜："接到幸运花球的帅哥，请到台上来好吗？"

安澜掂了掂手里的花球，站起身往台上走去。

所有人都看着他，包括我和江晓钺。当他从我身边走过的时候，我闻到他身上淡淡的檀木香。

他变了，他身上的味道也变了，几年不见，他竟然从一个刻板的银行职员变成了手戴名表和紫檀手串的艺术家。在我们分开的这段时间里，他身上到底发生了什么？

安澜站在新郎新娘身边，显得格外高大，琪琪把话筒递给他："帅哥你有女朋友吗？听说只有桃花很旺的男生才能接到花球喔。你想把它送给谁呢？"

安澜根本没有回答她的问题，反而回答了戴斯跟小喇叭："我想把这束花送给我的前女友——"

他站在台上，遥遥地看着我："杜芊芊，你能不能原谅我？"

很多秘密就是这样，你把它视为禁忌，小心收藏着，然而在别人口中，它却可以那样轻描淡写。

从小时候开始，我就很羡慕那些能够气定神闲地站在人群中央的人——比如齐雯绮。因为我不具备这种天分，万众瞩目我承担不起。

此时此刻，我站在众人含义纷繁的目光之下，觉得自己就像一个没穿衣服的人。

安澜从台上下来，一步一步走向我。

第七章
岁月宽容恩赐反悔的时间

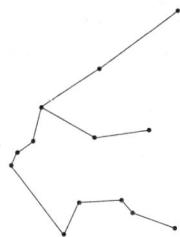

不怪那吻痕还没积累成茧，
拥抱着冬眠也没能羽化再成仙。
不怪这一段情没空反复再排练，
是岁月宽容恩赐反悔的时间。

—— 王菲《匆匆那年》

1.

2002。

江晓钺撒完花瓣就走了，安澜也没有回去上课，直接找人请了假，说要陪我去见编辑。

走廊上空无一人，教室里传来朗朗的读书声……我跟他并肩走着，在昏暗的光线下，我脸颊发烫。

刚才我没听错吧？他说，他喜欢我？

这时安澜掏出手机，低着头好像在发短信。这时我们已经走出教学楼，开始横穿操场，我心里沾沾自喜——我又能坐他的自行车横梁了，那种感觉就像飞一样。

哪知安澜却没往车库走，而是径直带我走出学校大门。

"我们……不骑车吗？"

"坐公交车吧。"安澜把手机揣回兜里，"我的车没有后座，横梁不让载人。晚上还可以，白天容易被交警抓住。"

"嗯。"我应了一声，心里却有些失望，鬼使神差地，我忽然问他，"刚才……你为什么要骗江晓钺？"

安澜怔了一下，忽然伸手揉了揉我的头说："我没有骗他啊，我本来就喜欢你。"

我愣住，一下子就收住了脚步。

他的声音那么轻，好像散成分子，飘到半空……化作头顶的云彩，遮住了全世界的阳光。

安澜低下头来看我，扬起唇角："虽然你长得不漂亮，个子也有点矮……但是你有才华，会写很牛的小说，总体来说，还是很招人喜欢的。"

那一刻，我觉得自己晕乎乎的，我用力呼吸一下，仿佛大梦初醒。

原来我并不像自己想象的那样胆小，甚至异常勇敢，因为我紧接着问："那……齐雯绮呢？"

安澜拉着我穿过马路，一起站在公交站牌底下。街面上车水马龙，原来学校以外的世界是这样的……这时我听见他说："我不喜欢她，就像我不喜欢我自己。但是我爱她……因为她是世界上的另一个我。"

2.

在公交车上，安澜给我讲了一些事。

原来他跟齐雯绮的初遇是在网吧里。

他们都是玩奇迹的高手，他们都是放学以后无家可归的孩子，他们都很聪明，在各自的领域里独领风骚……他们有太多共同点了，注意到彼此也是顺理成章的事情。

刚开始，齐雯绮是没把安澜当回事的，她那时正削尖了脑袋往实验中学里挤，因为她想追江晓钺。

江晓钺不如安澜帅，但是他有钱，非常非常有钱，这是圈里面众所周知的事情。

可惜江晓钺不喜欢她这种类型的女生，他从始至终就没把齐雯绮看在眼里。

这可能就是安澜总跟江晓钺杠上的原因吧——不是为了我，而是为了齐雯绮。

不过这两个人也都是老江湖了，起码比我成熟得多，平时还经常一起打篮球，看起来跟哥们儿似的，但是一有机会就剑拔弩张。

据说霄霄带着我第一次见到江晓钺的那个生日会，就是齐雯绮为了讨江晓钺欢心而特意准备的，原本只有他们两个人，可惜江晓钺假装不解风情，明里暗里地拒绝了她不说，还四处打电话叫来很多朋友……齐雯绮面子上下不来，便找了安澜来撑场面。

世事如棋，原来，那一天，也是他们之间真正的起点。

后来我一直在想，如果我早一点跟安澜表白会怎么样呢？如果我早点以兰成雪的身份接近他会怎么样呢？

世间没有"如果"，因此遗憾重重。

3.

公交车开得很慢，那家星巴克不远，还有两站就要到了。

我忽然希望这车可以开慢一点，再慢一点……此时此刻，安澜就坐在我身边，他望着窗外，侧脸像一帧剪影……我又闻到他身上特有的味道，带着苦涩的烟草香。

前面的人打开窗户，一阵冷风吹来，安澜皱了皱眉，手放在胃上，脸色苍白起来。

"你怎么了？"

"没什么，我的胃总是这样。"

"你没吃早饭？"我忽然想起网吧里漂着红油的杯面。

安澜摆了摆手说："我从来没吃过那玩意儿。"说完他就转过头去，若无其事地望着窗外。

我看着他的后脑勺，忽然之间，真的有些心疼他了。

安澜是学校里的风云人物，平时出手阔绰，他脚上的篮球鞋上千块一双，对当时的我来说简直是奢侈品了，所以我以为他一定出生在很幸福的家庭。要不是亲眼见到，我真想不到他的生活竟然是这样的。

"你看着我干吗？"他忽然转过头来。

我像被抓包的小偷，一个激灵，急忙低下头去。

安澜又笑了，伸出一根手指，轻轻抬起我的下巴："看把你吓的，像只兔子一样。"

他的指尖像是带电，我整个人都僵住了。

我说过，我并不像自己想象的那样胆小。忽然，我伸手握住了他的手。

不知道是不是我的错觉，我觉得他的手轻轻颤了一下。

"能不能答应我一件事？"我郑重地问。

"你说。"安澜怔了怔。

"以后每天早晨都吃早餐……如果你能做得到，我就免费帮你写作业。"

"为什么？"他忽然板起脸，轻轻抽回了手。

"因为不吃早饭会变笨的。"我朝他笑笑，"那样你就不能好好玩奇迹啦。"

"好，我答应你。"安澜定定地看着我三秒，轻轻一笑，睫毛微微抖了抖，"不过你只要把作业借给我就好，我自己抄。"

这时公交车猛然一个急转弯，我们两个的头碰在一起，都疼得龇牙咧嘴。

说来也真是奇怪，安澜头很硬，我额头都磕得瘀青了……但是我却很快就不觉得疼了，反而还在心里暗想，以后一定要把作业写得详细一点，安澜那么聪明，很多知识点可能多抄几遍就会了。

4.

万万没想到，当我推开星巴克的门，第一眼看到的人竟是齐雯绮。

她对面坐着一个穿白衬衫戴眼镜的瘦弱男子，我在论坛里见过照片，他应该就是约了我的编辑。

可是，齐雯绮怎么会在这里？

我怔怔地站在门口，倒是齐雯绮站起来招呼我："陈编辑，她就是兰成雪，我的好朋友。"

我微微一愣，只得走上前去。陈编辑递给我一张名片，笑着说："没想到你看起来这么小，文风却那么老道呀，你们高中还真是人才辈出！刚才小齐交给我一本书稿，想法挺不错的，就是文笔还需要再润色一下，我想先把她这本报上去，你的等下个季度再做，你说好不好？"

我又愣了一下，他这句话的信息量太大，我脑子里一片空白，这时齐雯绮又替我回答："要是换作别人，芊芊肯定会生气的，但如果是我，她一定会全力支持的！"她把手放在我肩膀上，很亲昵地凑过来说："芊芊，你说是不是呀？"

我挤出一个笑容，点了点头。

这时安澜买了咖啡回来，托盘中间还有一块芝士蛋糕。齐雯绮很开心，叉了一小块放进嘴里，与安澜对视一眼，脸上露出甜甜的笑容。

安澜一定是知道齐雯绮喜欢吃芝士蛋糕，特意买给她的。但是他又知不知道，这也是我的最爱？

君子不夺人所好，我和她，到底谁是君子谁是小人？

我忽然觉得很心酸。

不是因为出书的梦想破灭，而是因为安澜，因为他从未考虑过我的感受。

每个人都是贪心的，我也是一样。

当他是个遥远的偶像时，我的愿望就只是靠近他一点而已……可是，一旦靠近了，我又想要得到更多。我想了解他，关心他，渐渐地，我又妄想得到他同样的回应。

也许，真是我太贪心了吧。

5.

后来那个编辑又跟我聊了很多，从民国武侠大师到金庸的"飞雪连天射白鹿，笑书神侠倚碧鸳"……这本来都是我感兴趣的话题，可是那一天我却一句话也没听进去。

我的思绪完全碎掉了。

咖啡氤氲的午后，齐雯绮笑起来的样子很好看，眼睛弯弯的，安澜看着她的眼神总是充满了欣赏与宁静。

我觉得方才在公交车上发生的一切都是我自作多情，安澜根本不需要我的关心，在他心里，我也永远不能跟齐雯绮相提并论。

编辑走了以后，我们三个一起坐公车回学校，一路无言。

齐雯绮也不再跟我玩什么假装好朋友的游戏，她跟安澜并排坐在我前面，有说有笑的，完全把我当透明人。看着他们两个人的背影，我真恨不得马上从车上跳下去。

这时安澜忽然回过头来看我："喂，跟我们一起吃午饭吧？"

我抬头看着他的眼睛，加重了前两个字的读音："你们去吧，我不打扰。"

——"你们"，这两个字里面，没有我。

公交车到站，在路边停了下来，其实这里离学校还挺远的，但我也顾不得那么多了，逃也似的跳下车去，隐约听见齐雯绮的声音远远回荡在身后："哎，小公主生气了，回头你帮我哄哄她，别让她跟编辑乱说话。"

我停下脚步，透过车窗仰望安澜。

玻璃窗脏兮兮的，他的身影模糊不清。

我觉得我就快要哭了，但我不想让自己显得那么没用。齐雯绮做这一切都是有预谋的，她故意让安澜送我去见编辑，实际上只是想得到我们见面的时间地点，然后捷足先登。她脑子转得可真快，换成是我，再过十年也没有这样的心机。

我对齐雯绮没有期待，所以她做什么我都不会伤心，可是安澜，他为什么要跟她一起耍我？

隔着公交车模模糊糊的玻璃窗，安澜居高临下地睨着我的眼睛，看起来像是在跟她说话，实际上却是对我说："小公主不会再跟我们做朋友了。不过，这样也好。"

6.

整个下午我都在学习。窗台上堆着如山的卷子和练习册，挡住了外面的风景。

也许我从来不该向外看。

我应该专心地走自己的路。

霄霄探过头来问："你今天中午吃什么了？鸡血啊？"

我没有回答她，只是奋笔疾书，直到写完这一页的最后一道题，我才把练习册往前一推，虚脱似的趴在桌子上。

"霄霄……你觉不觉得我是个傻瓜？"

现在，我觉得没有比这个词更能形容我的了。

霄霄愣了一下，从书桌里掏出一听可乐给我说："这东西对身体不好，但是喝了确实能让人振奋。看你一副霜打茄子样，是不是跟编辑谈得不顺利啊？"

我满腹委屈，刚想跟她倾诉，这时她的电话震动起来，屏幕上闪着秦睿的名字。

霄霄脸上浮现出笑意，由内而外，甜美极了，也许今天在去程途中，当我望着安澜的时候……表情大概也是这样的吧。

秦睿好像约她晚上去吃饭看电影，霄霄甜蜜蜜地答应了，两个人似乎有很多话讲，但是她看了我一眼，就草草地挂断了电话。

"说吧，发生什么事了？"霄霄也不是很重色轻友。

我瞧着她的脸，真心觉得她比以前漂亮了。也许这就是爱情的力量吧，爱情让她改变了很多，收敛了叛逆的羽翼，整个人变得温柔起来。

"没什么，明天再说吧。你安心把作业写完，晚上就可以跟秦睿好好约会去了。"

我不希望她因为我的事而烦心，是我自己傻，怨不得别人。

霄霄想了想，说："你不愿意说，我也不勉强你，但是你的脸色真的很差呢，印堂发黑，这样不好，你得去发泄一下！喏，这个给你。"

说着，她从书桌里掏出来一样东西给我。

"你这书桌是机器猫的口袋吗？怎么什么都有？"我仔细一看，竟是一张酒吧的VIP卡，上面用隶书写着两个字——陌笙。

霄霄嘻嘻一笑："我书桌里确实什么都有，包括隐形眼镜、粉饼和口红，你要不要用一下？陌笙里帅哥很多的。"

"我不去。"我那么胆小，要是没有霄霄带着我，我一个人哪里敢去，"不过，这酒吧的名字可真好听。"

"哈哈，好听吧！"霄霄一下子高兴起来，脸上浮现自豪的神情，"这酒吧是我们家开的，这名字是秦睿取的！"

不得不说，秦睿还是很有才华的，不然霄霄也不会对他情有独钟。

"去吧，喝点酒散散心，你爸妈难得不在家，等他们回来了你就没机会去啦！"霄霄在教坏我这件事上一直不遗余力，"真要碰上什么事，你提我就行。"

7.

北方深秋的夜幕下，"陌笙"这两个字枝枝蔓蔓地闪烁着光芒。

我还是来了，可能我真的学坏了……我不想一个人待着，我想喝酒。

酒吧门口停着一辆桑塔纳，车牌尾号是两个8，好像是江晓钺的车。

我仔细一看，他好像就在车里，坐在驾驶位上，定定地望着酒吧大门。

我该不该去跟他打个招呼呢？可是今天我实在没有说话的心情。

就在这时，忽然有个靓丽的身影从酒吧里走出来。这女孩不施脂粉，清纯可人，身穿白色漆皮套装，胸口印着进口啤酒的logo，裙子很短，露出一双修长的美腿，竟是薛菲。

她身后跟着一个男人，看起来比我们大很多，但是也不算太老，他伸手把薛菲揽在怀里说："妹妹，今天你的酒我都包了，陪我去唱歌好不好？"

薛菲看起来游刃有余："哥，我今天就送您到这儿吧，人家还有功课要做呀，就快要考试了嘛……改天咱们再去唱歌，你说好不好？"

那男人却有些不耐烦了，把她硬揽到自己嘴边："妹子，哥哥过的桥比你走的路还多，别以为你那套就能打发我！我连着买了你一个月的酒，你也该让我尝点甜头了吧？"

薛菲软软地推他，推不动，她眼睛一转竟落下泪来："你看我年纪小，就这么欺负我呀……"

那男人也不是太坏，一时间竟然乱了阵脚。这时薛菲忽然停住脚步，面露惊色。

我顺着她的目光，看见像电线杆子一样杵在她面前的江晓钺。

刚才只顾着看薛菲，我都没注意到江晓钺是什么时候从车上下来的。

短暂的惊慌过后，薛菲的面色很快又恢复从容，假装没看到江晓钺，径直从他面前走过。

江晓钺忽然抓住了她的手腕。

那位大哥不高兴了："喂，小崽子，你可别找麻烦！"

江晓钺看也不看他，弯腰从地上捡起一块砖，劈头就往那人脑袋上砸。

我吓了一跳，急忙冲出去拉他，可是我离得远，等我跑过去的时候，江晓钺已经被大哥掀翻在地，还被踢了两脚："小犊子没长眼睛，我你也敢惹！"

薛菲也慌了，上前护着江晓钺，往后推大哥："哎呀你别打啦！这里这么多人看着呢，他是富二代，当心打坏了人家父母找你麻烦！"

那大哥把薛菲甩出去老远，借着酒劲儿，还要上前踹江晓钺。

他只是个半大孩子，哪受得住这样打。我到底是个写武侠小说的，也不知道搭上了哪根筋，忽然胆量与智慧齐发，把酒吧门口的消防栓拿过来，打开就往那人脸上喷去。

铺天盖地的白沫子里，趁着那人睁不开眼睛，我把江晓钺从地上拉起来，没命地跑。

8.

陌笙开在大学城里，我怕那人追上来，拉着江晓钺跑到大学校园里。

对于一个高中生来说，大学生的世界是神秘而诱人的，尤其是这样的夜晚，三三两两的情侣拎着热水瓶横穿校园……这样的画面，就像系在驴子头顶的胡萝卜，令人充满遐想。

我拖着江晓钺走到学校操场，用光了所有力气。他就像一只死狗似的，我一松手他就松松垮垮地跌到地上。

"……你怎么样？疼不疼？有没有受伤啊？"我本来想说他几句的，可是看着他失魂落魄的样子，我话到嘴边，又同情起他来。

江晓钺也不说话，往后一仰，整个人平躺在塑胶跑道上。

"喂，好歹我刚才也救了你，你跟我说句话行不行？"这句话说到后头，我的声音又不由自主地轻了下来。因为我从没见过这样的江晓钺，这么沮丧，这么狼狈。

我伸了个懒腰，索性陪他一起躺到地上。

"哇，今天的星星这么漂亮。"

我眼前一亮，忽然觉得心情开朗了许多。

江晓钺依然安安静静的，一句话也不说。

他不说话，那只好我来说了。

"世界上不是只有你一个人惨，我今天也很惨的！我喜欢的男生被撬了，编辑也被撬了……总之我像个傻瓜一样，什么都没有了。"

也许是同病相怜吧，江晓钺终于有了反应，他枕着手臂侧过头来看我。

100

"今晚的星星好漂亮……不知道等我们上了大学，是不是就可以过上无忧无虑的生活？"

"世界上根本就没有无忧无虑的生活，不管什么人、什么阶段，都会有自己的烦恼。"

江晓铖认真说话的时候，声音竟然很好听，很低沉，像日本动画片里的男声优。

"你终于肯说话了！"我伸了伸手臂，站起来拍掉身上的尘土，用脚尖踢了他一下，"快起来吧，地上凉，躺久了要生病的。"

江晓铖朝我伸出手来："想让我起来？那你拉我。"

我啪的一声拍上去，笑着说："知道耍赖了，那就是满血复活咯？"

江晓铖身子往前一探，拉住我的手，借力站了起来，说："你说你，个子这么矮，又这么瘦……可是力气怎么这么大？"

他的手很暖，尤其是在这样的夜晚。虽然这种感觉跟安澜握着我的感觉不同，但他毕竟是个男孩子，也会给我不一样的感觉……我有些不自然，暗暗抽回了手。

江晓铖察觉到我的局促，竟然好像发现新大陆似的，倒着往前走，探过头来取笑我："哈哈，你竟然不好意思了！原来我在你眼里还是个男人啊。"

他的样子好得意，我加快了脚步，他倒着走也加快了脚步……可是就在这时，他脚跟踩到一块石头，整个人失去平衡向后仰去。

我急忙伸手拉他，可是却被他拽倒下去，整个人栽在他身上……

灿烂的星空下，电影中常见的一幕发生了——我跟江晓铖嘴对着嘴躺在地上，大眼瞪小眼。

9.

原来，并不是每个意外之吻都很浪漫的。

我的嘴唇磕在他的牙齿上，疼得龇牙咧嘴。

"糟了，都破了，明天肯定要长溃疡了！"我捂着嘴唇，舌尖上传来淡淡的甜腥味。

江晓钺却有些摔傻了似的，怔了好半天才说："治溃疡的药几块钱一支，可是我换个门牙可要几千块呀，小姐，你说我们俩谁更应该抱怨呢？"

"几千一颗？你土不土啊，还镶金牙！"

说说笑笑的，这段路很快就走完了，我们回到陌笙门口，钻进江晓钺车里。

夜深了，这座城市寂静下来，酒吧也快打烊了。江晓钺系好安全带，打了个哈欠，目光落到前方，忽然愣了一下。

我顺着他的目光看过去……一瞬间精神抖擞，困意全无。

陌笙灯光闪烁的牌匾下站着一个人，有些瘦削的样子，斜倚着自行车，好像在等什么人。

江晓钺侧头看了我一眼，说："杜仙仙你现在是不是很开心啊？因为你见到了你想见的人。"

车窗上贴了深色的膜，外面的人应该看不到我。

所以我可以肆无忌惮地看着他，看着他在灯火阑珊处安静地等候另一个女人。

"咱们走吧，我不想看见他。"

想起我为他写小说的那些夜晚，想起我满怀期待地去见编辑，推开门却看见齐雯绮的脸……我觉得心头发酸，别过头去。

"怎么？安澜惹你生气了？"

"是我自己傻，怨不得别人。"

就在这时，齐雯绮从陌笙酒吧里走了出来，穿着白色漆皮套裙，好像喝了很多酒，走路摇摇晃晃的。

安澜走过去扶她，齐雯绮却推开他，走过来扶着我们的车，弯腰吐了起来。

"这么拼干吗？我给你的钱不够吗？"安澜俯下身，递给她一张纸巾。

"你的钱我没动，还在那张卡里，你拿回去吧。我们家是个无底洞，我不能拉你垫底。"

我跟江晓钺对视一眼，彼此眼底都有些惊讶的神色。

安澜一怔。

"我能感受得到，你今天在生我的气……"齐雯绮伸手扶住安澜的肩膀，"你气我利用你，伤害了小公主，是不是？"

安澜没有回答，我的心却揪了起来。

可是齐雯绮为什么要叫我"小公主"？跟她比起来，我分明就是个丑小鸭。

"可是我有什么办法呢？我需要钱，我需要出名，你知道的！我用了一个晚上的时间，把我以前写的东西整理成一本书……我一夜没睡，因为这个机会只有一次！我不可以放过任何一个机会，你知道的！"齐雯绮双手环住他的脖颈，声音低了一些，"这就是我，你知道的……我没有小公主的好命，可以过无忧无虑的生活……我所拥有的一切都是我自己争取来的！我从来没有依靠过任何人……除了你。"

她把头靠在安澜怀里，头发有些凌乱，却显得楚楚动人。

迷离的夜色下，他们两个都是俊男美女，看起来温馨极了。

看到这里，其实我已经认命了，安澜不属于我，也永远都不会属于我。可是我心里还是不舒服，好像被什么东西堵住了，连呼吸都难过。

"江晓钺，我们快走吧。"

我不想再听，也不想再看。

就在这时，齐雯绮忽然又说："安澜，如果你不想让小公主生你的气，我可以去帮你跟她解释……编辑的事是我求你告诉我的，她不应该怪你。"

"不用了，我跟她不熟。"昏暗的光线下，我看不清他的表情。

江晓钺忽然扭开车灯，照得酒吧台阶一片雪亮，安澜和齐雯绮伸手遮住眼睛，一起往车里看过来。

对上我的目光，安澜的面色僵了僵，然后他就侧过头，目光落在江晓钺身上。

江晓钺打开车窗探出头去："你们没听过隔墙有耳的故事吗？吐在我车上也就算了，还说这些话污染我们的耳朵。"

齐雯绮不愧是主持人，反应很快，她笑着说："江公子，您还真是从哪里跌倒就从哪里爬起来呀……你不是刚刚在这儿被人打了一顿吗，怎么还敢把车停在这儿？"

江晓钺被戳到痛处，脸色铁青，跳下车冲到齐雯绮面前。

安澜上前一步，挡在江晓钺跟齐雯绮中间。

齐雯绮仰起头，有恃无恐："怎么，江公子还想打女人？"

江晓钺怒极反笑："呵，卖酒妹就是卖酒妹，真会说话。"

安澜面露愠色，伸手就要去拎起江晓钺的衣领，江晓钺拨开他的手，两个人怒视着对方，一触即发的样子。

我急忙跳下车去拉架，可是我个子太矮，一时间也挤不进去。

江晓钺今天火气大，猛然一拳挥出去，安澜一闪，江晓钺那一拳正好打在我脸上。

……这难道是孽缘的预兆吗？

这两个男人，竟然轮流带给我血光之灾。

10.

"你没事吧？"安澜走过来拈起我的下巴。

我的鼻孔像水龙头似的流血，大滴大滴地砸在他手上。

初遇时有大姨妈，现在又流鼻血……安澜真是跟我的血有缘。

鼻子很痛、很酸，不知道是因为内伤还是外伤……我的眼泪哗啦一下涌出来，比鼻血流得还猛。

……眼泪混合了血水，在他手背上混成一团。

安澜怔住了。

我一边哭，一边推开他的手。

"她已经认识编辑了，你还理我干吗？我们又不熟。"我捂着鼻子，转身回到车上，"江晓钺，我们走！"

104

我不知道安澜此刻看我的眼神是什么样的，也不知道他心里会不会有一丝一毫的内疚，可能我也有点矫情吧，但我矫情是因为我喜欢他。

江晓钺怔了一下，急忙回到车上，还扯了一把面巾纸给我。

我呜呜地哭着，鼻涕眼泪鼻血糊了满脸。

江晓钺发动车子，我们俩也随着发动机一起颤动……车子终于缓缓开走，我们也一起消失在安澜和齐雯绮的视线里。

我不敢再看安澜，因为我觉得很丢脸。

11.

江晓钺那一拳打得不轻，我不但鼻子出血，脸颊上也紫了一块，看起来挺明显的。

我爸妈从外地回来看到，罚我禁足一个月。

很长一段时间，我没有再见到安澜和江晓钺。

那本武侠小说已经完结了，我打定主意退出风动论坛。那篇长文被粉丝拿到其他网站转载，除了上次那个编辑，又有几个编辑来找我。

就像广告里说的，我抱着试试看的态度，没想太多就签了个约，然后这本书就上市了，我被包装成少女武侠作家，照片和简介被贴在各大网站，据说书卖得很好，我竟然狠狠地赚了一笔。

这是我第一次凭借自己的力量赚到钱，我拿着存稿费的卡，给爸爸刷了个手机，又给妈妈刷了一套化妆品。

虽然这个痛快花钱的举动遭到了爸爸妈妈的一致谴责，不过捧着礼物的时候，他们的笑容很甜很甜。我要把这笔稿费交给妈妈保管，她却说什么也不肯收。

妈妈说她相信我可以控制好自己。她跟爸爸都是知识分子，虽然能让我衣食无忧，可是能给我的也很有限。她希望等我长大了，把这笔钱花在自己身上。

我忽然有点明白，齐雯绮为什么会叫我小公主了。

因为我有疼爱我的父母，给我无忧无虑的生活环境。

也许正因为如此，生活给我的磨砺太少，便把所有的考验都放在了爱情上面。

12.

2011。

此时此刻，在肖旭的婚礼上，在众人的目光中，安澜捧着花球向我走来。

"送给你。"他站在我面前，离我很近，带着陌生的气息，举着绿玫瑰花球。

今时今日，我自以为已经放下执念，可是他的法力依旧还在。

——他还是会定身法，只要站在我面前，低头凝视我，我就乱了。

"你的问题让我来回答吧。"这时，江晓钺替我接过花球，拈在手里，笑着撕扯着花瓣。

"杜芊芊不会原谅你的。"江晓钺扬起手，把花瓣抛向半空，就像多年前的那个下午。

暗香浮动中，他拉起我的手，大步走向礼堂的出口。

一路走到停车场，小缇靠着江晓钺的宝马车站着，一看见我们，她的目光就黏在他身上了。

江晓钺笑嘻嘻地松开我的手，小缇像一只归巢的小鸟，跑过来钻到他怀里。

"怎么样？我的妞演技很棒吧？"江晓钺很绅士地把她塞到副驾驶的位置上，"她是北影的学生，刚才正好有机会演一场。"

江晓钺帮我打开车后门，我却没有上去。

"你以为你刚才是帮我？"其实我现在没有心情跟他掰扯这些事，可是他一定是跟北影妹子交往太多，不由自主地演上偶像剧了。

"……难道不是？"江晓钺一脸无辜。

"你骗人家说我是你女朋友，你觉得这是在帮我吗？这只会让她们再多看一次我的笑话而已。"我现在很累，所以连埋怨也有气无力的，"你跟安澜从小就不对付，十年过去了，还是拿我做磨心。"

小缇从副驾驶座上下来，笑着对我说："芊芊姐，你这话说得可真没良心，江晓铖为了让我演那场戏，答应给我买最新款的香奈儿包包。两万多块啊，还换不来你一句谢谢？"

我怔了怔，不由得望向江晓铖。

他还是笑嘻嘻的样子："哎，也怪我没想那么多，这样吧，兰成雪，那个包我也给你买一个，算是给你赔罪。"

小缇的脸沉了下来，回到车上时狠狠地摔了下车门。

我一直没有说话，等他的车从地下车库开到地面收费处，我开门下车，说："我不要你的包。还有，谢了。"

沈阳的秋天很短，虽然白天阳光明媚，可是风里已经丝丝缕缕地渗出冬天的寒意。

我一个人漫无目的地往前走。

美丽的鞋子都会让人很累，也许美丽的情人也是一样。

我的脚被挤得很痛，扶着路旁的电线杆揉了揉脚踝。

忽然，有人放了一双拖鞋在我面前，然后俯下身去，把我的脚从高跟鞋里拿出来，轻轻放到拖鞋里。

齐峰抬起头来看我，神态像极了十年前的安澜，像寒冬的清晨，既清澈凉薄，又美得无边无际。

"杜芊芊，我放了你的鸽子，对不起。"

第八章
不晚不早 千里迢迢

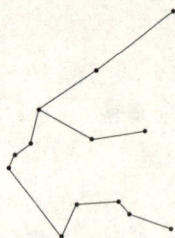

有人在吗，有谁来找，

我说你好，你说打扰。

不晚不早，千里迢迢。

来得正好。

——王菲《新房客》

1.

2011。

齐峰提着我的高跟鞋走在前面。

我穿着拖鞋跟在他身后，初冬的天气里，他的背影十分明媚。

他今天穿的是一件白底黑花的紧身衬衫，外面罩着一件深橘色的呢子西装，配着一双长腿，看起来像韩剧里的男主角。

齐峰真的太瘦了，比安澜还瘦，瘦到我能看见他脖子上淡淡的青筋。

太瘦的男人，总是让人无端怜惜。

这时他兜里的手机响了，齐峰看也没看，只是任它响着。铃声是一首英文老歌，名叫*Sealed With A Kiss*。

那是我中学时代很喜欢的一首歌，最早是在英语听力材料中听到的。那时候听歌还用随身听，磁带是疯狂英语的，里面赏析了这首歌，我单词语法都没记住，却迷上了那歌里的感觉。

在似曾相识的旋律中，我望着齐峰的背影，忽然有种陌生感。

对于他……其实我知之甚少。

黑色雅阁就停在路边，齐峰打开后备厢，把高跟鞋放进去，然后背靠着车子，像株幽兰似的站在那里等我。

我心里有点乱，因为我觉得齐峰不靠谱。

如果他真把我的话放在心上，又怎么会失约呢？

不过退一步想，我们认识也没多久，也许我不该要求太多。

可是此时此刻，我真的很需要他。

因为安澜回来了，带着谜一样的变化，以及卷土重来的记忆。我真怕我会在同一个地方跌倒两次。水瓶座的他，对我种种撩拨，也无非是因为骨子里的博爱罢了。

这时我已经走到齐峰身边，他抿了抿嘴唇，忽然把我拉到身边。

一阵浓郁的花香侵入鼻息，我不由得怔住了。

他打开后备厢的盖子，里面装的全是花，绿玫瑰是字，白玫瑰是背景，密密层层地拼出我的名字。

玫瑰的香气扑鼻而来，阵阵香雾散在风里。

我在小说里写过各式各样的浪漫情节，在现实中，却是第一次收到这样的惊喜。

其实这也是香港电视剧的老梗了，但我仍然不敢相信，竟然真会有个男生这样用心地待我。

齐峰从拼成我的名字的玫瑰花里拈出一朵绿玫瑰，递到我面前："喜欢吗？"

我点点头，这朵玫瑰花心里好像有个亮闪闪的东西，折射了日光，光芒耀眼。

他把那朵玫瑰放到我手里，从花蕾中拈出一枚米粒大的钻石戒指，抓住我的手，轻轻套在我的无名指上。

……竟然还有大钻戒？这个梗我真的没想到。

我完全被惊呆了。

"齐峰……我们认识还不到一个月吧？你这是几个意思？"我

手忙脚乱，想把那枚戒指摘下来。

齐峰抓住我的手。

他的手掌很瘦，手指修长，骨头的质感带着力量传递过来，把我的手越攥越紧。

"你要是不答应，我现在就单膝跪下来跟你求婚！"齐峰的眼睛狭长，看起来有些坏坏的，好像吃准了我怕什么。

"千万不要！"记得我曾经跟他说过，我每次看电视，都特别同情那些在大庭广众之下被求婚的人，明明是很私密的事，却搞得像演戏一样。

"齐峰，别闹！我不生你气了还不行吗？"

我有点慌了，整个人措手不及。

为了哄个小姑娘，他这未免也太下血本了！钻石戒指倒还好说，但婚姻可是一辈子的大事，怎么能这样儿戏。

"我们结婚吧。"齐峰根本不听我在说什么，自顾自地抓住我的手，"走吧，现在就带我去你家！"

他打开副驾驶的门，想把我塞到车里。我两只脚僵在那儿，像个假人似的被他拖着，奋力挣扎，动作却不敢太大，生怕惹人注目。

"去我家干吗？见家长？齐峰你今天没吃药吧！我就跟你说药不能停……"

齐峰笑了笑，好像很宠溺的样子，双手忽然来呵我的痒，我手一松，就被他拖到了车门口。

"喂，你别耍我了！再闹我可生气了！"

齐峰的笑容很明媚，细看之下，他右边唇角处有个米粒大小的酒窝，他忽然按住我的肩膀，把我抵在车门上："杜芊芊，你写过那么多小说，塑造了那么多人物……你应该知道，有时候人的命运就是在一瞬间改变的。每个人的爱情都是一场赌博，如果你不试一试，怎么知道是对是错？"

有一瞬间，我被他的眼神打动了。

我喜欢这种细长的眼睛。

永远云淡风轻的样子，瞳仁里的黑色很深很深……恍惚间我觉得他好像并不是刚认识我，而仿佛是穿过悠悠半生，有些无措地看着我。

一瞬间，我觉得他眼中蕴含着漫长的时光，只是我看不懂而已。

我犹豫片刻，胸口情绪翻滚，最终还是郑重地摇了摇头。

"给我一点时间。"这是我第一次戴钻戒，这石头不算太大，像滴眼泪似的，在阳光下闪着夺目的光。

"我从来不认为爱情是场赌博……因为我输不起，所以我必须要赢。"

他眼中忽然闪过哀伤的神色，如潮水一般，从四面八方涌向他的眼底。

"好吧，算了。"他手上不再用力，我怔了怔，反而顺从地坐到副驾驶的座位上。

"想吃什么？吃完饭我送你回家吧。"齐峰有些强颜欢笑的意思，绕回驾驶位，发动了车子。

"这顿我请吧……"我被他此时的气场压抑到了，轻轻摘下戒指，塞到他衣服兜里，"戒指你先收着……哦不，是先帮我收着，我没说不要，只是，不是现在……"

齐峰这才面色和缓，在后视镜里看我一眼，单手握着方向盘，腾出一只手来拍拍我的头，说："有一家卖麻辣烫的小店很好吃，我带你去吧。"

我用力点了点头。

不知道为什么，当他瘦长有力的手指碰触到我的时候，那样宠溺的姿态，忽然让我别有一番滋味在心头。

忘记哪个老电影里说，女人一生最大的梦想就是被爱。

齐峰……他真的爱我吗？

爱……多美又多冷的一个字。

我会为这个字眼心跳，可是我却不相信。

2.

我穿着睡衣，一边在床上翻滚，一边给霄霄打电话。

她的声音好像有些低落，不过还是很认真地听了我的话，听到高潮的时候她忽然像打了鸡血一样："什么？钻戒？多大的？什么牌子？Tiffany还是Cartier？"

"都不是，就是很普通的一个牌子，应该不到一克拉吧，大约五十分？"

"噢，那也就一万多块吧，不过对于一个没上过床的女人，他出手也算挺大方了。"霄霄顿了顿，又说，"你们真的没睡过？你不用瞒我，我很开明的。"

"……真的没有，不信给你看我的守宫砂。"

"真不愧是写武侠小说的，职业素养很高嘛，嘿嘿，还守宫砂……"霄霄笑了，"就算你真有那玩意，不也早被安澜破了嘛。"

听到安澜的名字，我瞬间沉默了。

霄霄恍如未觉，大大咧咧地说："你们俩怎么回事啊？我看安澜大有要跟你复合的意思。"

"水瓶座，你还不知道吗？"我轻轻哼了一声，眼眶却微微有些发酸，"他们有独特的精神世界，谁知道是抽什么风。"

"那倒也是。"霄霄深表认同，"这时候你要是不搭理他，他也许还会对你念念不忘……但如果你贴上去了，他立马就会脚底抹油跑没影了——水瓶座的都是贱人！"

明知道他们是贱人，我们还是全心全意地喜欢过，那我们又是什么？

想起年少时那些令人心伤的往事，我跟霄霄都沉默了。

"那你要不要跟齐峰继续交往啊？"霄霄嚼了一把薯片，在电话那端咯吱咯吱地响。

每当她心情不好的时候就会吃薯片，我早发现了她这个毛病，只是一直没说破。

"如果你是我，你会怎么办？你会接受他吗？"我总觉得女生问闺密这话的时候，总像是有些炫耀的意思。

不过炫耀就炫耀吧，在霄霄面前，我能炫耀的东西也不多。

"齐峰挺好的，反正比安澜强。"霄霄倒是没有一口否定，"其实他说得也对，爱情本来就是一场赌博，婚姻更是。反正不管嫁给谁，将来都会后悔。"

这时，电话那边忽然传来叮叮叮的声音，听起来十分耳熟，霄霄忽然不说话了。

"喂？霄霄？"

"杜芊芊，我现在得出去一趟！"她的气息比方才急促了些，好像在穿衣服，"我去陌笙见个人，你陪我一起去吧？"

"现在？"我看一眼墙上的挂钟，都已经快11点了，"我不去了，明天还有课呢。"

"我去见秦睿，他刚才在微博发私信，说今晚会一直在那儿等我，我不来，他不走。"

"秦睿！"我一个激灵从床上跳起来，立刻改了主意，"好，我陪你去！咱们'陌笙'见！"

我放下电话，随便换了身衣服，懒得化妆，戴了黑框眼镜和鸭舌帽就要往外跑。

当我冲到客厅的时候，碰巧爸爸到冰箱拿喝的，经过客厅的时候正好看见了我："芊芊，这么晚了你上哪儿去呀？"

"我跟霄霄去喝杯咖啡……她会送我回来的，你放心吧。"

老爸开明，平时倒是很少管我。

可是他的说话声却把老妈引出来了："都几点了？不许去！一个女孩子家，进进出出的多不安全！"

我可怜巴巴地看着爸爸。

"哎，算了，你就让她去吧。孩子都这么大了，她要是不出去

113

你才应该着急呢。"

"你就会扮好人，报纸你不也天天都看吗！现在什么事都有，多少女大学生失联什么的……"

我趁他们你一言我一语吵得热火朝天的时候，蹑手蹑脚地溜了出去。

3.

陌笙酒吧这几年在沈阳越发火爆。

因为它定位精准，走文艺路线，满足了那些自以为格调高，不愿去夜店群魔乱舞，但是又想锦衣夜行的客户群。

霄霄在国外那几年也没白混，结识了不少富二代，都不用他们亲自来现场，只需把豪车停在店门口，便招来了无数美女如云而至。

渐渐地，陌笙门口的小停车场，一到晚上就成了名车俱乐部，奔驰保时捷不在话下，宾利和玛莎拉蒂也很常见。

很多漂亮姑娘在陌笙门口出现，香奈儿2.55几乎已成标配。我从出租车上下来，戴着黑框眼镜和鸭舌帽，穿着长款卫衣和UGG，跟她们一比，像个学龄前儿童。

记忆中的秦睿苍白瘦弱，虽然是个人渣，但是确实很有才华。不知道现在的他，变成了哪般模样？

我一边往里走，一边拨通了霄霄的电话，可是我忽然吃了一惊，很快便挂断了电话。

霄霄在一张靠窗的桌子上面对着我坐着，看得出来是精心打扮过的，但也许是为了避嫌，她刻意选了又安全又高贵的黑色，看起来不会很隆重。

霄霄端坐在灯影之下，面无表情，一袭黑衣很有几分冷艳的味道。

然而坐在她对面的男子，却与我想象中相去甚远——秦睿身材走样，穿着一件普通的白T恤，身子圆滚滚的，像个冬瓜。

我忽然有些不忍走近，作为一个旧梦毁灭的见证者。

这时，霄霄忽然看见了我，朝我招了招手，示意我过去。

秦睿回过头来，与我四目相对。

他也是个文艺青年，应该能够察觉到我的震惊吧？

如果说我记忆中的秦睿是个单薄瘦弱的少年，那么现在，他就是那个少年的叔叔——肥胖，胡子拉碴，戴着金丝边眼镜，唇边带着一丝虚伪黏腻的笑意。

我走过去，礼貌地跟他打了个招呼："嗨，秦睿，好久不见。"

他的笑容有些僵硬，嘴上却说："芊芊，你可真是逆生长，还跟从前一模一样。"

我在霄霄身边坐下，闻到她身上的"奇迹"香水味。这一刻她真的很漂亮，明眸善睐，长长的睫毛根根分明。

我忽然想到，这个时间出来玩，霄霄是很少会在自己的睫毛上涂睫毛膏的，因为她觉得没多久就回家睡觉了，卸妆很麻烦，还不如贴个假睫毛，洗脸时一撕了事。

也许这就是身为一个作家的敏感吧，仅仅通过这么一个细节，我就感受到了她对秦睿浓浓的眷恋。秦睿喜欢清纯范儿，读书那会儿，他特别喜欢《短发》时代的梁咏琪，所以霄霄是不会在他面前贴假睫毛的。

秦睿语速很慢，谨小慎微的样子，显得更加陌生。他说现在是某机关的内刊编辑，事业编，朝九晚五，贷款在二环边上买了套房……他找了个女朋友，是他同事，家境一般，不过每个月也肯帮他还贷。

我不知道霄霄听了这些话是什么心情……因为她脸上一点表情也没有。此时此刻，我觉得他们之间隔着的不是一张桌子，而是两段截然相反的人生，以及漫长而孤独的十年。

我笑嘻嘻地打断秦睿，就像多年前那样，替霄霄说出她说不出口的话："哟，秦大才子，你都有女朋友了，怎么想起来找霄霄叙旧了呢？该不会是想邀请她去参加你的婚礼吧？"

秦睿一怔，连忙摆手："不敢不敢，我只是忽然有点想她……"说着，他小心翼翼地看了一眼霄霄，"我结婚的时候，一定不会找你们的……都这么多年没联系了，怎么好意思要你们的红包呢。"

他这样说，我倒有些不好意思了，好像我们舍不得钱似的。

霄霄冷冷地开口："无所谓的，就凭你我的交情，也用不了太厚的红包，对我来说，不过就是顿饭钱。"

秦睿有些讪讪的："是啊，你从小条件就好……反而是我，竟然连当年也不如了。"

霄霄此刻的表情非常微妙，看起来十分解恨，但似乎又有些不舍。我今晚完全是抱着凑热闹的心态来的，可是原来这记忆与现实的断层……竟然让旁观者都如此尴尬。

我偷偷给霄霄发短信：要不我先走吧，免得你们不自在。

霄霄很快就回复了我：让你来就是来当电灯泡的，难道你想让我被一个胖子糟蹋？

这么多年来，霄霄在我面前骂秦睿贱人的次数加起来不下五百次……可是他只不过是发了条私信而已，她就跑来见他了。

我有些不屑地瞧她一眼，这个女人，在秦睿的问题上，永远是这么口是心非。

如果在她心底，没有一丝重温旧梦的念头，她就不会来，也不会特意涂睫毛膏了。

我拿起包包站起来要走，可是就在这时，我蓦地一转头，万万没想到，竟然看见了安澜。

他身边簇拥着一大群人，坐在陌笙深处的一张长桌上，气氛很好的样子，一桌子男男女女有说有笑。他身边两侧各有一个妙龄靓女，其中一个穿着性感的白纱衬衫，配黑色内衣，即便是在美女如云的陌笙，也十分显眼。

我怔了一下，闭上眼睛，转了转眼珠，然后又睁开——

可惜，那真的是他，我并没有看错。

这时，那位穿白衬衫黑内衣的性感美女抬起头来，我看见了她的正脸。

明眸皓齿，吊眼梢。

我整个人都傻掉了。

她不是那天跟江晓钺一起的小缇吗？她怎么会跟安澜搞到一起？

我被眼前的一切惊呆了，有些瞠目结舌。

小缇对上我的目光，微微一怔，随即扬起唇角，露出一丝得意的笑容，忽然俯身过去吻住安澜。

即使相隔很远，我还是听到了那一桌的起哄声。

在一片嘈杂的声音中，安澜竟然回应了她。

我看见他双手扶上小缇纤细的腰肢，她顺势坐到他腿上，双手环住他的脖颈，惹来更激烈的一轮起哄声……

我的心好像抽筋了……忽然狠狠地疼了一下。

人生如戏，原来今夜旧梦破碎的人，不是霄霄，而是我。

4.

陌笙的洗手间很亮。

明晃晃的白炽灯倒映在镜中，把我脸上的憔悴和颓然照得无所遁形。

我今天没化妆，眼睛四周有一圈淡淡的青色。跟妆容精致、性感漂亮的小缇比起来，镜子里这个素颜平庸的女人简直像个大婶。

你真是没用！丑一点儿也就罢了……偏偏还有一颗玻璃心。

我感受到两行泪水，顺着眼眶缓缓涌出，簌簌落到我衣领里。

安澜，你真是个浑蛋！

你为什么要回来？你为什么要击碎我的梦？

就算我曾经被你伤害，像惊弓之鸟一样再也不敢靠近了……可是那段回忆仍然是我此生最珍视的东西！我没想到你会变成这样！

你可以有女朋友……你可以亲吻女生……可为什么偏偏是那个小缇？她是江晓钺的女朋友，你为什么要这么做？

我用袖子抹了抹脸上的泪，幻想着自己有胆量冲出去打他、骂他，或者把一杯热咖啡泼到他脸上！

可是我却悲哀地知道，像我这种人，这辈子也做不出那事。

算了，就这样吧，我现在只想回家，把自己关在房间里大哭一场。

这时，洗手间的门吱呀一声被人从外面推开了。

小缇拈着一根细细的女士烟，笑眯眯地走进来。

不知道为什么，我的心忽然打了个突。

身为作家，我有一颗矫情易碎的玻璃心，可是在现实中却又很怕跟人起冲突。

我想出去，可是小缇挡住了我的路。

我往左她就往左，我往右她也往右，逼得我不得不抬头看她。

小缇的眼影是大地色系的，眼线在眼尾上挑，显得眼神深邃，很有气势。我相形见绌，却不肯自惭形秽，奋力扬起了脖子："你想怎么样？"

小缇吐了口烟圈，微微一笑："不想怎么样，只是想让你不爽而已。"

"你跟我有什么仇什么怨，我怎么不知道？"我本能地往后退了一步，极力让自己看起来轻松一点。

"江晓钺喜欢你，你不会不知道吧？"小缇脸色一变，把烟扔在地上，用鞋跟踩了一脚，"你抢我的，我就回抢你的，这不是很公平吗？"

我懒得跟她争辩："你就不怕我告诉江晓钺吗？"

小缇歪着头看我："你想告诉他什么呢？安澜的接吻技术比他好？"

我心头火起，像一只被踩了尾巴的猫。

小缇靠着门框，一副媚眼如丝的贱人相："今晚如果不出意外，安澜一定会带我出去开房的……看他那个身材……啧啧，鼻梁又那么高，应该不会让我失望吧？"小缇掩口一笑，"这些事，你尽管去告诉江晓钺好了，反正他要给我跟你一样的香奈儿包，老娘还不稀罕呢！"

我看见她在我眼前轻轻晃动……竟然是我自己在发抖。

我气得浑身发抖，我无法想象安澜跟小缇上床的画面。

小缇朝我探过头来说："大作家，你现在心里是不是很不爽啊？你喜欢的男人，马上就要被我睡了……你知道吗，他的接吻技术好得不得了，不知道是跟多少女人练出来的，是不是也包括你啊？"

此时此刻，能让我停止发抖的只有一个方法。

啪的一声，我扇了她一耳光。

声音未落，我自己也愣住了。

我从来没有打过人，我连一只猫都没打过。

我一定是疯了。

原来遇到跟安澜有关的事我还是会发疯。

小缇有一张很上镜的小脸，被我一巴掌呼上去，她右边的脸颊一下子红了，变成了名副其实的巴掌脸。

"你打谁呢！"小缇一直隐藏得很好的鞍山口音一下子暴露出来了，平时夹杂着英语单词的港台腔荡然无存，她把烟头一扔，上前扯住我的头发，死命地把我的头往门框上撞！

她那么瘦，看起来那么娇弱，手劲儿竟然这么大！

我的头皮被她扯得好疼，黑框眼镜也撞掉了，脸磕在门框上，此时此刻一定狼狈极了……也许就是因为狼狈到了极处，我身体里的潜能竟被激发出来了……

原来打架这件事跟谈恋爱一样，所有人都可以无师自通。

我蜷起膝盖，狠狠地撞向她的小腹。

小缇吃痛，混乱中也是打红了眼，竟然随手抄起洗手台旁边的洁厕灵，直直地朝我头上砸来。

我往后一躲，虽然避开了物理攻击，可是那瓶洁厕灵的盖子松了，蓝色液体扬了我一头一脸，我鼻子里顿时钻进一股呛人的消毒水味儿……像是一种本能反应，我抄起立在墙角的拖把，直直地往小缇脸上捅去。

那个拖把黑乎乎的一团，还流淌着混合了泡沫的黑水，把小缇精致的裸妆都给弄花了。

小缇彻底被激怒了，嗷了一声朝我扑来，我也不甘示弱……撕，咬，挠，踹……局面惨不忍睹。正当我们互扯头发疼得龇牙咧嘴的时候，洗手间的门被推开了，然后那个女生惊叫一声，转身跑了，一边跑还一边喊："打架啦，打架啦！女厕所有人打架啦！"

然后不到几秒钟的时间里，女厕所门口就围满了人。

其中也包括安澜。

一个高大的影子移过来，将我们覆盖在阴影中。

安澜几乎不费吹灰之力，就将厮打得难舍难分的两个女人分开了。

我扑在地上，摸摸索索地拾起眼镜。镜片脏了，模糊一片，可是我也顾不得了。

我本能地看了一眼安澜。四目相对，他居高临下地看着我，神色复杂。

……真的，太复杂了。

诧异、释然、嘲弄、后悔、无奈……好像都是，又好像都不是。

我忽然在安澜身后的镜子中看见了自己。

——头发上挂着蓝色的洁厕灵，肤色蜡黄，嘴唇苍白，脸上有几道细细的血痕，应该是刚才被挠的。

我觉得眼前的一切，真是太荒谬了。

这时小缇蹭到安澜怀里，指着我的鼻尖，声音里带着哭腔："呜呜，她打我……"

"打的就是你！"这时霄霄从门口挤了进来，一手拉住我，一手指着小缇，"敢在陌笙闹事，没打听打听这是谁的地方？"

"老娘今天就闹了，怎么着啊？我被打成这样了，还没找你算账呢！"

"算账？好，我跟你慢慢算！"霄霄挥手要打她，可是这个动作只完成了一半，就被安澜截住了。

"安澜，你什么意思？"霄霄的声音比刚才高了八度。

"有话好好说。"安澜的声音淡淡的。

霄霄看了我一眼："芊芊都被这娘们打成这样了，你还向着她？"

安澜没有说话。

他还是跟以前一样，当我希望他说话的时候，他却总是沉默。

我低下头，拨开重重人群，沉默地走了出去。

5.

外面很冷。

我的外套落在陌笙了，此时只穿了一件卫衣，待到热气散尽，方觉寒风刺骨。一串眼泪涌了出来，流淌在脸上，我用袖子一抹。

擦干了一行旧泪，新的又掉下来，真跟作文里写的一样——像断了线的珠子一般，怎么止也止不住。

我真是个傻瓜，时至今日，竟然还会因为安澜而做傻事。

他跟我有什么关系？他吻了谁、抱了谁，跟我又有什么关系？

可是，即使我明知道这些，还是不能够控制住自己的心，让它不要难过。

我想回家，伸手拦了一辆出租车，却忽然发现我的包也落在陌笙了，此刻我身上一分钱都没有。

我急忙收回了手，出租车司机骂了一句，一脚油门绝尘而去。莫名的屈辱、委屈涌上心头……我站在马路中间，哇一下就哭出声来。不知道过了多久，我觉得嗓子很干很痛，就拿出手机，拨通了齐峰的电话。

他是最近我的通话记录中的第一个人。

似乎也是我此时此刻最想见的人。

因为我忽然有些后悔了。

我后悔没有接受他的戒指……后悔没有在今天之前开始一段新的感情。

齐峰的声音从电波里传来，我心中一阵委屈，越发哭得泣不成声。

"杜芊芊？你怎么了？"他的声音紧张起来，"你现在在哪儿，我去找你！"

……也许我该庆幸，我遇见了一个很像你的人。

当你将我弃如敝屣的时候，他，将我视若珍宝。

第九章
哪怕与你相见 仍是我心愿

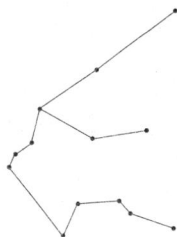

让我孤单这边，一点钟等到三点。

哪怕与你相见，仍是我心愿。

我也有我感觉，难道要遮掩？

若已经不想跟我相恋……

——王菲《爱与痛的边缘》

1.

当齐峰找到我的时候，我光是看着他的车灯，就觉得温暖。

他跑下车，把我从马路牙子上拉起来："你的手怎么这么凉？"

我已经不哭了，可依旧不想说话。

他把我塞进车里，把空调开到了最大。热风吹在我脸上，有些发痒。好像除了心，我身体的每一个部位都在缓缓回暖。

齐峰什么也没有问，只是沉默地望着前方。

我望着窗外，这条街上灯火通明，此时此刻空无一人，整个城市沉寂而空旷，散发着一种白天看不到的安宁。

"去我家吧。"他忽然说。

我点了点头。

"戒指还在吗？"我侧过头去看他。

他点了点头，指了指外套的口袋。

我把手伸到他的口袋，把那枚戒指拈了出来，自己给自己戴到

123

左手无名指上。

齐峰一愣，忽然掉转方向盘，把车子扎到一条小胡同里。

我害怕他问我为什么，因为我不知道怎么回答。

可是他仍然什么都没有问，只是忽然沉默地伸手托住我的后脑，摘掉我鼻梁上还残留着洁厕灵味儿的眼镜，安静地吻下来。

他身上有好闻的气息，唇齿间有薄荷味牙膏的味道，也许接我电话的时候他正在刷牙吧……虽然我经历得不多，可是也觉得齐峰的接吻技巧很好，舌尖轻柔而灵活，还给人一种微妙的压迫感……我稍微怔忡了一下之后，双手环住他的脖颈，竭尽所能地回应了他。

车子里的暖气好足……不知不觉间，我身上出了薄薄的一层汗，齐峰的呼吸声渐渐重了，还脱掉了外套……

我急忙推开了他。

齐峰眼中的迷离渐渐散去，沉默地看着我。

我眨了眨眼睛："你有没有感受到……浓浓的洁厕灵味儿？"

齐峰愣了一下，然后缓缓露出笑容。

"你敢跟我回家吗？"他穿回外套，轻描淡写地问。

我把手伸到他面前，正反两面晃动一下，无名指上的钻石像一滴晶莹剔透的眼泪。

"这个我都敢戴，你说我敢不敢跟你回家？"

他抓住我的手，攥在掌心里轻轻揉着："说好了，就不要反悔。"

我回握住他的手。

这样的心情、这样的年纪……这样的安澜、这样的我。

我贪恋这一点儿温暖，希望可以一直拥有。

听说，越是小孩子，越容易相信天长地久……然而越长大就越明白，人生不易，命运甘苦，很多事，自己做不得主。

2.

齐峰家很干净，是间高层公寓，简单的装修，深蓝的色调，所

124

有的一切都井井有条。

看来他是个很会照顾自己的人。作为女生，我看了他的房间，竟然有些自惭形秽。

齐峰把我拖进卫生间，塞给我一件他的睡衣，说："洗个澡吧，需要我帮你吗？"

我微微一怔，然后摇了摇头。

他退了出去，然后关上了卫生间的门。我刚准备脱衣服，他忽然又进来了。

"干吗？"我双手交叉着挡在身前。

"这个给你。"他不知道从哪里变出来一支兰蔻洗面奶，竟然还是新的。

我心里一暖："你特意为我准备的？"

他神色一僵，只是转瞬即逝，随即唇角坏坏地向上扬起："洗干净点，等你。"

"我……"我还没来得及脸红，他就关上了门。

我打开水龙头，哗哗的水声给人一种镇定的感觉。我正准备脱掉衣服，这时兜里的手机忽然响了起来。

——是江晓钺。

"你在哪儿呢杜芊芊？"他的声音听起来很着急，"我马上去找你。"

他应该是听说了我跟小缇打架的事吧。

"……我在齐峰家。"我老实地回答，"你放心吧，小缇的事我会自己跟她了结，不会把你卷进来的。"

跟江晓钺认识这么多年，我知道他是在乎我这个朋友的。

他在电话另一端沉默了很久很久。

"哦。"江晓钺的声音有些沙哑，也许是被小缇戴了绿帽子心情低落吧，"那……你今晚还回家吗？我可以在你家楼下等你。"

"我……"虽然有些羞于启齿，但我还是说出来了，"我今晚不打算走了。"

江晓钺又不说话了，但是我没有再给他沉默的机会："我会把他忘了重新开始。"

"哦，那……别搞出人命来。"

江晓钺这个大坏蛋。

"你委婉一点好不好？"我脸上有一把火烧了起来，"你当我是你啊，乱搞男女关系！"

江晓钺已经干净利落地挂断了电话。

3.

他的睡衣好大……睡裤根本没法穿，拖在地上都沾湿了。

我只好穿了一件上衣就走了出去。

一阵食物的香味扑面而来，我感觉自己的胃轻轻颤了一下。

"你爱喝牛奶吗？"齐峰系了一条天蓝色的围裙，看起来异常温柔。

我点了点头。

他动作熟练地从冰箱里拿出一盒牛奶，倒进小锅里，拧开炉灶。

桌子上摆着一碗面，上头有一根香肠和两个鸡蛋，摆成一个笑脸的形状。

"哇！"我扑到桌子前，"简直是神乎其技！"

齐峰一边搅着锅里的牛奶，一边回过头来，脸上带着涟漪般的笑意："你可是个作家，别乱用词好吗？"

我垂涎三尺地看着那碗面。

"吃吧。"齐峰似乎很满意我的表情。

我拿起筷子，刚要夹面，却忽然想起要拍照，猛地冲进洗手间。

"这么棒的面，一定要发微博才行呀！"我捧着手机，笑得十分谄媚。

齐峰抢过我的手机，把我按到椅子上，对着面咔嚓拍了一张：

"你吃吧，我帮你发。"

我实在是很饿了，不管不顾地抱着面开吃。

齐峰熟练地摆弄着我的手机……从这个角度看去，他系着围裙的样子有点儿温暖。

"你有微博吗？"我喝了一大口面汤，心里有一种温暖满溢出来。

齐峰的厨艺真是不错。

其实我还有什么奢望呢？他喜欢我，会做饭，又很像他……我还贪心什么呢？

"没有。"他摇了摇头。

"我帮你申请一个吧。"我兴致勃勃地说，"到时候我关注你，你会不会很荣幸呀？你知道吗，我可是大V呢，现在有十几万粉丝……帮人转发推广信息，一条八百起。"

齐峰没搭理我，回头关了火，把牛奶从锅里倒出来，放到我面前的杯垫上。

"小心烫。"他在我身边坐下，看了一眼我的腿，"你这是在勾引我吗？"

"裤子太长了，没法穿。"我把最后一根面条吃掉了。

"别解释。"他忽然把手放在我腿上。

我整个人僵住了……颈椎有点儿发麻。

齐峰扑哧一下笑了，把手拿开："看把你吓的。还以为你是个老手，原来都是虚张声势。"

我有些不好意思，咕嘟咕嘟喝掉牛奶，一溜烟跑进他房间里。

"你快洗碗！今晚睡客厅吧！"

齐峰的床又大又软，蚕丝被贴在身上凉凉的。我躺在枕头上，他的味道扑面而来。

我觉得很温暖，四肢百骸都放松下来……可能是那杯牛奶起了作用吧，我忽然觉得好困，像是整个人都陷进了一团棉花里。

等到齐峰进来的时候，我已经有些睁不开眼睛了。他在我身边躺下，轻轻把我揽进怀里。

他的手很凉，有淡淡的洗洁精味，原来他是洗碗去了。

我枕着他的手臂，迷迷糊糊地说："不好意思啊……你做饭，应该我洗碗。"

因为在家里，我爸爸妈妈就是这样分工的。

"跟我在一起，你什么都不用做。"他的声音渐渐微弱，好像又说了些什么……可是我的意识渐渐抽离，已经听不到了。

4.

在齐峰的床上，我做了一个很长的梦。

人生是条单行道，也许所有逝去的时光，都成了心里一戳即破的旧梦。

那时候……我是有多喜欢安澜啊。只为了看他一眼，我愿意跋山涉水奔赴而去……为了抚慰他的心伤，我愿意放下一切陪在他身边，自以为片刻的取暖，就是我想要的天长地久。

那一年，安澜高考失利，齐雯绮则超常发挥，考上了南方的一所一本大学。有传闻说，齐雯绮跟安澜分手了，是齐雯绮提出来的。一整个暑假，无论是散伙饭还是毕业旅行，安澜一直都没有露面。

刚开始，我只是试探着打电话给他，可是当我发现他的号码停机了之后，方才的跃跃欲试就变成了心头上的焦虑，熊熊燃烧，愈演愈烈……我像个侦探一样，努力从每个人的只言片语中理出蛛丝马迹。费了好大的周章，我终于打听出安澜是一个人去了西藏。

我一颗心像走火入魔了一样，当天就收拾了几件衣服，跟父母说是跟宵宵一起出去玩几天，单枪匹马地杀到了西藏。

现在回过头看看，那么脑残的事，也只有十九岁的我才做得出来。

那时候没有微博，也没有微信，甚至连人人网都没有，同学之间最火的社交工具就是Chinaren校友录。西藏那么大，对于安澜的确切位置，我根本无迹可寻。

　　然而无知者无畏，那个时候我心里充满了对爱情的幻想，一路上竟没顾得上害怕。

　　——下了飞机我就傻眼了。西藏是个如此陌生的地方，高原反应十分强烈，明媚的阳光晃得我睁不开眼睛……身边的人来来往往，可是我该去哪里寻找安澜？

　　站在拉萨的马路上，我给霄霄打了个电话，她骂了我一顿之后，给我推荐了一个名叫"不是咖啡厅"的客栈。

　　我那时候年纪小，从没一个人出过门，因此也顾不得反驳霄霄的话，像个没头苍蝇似的就赶去了那家客栈。

　　就在我办理入住手续的时候，忽然有人自后蒙住了我的眼睛。

　　这个人的手掌很大，十指修长……是安澜吗？

　　我愣了一下，然后扯开他的手，猛地回过头去。

　　——他长高了，褪去了婴儿肥，整张脸棱角分明……他的皮肤还是那么白，缓缓笑起来的时候，跟以前的感觉截然不同。

　　"江晓钺？"

　　我惊讶极了。

　　"霄霄刚给我打完电话，她说你自己跑西藏来了，让我好好照顾你。"

　　那时我已经很久没见过江晓钺了，他长高了，也黑了瘦了。

　　江晓钺伸手揉了揉我的头："你瘦了，高考累的吧？"

　　"可是……你不是去英国留学了吗？"我难以置信地看着他，心里不是没有惊喜的。

　　"放暑假，跟几个朋友试着做点小生意，勤工俭学。"他提起我的行李，带着我往楼上走，"这家客栈是我们几个合开的，怎么样，看着还不错吧？"

客栈是个三层小楼，有种恰到好处的陈旧感，江晓钺踩在木头楼梯上，发出咚咚的声音……我望着他的背影，来之前的恐慌感不知不觉中已经不见了踪影。

楼梯拐角处的窗户前放着一盆兰花，枝蔓很长，散发出清幽的香气，架子下层摆着一个唱片机，跟兰花摆在一起，相映成趣。江晓钺停在花前，回过头来看我。

"这里的装修布置都是我亲手做的，把小时候家里那些破烂全运来了……我们本来想开咖啡厅，可是我爸说咖啡厅不赚钱，我一琢磨也是，就盘下了这家客栈。"

我很狗腿地说："这里很棒，很有格调。"

江晓钺朝我竖起大拇指，赞许地说："嗯，有眼光！一会儿我请你吃大餐！"

我忍不住笑了，忽然头部缺氧，有点发晕。

"你怎么了？"江晓钺扶住我，拿钥匙打开房门，"是不是高原反应了？"

我鼻子一凉，用手一摸，好红的一摊鲜血。

江晓钺动作敏捷地用纸抽塞住我的鼻子，扶着我在床上坐下，说："你高原反应挺严重的，待会儿我给你冲点红景天喝。"

我点了点头，忽然想起安澜。

"他跟我的血有缘，也许用不了多久，我就可以看见他了。"我傻乎乎地嘟囔着，傻乎乎地对他笑笑。

江晓钺撇了撇嘴巴："……不知道安澜是命好还是倒霉，竟然捞到了你这么个花痴。"

就在这时，我的电话响了。

那一年我已经用稿费换掉了V9，改用诺基亚彩屏手机，安澜的名字在小屏幕上闪烁，我的心怦怦直跳。

江晓钺不知道是搭错了哪根筋，竟然抢了我的电话接起："杜芊芊现在在拉萨，她是来找你的，现在高原反应，病得快死了……我把客栈地址短信给你，你赶紧过来吧。"

还没等我反应过来，江晓钺已经挂断了电话。

"你……"我瞠目结舌。

"你什么你……还不赶紧装病！"江晓钺帮我脱掉外套，把我按在床上，"你也别喝什么红景天了，等安澜来了，你就说头疼，往他身上赖，知道了吗？"

我仰着脸看他，鼻子里插着小葱似的卫生纸。

江晓钺也看着我，四目相对。

"傻妹，祝你美梦成真。"

他别过头，站起来走了。

5.

美梦成真……

我的美梦，在安澜说爱我的那一刻实现，然后又在他不辞而别之后破灭。

关于安澜，即便是在梦里，我也不想再想。

朦胧中，手机铃响了，我翻个身不愿醒来，可是这铃声却不屈不挠，不肯停止。

齐峰把手机递到我枕头边说："好像是你老师打来的。"

我被这句话吓醒了，一个激灵从床上跳起来。

"是，好！是……好！"

我放下电话，舒了口气。

齐峰笑着看我："你要是对我也能这样该有多好……无论我说什么，你的回答都是，是是是，好好好。"

我看着齐峰的脸，不知道为什么，竟觉得有些陌生。

也许是跟安澜和江晓钺比起来，他走进我生命的时间还是太短。

"你……起得真早。"我有些尴尬，不想冷场。

我竟然在齐峰家过夜了……

虽然昨晚我们什么都有没发生，可是终究是有些什么，和以前不一样了。

"想吃什么？我给你做。"齐峰看一眼墙上的挂钟，"然后我去上班，你自己在家再睡会儿。"

如果我与他在一起了……婚后的日常生活，就是这样的吗？

我垂下头，心头竟有些百味杂陈。

婚姻不该这样儿戏，但对每个女孩来说，结婚都是一个人生理想。

齐峰好像看出我有心事，坐过来自后抱住我，声音很轻："今晚也别走了，好不好？回头我给你配把钥匙。"

我在他怀里，眼角瞥见桌子上的钻石戒指，亮晶晶的，看起来崭新而脆弱。

"我一会儿得去学校，该准备毕业论文了。"我把头靠在他肩膀上，觉得温暖而安宁，"以后……咱们会一直这样吗？"

齐峰沉默片刻，反问我："你愿意吗？"

我怔了一下。

他歪头亲了亲我的脸颊："你愿意的话，我没问题。"

"说得好听……"我笑着用指尖点了点他的额头，"男人都是这样的，先是花言巧语，骗到手之后就变卦了……也许等到下个月，你就不肯再给我做饭吃了！"

齐峰一笑，抓着我呵我的痒："那你就给我做呗。白天做饭，晚上侍寝！"

"你想得美！"

我笑着站起来逃跑，他抓着我的手不让我走……我用力一挣，结果失去平衡，往后一仰……齐峰揽住我的腰，与我一起倒在床上。

他看着我，眸色幽深，睫毛纤长。

"我……我还没刷牙呢……"

当我们之间只剩下沉默的时候，我总是本能地想没话找话。

虽然我们算是确定了关系，可是毕竟彼此间还是不太熟……

他的眼睛，有时候会让我想起安澜，有时也会让我心跳……

他的唇很薄，据说薄唇的男人靠不住，会是女人的桃花劫……我正在胡思乱想，齐峰已经吻住了我……

这个吻很有侵略性，与他一贯的温柔不同。我并不是傻瓜，来到他家，就意味着有些事情一定会发生，但当这一刻真要来临的时候，我还是觉得忐忑难安……

"你……不上班了吗？"我在喘息中，见缝插针地问他。

"我可以请假，把我们昨晚没做的事情做完……"齐峰看着我的嘴唇，伸手来解我的睡衣纽扣……

我忽然觉得我逃不掉了，现在这个情势，再拒绝未免矫情。而且我既然打定主意与齐峰在一起，那么这也是早晚的事。我咬紧牙关，决定豁出去了……可就在这时，门外传来叮咚一声。

——门铃响了。

齐峰怔了怔，眼神矛盾，似乎并不想中断……可是这时，门铃又响了，而且很急。

"……是谁？"我竟有种怕被捉奸的感觉。毕竟我俩孤男寡女共处一室，被人看见总是不好。

"不知道。"齐峰露出被打扰了的不爽表情。

"你去开门吧，别让人进来。"我爬到床上，钻进被子里把自己藏起来。

齐峰点了点头，出去的时候带上了卧室门。

这房子隔音很好，外面的声音我一点儿都听不见。我在被窝里给霄霄发消息，问她跟秦睿昨晚怎么样了。

其实我只是闲聊而已，我觉得他们之间不可能发生什么的。霄霄是外貌协会的，秦睿残成那样，再与那北大帅哥一比，她怎么会看得上？

可是她的回话却让我大跌眼镜。

"我现在在西塘，跟他一起。"霄霄发过来一张图片，竟是他们两个在江南水乡的自拍。

我震惊了，从床上跳起来，想去外面找齐峰。

可是，卧室门外空无一人，齐峰竟不在房里。我拨通他的电话，手机铃声在不远处响起，他的手机落在屋里了。

我也没太着急，他一米八多的东北小伙，还能被拐卖了不成？不过不交代一声就走，不像他的作风，确实有点蹊跷。

这时，我电话响了，是一个陌生的座机号码打来的。

我接起，电话另一端传来齐峰的声音："刚才同事来找我，单位临时有事，我就赶紧过来了……车子在地库，钥匙在玄关上，你可以开车去上学，今天外面冷。"

我心中一暖，可是还没来得及说什么，他就挂断了电话。

6.

在研究生同学中，其实我的人缘不怎么好。

我平时走读，不住寝室，跟大家接触不多，而且是跨专业考上来的，不像他们有很多本科时就是同学。更重要的是，这个班的男生只有两三个，其他都是女生。这些女生大部分是从小城市考上来的学霸，衣着朴素，省吃俭用，跟霄霄那种基本是两个世界的人……而我，明明是夹在她们中间的，在她们眼中，却被误认为跟霄霄一样。而且我也发现，这些同学都很有做公务员的潜质，对入党、评奖学金这种事格外关注。我原以为我不争这些，她们就会对我友好一点，可是我想错了，不争不抢，就意味着没有共同语言。

老师大致讲了讲毕业论文开题的事情后就走了，班长捧着一堆打印资料站出来，挨个发给大家，可是走到我这儿的时候，却绕了过去。

"不好意思啊，你那天没来，就没带你的份儿。"班长有些抱歉地看着我。

这时不知道谁在后面接口说："人家天天开车上学，还用得着图这个便宜，直接买书不就行了？几百块一套，咱们嫌贵，对她来说也就是个油钱。"

我回过头去，几排女生都看着我，我却看不出这句话是谁说的。

教室里忽然安静下来，气氛有些诡异。

我怔了怔，嘿嘿干笑两声，试图缓解尴尬："……那车不是我的，是我朋友的。"

后面鸦雀无声，没有人理我。于是我讪讪地转过头来，不再说话。

其实也是我运气不好，没摊上家境好的同学，要不然就会知道我这点行头真的不算什么，有什么好大惊小怪的，她们实在是没见过世面。

也许，她们真正看不惯的，是我长相普通却找到了有钱的男友，而不是找了有钱男友这件事本身。如果我是个真真正正的漂亮姑娘，腿长腰细，她们只会发自内心地折服，也不会再处处泛酸了。

我有些不爽，可是也不好意思表现出来，如坐针毡地等到下课铃响，这才走出了教室。

教学楼前的空地上停着一辆红色的奔驰CLK，江晓钺靠着车门站着，穿着一条扎眼的糖果色紧身裤，配黑色风衣，光脚穿着豆豆鞋。他的腿很漂亮，不然也不敢穿这种裤子。此时他斜斜地倚着车门，脑门上好像明晃晃地刻着"高富帅"三个字。

这似乎已经是影视剧中富二代出场的标准姿势，装到北极去了。

我停下脚步，想等同学们走了再去跟他相认，可是他却看到了我，巴巴地跑过来："你不是早就下课了吗，怎么这么磨蹭，害我等你很久。"

他成功地把所有人的目光都引向了我。

"刚刚才下课啊……"我无辜地回答，怔了怔，忽然缓过神来，"你凶什么，我又不知道你在等我。"

江晓钺有些烦躁，抓着我的胳膊就往车那边走："我看了你的课表，第一节不是应该两点下课吗？"

"……临时串课了，可是，你怎么知道我的课表？"

我停住脚步，轻轻甩开他的手，这一刻，心头竟有些狐疑。

江晓钺……他该不会像小缇说的那样……真的，喜欢我吧？

他回身狠狠地敲了一下我的头，很不爽的样子："你自己在微博上发的啊，笨蛋！"

"哦……"我被他的气势压住了，声音低了一些，"可是……你为什么要看我的微博呢……"

"你发出来不就是给大家看的吗？怎么别人能看，我就不能？"江晓钺吃了枪药似的，微皱着眉，眸子里隐有怨气。

我看了一眼四周，陆陆续续从教学楼里走出来的人也都在看着我们，不知是被江晓钺吸引了，还是被他的车吸引了。

围观的人群中，当然包括我的同班同学。

我不想在这儿演戏似的被大家看着，于是绕开江晓钺，径直往校门外走去。天知道她们在背后会怎么议论我……女生寝室的卧谈会还不都是那样，女生之间的友谊大多是在说别人坏话中建立起来的。

江晓钺今天真的很烦躁。我一边走一边想，他怎么可能会喜欢我呢？我脑洞也是开得够大的了！他喜欢的向来是薛菲、小缇那样的美女，显然跟我不是一个档次的，更何况，他要是喜欢我……早就可以下手了，还用得着等到今天？

不知不觉中，我已经走出了校门口，这才想起来齐峰的车还停在教学楼前。我急忙转身想往回走，却差点与身后的江晓钺撞个满怀。

他看我一眼，退开两步，把手插进裤袋里，望着别处。

我看他这样子，不觉有些好笑，柔声说道："你今天是怎么了？看起来有些怪怪的……"

江晓钺一怔，表情渐渐松下来，有些疲惫的样子："我跟小缇分手了。她……她跟安澜在一起了。"

7.

我带江晓钺到学校附近的北行夜市吃东西。

街道上车水马龙，前阵子我刚跟齐峰一起来过。

我们围着一个小桌子坐下，桌面上有个煎锅，他把肉片放在铁板上煎，发出嗞嗞的声音。

此时正是晚饭时间，四周全是卖小吃的小摊贩，烟雾缭绕，人来人往。

如此生动的烟火人间。

江晓钺熟练地翻着肉片，专注的样子跟平常有些不同。

我怔怔地看着他，没想到在格调如此之低的路边摊，他依然能保住那一丝傲娇的贵气。

"看我干吗？"江晓钺头也不抬，盯着铁板上的肉，睫毛浓密且长，煎肉的油烟飘到他脸上，像一层轻纱似的笼罩住他的脸。

安澜跟齐峰的眼睛都是细长的内双，睫毛疏而纤长，看人的时候有种凛冽的感觉，很有味道。

而江晓钺的眼睛，却是很美的杏仁眼，睫毛又浓又密，仔细一看，像个精致的芭比娃娃。

"还是我来吧……"我低下头，拿起筷子去翻肉。

"不用。"他用他的筷子夹住我的筷子，轻轻甩了出来，"你转过去，这种烟很伤皮肤。"

我怔了一下，随即把小凳子搬到他身边，背对着他坐下。

"小缇……怎么跟你说的？"我不自觉地压低了声音。

"她什么也没说。"江晓钺把煎好的肉片放到我碗里，"我看到她把微博头像改成了跟安澜的合影。"

我一时无言。

江晓钺侧过头来看我："你没事吧？小缇从小读艺校，身经百战，打架肯定比你厉害。"

他的眼神落在我身上，顿了顿，忽然伸手捧住我的脸，拇指轻轻摩挲我的脸颊："这两道抓痕挺深的，不会留疤吧？"

我摇摇头："没事，我皮实，小时候经常被野猫挠，现在不也好好的吗？"

江晓钺松开我，转过头去煎肉："你看得开，我就放心了。"

"遇人不淑，一错再错……要怪，也只能怪我自己不是吗？"我望着夜幕下灯火通明的街市，忽然觉得这个世界，其实与十年前并没有什么不同。人也是一样，骨子里的东西无法更改。

"江晓钺……你有薛菲的消息吗？"不知道为什么，我忽然很想知道她的近况。

江晓钺怔了一下，好像不太喜欢这个话题："没有。肉好了，快吃吧。"

我转过身去吃肉，味道很棒，但就是佐料的味道有些重，让我觉得口渴。

我刚想站起来去买水，眼前却忽然出现了一瓶冰红茶，不知道他什么时候买的。

江晓钺帮我拧开瓶盖，说："有点咸，你少蘸点酱。"

我捧起冰红茶，咕嘟咕嘟喝了半瓶……然后江晓钺接过去，把剩下的一饮而尽。

我怔怔地看着他。

以前，江晓钺喝过我的水吗？我从来没有留意过。

有些事情就是这样，一旦生出微弱的念头，就会情不自禁地脑补完整……星火燎原，杂念丛生。

"吃完这顿饭，小缇的事就翻篇了。"江晓钺头也不抬，"其实我已经有新对象了，正不知道怎么处理她呢。她跟谁在一起我都不在乎，只不过偏偏是安澜……觉得有点硌硬。"

我怔了怔，不由得在心里，再度嘲笑自己的自作多情。

"新对象是谁啊？还是清纯范儿的吗？"我放松下来，心里某处，似乎也有一丝说不清道不明的失望，流星似的一闪而过。

"是个小明星，在湖南台热播的电视剧里演过女配角。镜头很少，不过颜值很高。"江晓钺的眼睛一直没离开过碗里的肉，"比薛菲成熟，比小缇温柔。"

从小到大，江晓钺身边的每一个女孩都貌美如花，我竟然有一瞬间怀疑他是不是喜欢我……也真是想太多了。

"安澜有找过你吗？"江晓钺似乎吃饱了，从兜里拿出一包湿巾，递给我一张，然后细细而优雅地擦了擦唇角，"你跟齐峰……是来真的吗？"

我决定坦诚相告。

"安澜没有找过我。我觉得，他再也不会来找我了。"我抬起手，在他面前晃了晃，钻石的光芒在夜市的灯光下七彩斑斓，"我想好好地跟齐峰在一起，谈一场以结婚为目的的恋爱。"

江晓钺猛地侧过头来看我，神色有些怔怔的，嘴唇动了动，终究什么也没有说。

"走吧，我送你回家。"他掏出钱包买单，站起来转身就走。

其实我还没有吃够……恋恋不舍地把碗里最后一块肉吃掉，这才站起来跟在他身后。

这时，前方人群中忽然传来一阵骚动，有个人影忽然从斜后方蹿过来，与我撞了个正着，然后我们双双跌倒在地。

那是个半大孩子，十几岁的样子，虽然瘦弱，可是因为刚才跑得太快，撞得我的腰像要断了一样。

"杜芊芊！"江晓钺急忙冲过来扶我，他很少叫我真名，"你还好吗？"

我捂着后腰，摇了摇头："最近水星逆行……果然诸事不顺。"

江晓钺哭笑不得，白了我一眼，托着我的腰把我扶了起来。

那半大孩子也摔得够呛，刚挣扎着爬起来，却被紧追他而来的警察按住了。

"他怎么了？"我忍不住上前询问。

"聚众斗殴，还拒捕。"警察拎着他的领子，瞧了我一眼，"你没事吧？"

"我没事。"我急忙说，"这孩子好像比我摔得重。"

半大孩子看我一眼，眼神很野，桀骜不驯。他的脸很脏，手也在流血。

我把方才江晓钺给我的湿巾递给他，说："以后别这样了，小心一点。"

他一愣，犹豫片刻，接过了我手里的湿巾。

警察又瞧了我一眼，眼神有点莫可名状，然后就拎着那孩子走了。我一直定定地看着他们，直到他们上了警车，我才回过头来。

"怎么，来了灵感，还是爱心泛滥？"江晓钺扶着我，避开迎面而来的人群，慢慢地往前走。

我仰着头看他："哈哈，是不是觉得我很白莲花？"

"白莲花……那是什么？"江晓钺侧身挡在我身前，帮我开出一条道来。

我刚想说什么，却哎哟叫了一声，腰是真的疼了。我停下脚步，捂着后腰，活像一个孕妇。

江晓钺皱了皱眉说："要不要去医院？你常年坐着，腰本来就不好。"

我急忙摇头："腰只能养，打针吃药也治不好啊。"

我最怕去医院了，看见医生就像小偷见了警察。

江晓钺露出无奈的神情，忽然在我面前低下身去，说："上来吧，我背你。"

我怔住了："不用不用……没那么严重。"

他不由分说地把我扛到背上，大步往前走。

夜市里人来人往，路过的人纷纷行侧目礼，有的在看他，有的在看我……

"江晓钺，你放我下来吧。"我弱弱地说，"我这么沉，一会儿你就没劲儿了。"

140

"就当健身了。"江晓钺的头发上打了发蜡，有点扎脸，顿了顿他又说，"你确实该减减肥了。"

我有些被这句话刺激到了，乖乖地趴在他背上，不再说话。

"你还没说，白莲花是什么意思？"

夜市渐渐到了尽头，人流也没那么拥挤了。也许是刚刚吃了煎肉的缘故，江晓钺的声音低沉而沙哑。

"只可意会不可言传。"我想起一件往事，不由一笑，"其实我从小就是这么白莲花的。记得高一那年，也是在这个夜市里，有个卖烤地瓜的小贩被人围殴，他儿子比方才那个孩子还小一些，也就是上小学吧……"

"然后呢？"江晓钺的气息十分平稳，看来我也不是太重。

"那孩子站在人群里，怔怔地看着他爸爸被人打……我永远忘不了他那一刻的眼神，无助、难过，像一只绝望的小狗。"

"你冲上去帮忙打架了？"江晓钺停下脚步，背着我在十字路口等红灯。

"我哪敢啊？不过我胆子也确实挺大的。后来有人打了110，警察来了，把那孩子的爸爸和所有打架的人都带走了。那小孩一个人站在路边，没有人理他，然后他跟着警车怔怔地往前走，还被自行车给撞了……看起来实在可怜……我那时候年纪小，根本不知道什么是害怕，竟然把他领回家去了。"

"什么？"江晓钺一惊一乍的，差点把我扔下来，"你小时候就这么缺心眼！"

"是呀，所以我说我本来就是白莲花呀！"我理直气壮地说，"那天我父母正好不在家，我就把他带到我房间里，给他洗澡，给他讲故事，还让他吃我的零食……后来我们一起在床上睡着了。"

江晓钺一气之下把我放到地上，转过来看着我的脸，咬牙切齿地说："就你这智商还能当作家？那么小就敢把陌生人带回家，要真出了什么事怎么办？你没看过《孤儿怨》吗，你以为小孩子就很安全吗？"

看着他大惊小怪的样子，我不觉有些好笑："你干吗呀，那都多少年前的事儿了，我现在不是好好地站在这里吗？"

这时，信号灯变绿了，我们身边的人纷纷往马路对面走去。

江晓钺来不及背我，竟把我打横抱了起来。

我躺在他怀里，像是在坐摇摇椅。

夜空被霓虹灯染成淡淡的绯色，这片绯色的光辉下，他侧脸的弧度很美……我从未这么近地看过他，忽然之间，竟像是在看另外一个人。

什么东西震了起来，弄得我手臂酥酥麻麻的。我从他口袋里掏出手机，递到他眼前。

江晓钺看了一眼屏幕，把我放在路边，走到一旁接电话去了。

前面是个公交车站，我手托着后腰，慢慢地蹭了过去。

仰头望着夜幕下的站牌，我忽然想起许多年前，安澜就是带我坐着公交车去星巴克见编辑的。

有些人，你会渐渐忘记他的声音、他的容貌、他的点滴喜好……可是你绝对不会忘记，你爱着他时忐忑而幸福的心情。

我觉得我很快就不再喜欢安澜了。

……不，我现在已经不喜欢他了。

但是我却不得不承认，他已经是我青春的一部分，带给我内心深处无法磨灭的伤痕。

我永远都无法忘记他。

这时，江晓钺忽然出现在我身后："要不你在这儿等我？我去你学校取车。"

这个电话他接了很长时间，也许是女朋友打来的。

"不用了，我坐公交车回去吧，这趟车正好到我家门口。"我从兜里翻出一枚硬币，在手里把玩着，"你女朋友是不是在等你啊？"

江晓钺斜倚着站牌，眼眸一垂："你把我当什么人了？我有那么重色轻友吗？把受伤的朋友扔在街上，自己跑去约会？"

这时车子来了，我跳上去，朝他挥了挥手："重色轻友是个优点。你去约会吧，再见！"

8.

这个时间公交车上乘客很少。我找了个靠窗的位置坐下，望着这座熟悉的城市，脑子渐渐放空……碎片般的念头逐个闪过，我好像想了很多事，又好像什么都没想。

不知道过了多久，我忽然感觉到有人在看我。

我猛地转过头去，却看见江晓钺的侧脸。他幽幽地望着前方，假装并没有在看我。

"你什么时候上来的？"我怔怔地看着他，"我怎么不知道？"

他根本不回答我，只是探头到我身边来望着车窗外："咱们在哪站下？别坐过了。"

"还远着呢，我们家是终点站。"我取笑他说，"你从小就自己开车，要是我把你自己扔在公交车上，你能找到家吗？当然，不许打车。"

"当然能了，我在国外经常使用公众交通工具的，不过大部分是坐火车和地铁。"江晓钺一时兴起，翻了翻他的BV编织包，从里面掏出来一个毛线帽，扣在我头上，"这是我的坐车神器，现在有时候在办公室还用呢。"

我一愣，还没等说什么，他又把毛线帽往下一拉，用帽檐遮住我的眼睛："你试一下，戴上这个特别舒服。"

这个帽子很暖，我眼前一片漆黑，却有种莫名的安全感。

车子像个摇篮似的颠颠簸簸，不一会儿，我果然萌生倦意。

"哎，你还没有给我讲完呢……你高一时捡了个小孩回家，然后呢？"江晓钺的声音渐渐飘了起来，越来越小。

9.

那个孩子很瘦。

我从小就喜欢看武侠片，总是幻想着可以打抱不平行侠仗义。因此把他捡回来，似乎也是件顺理成章的事情。

他被自行车撞破了头，可是自始至终都没有喊疼。

我那年刚上高一，也就十五岁，那孩子又瘦又小，看起来比我小很多。他的话很少，基本上是我问一句他答一句。我见他不爱说话，就让他自己去洗了个澡，然后让他躺在我床上，还把我最喜欢的《机器猫》漫画书借给他看。他看得津津有味，越发沉默，像一只乖巧的小猫。

我心思单纯，再加上那个年代也没有现在这么乱，跟一个陌生小孩共处一室，我也没觉得有丝毫的违和感。那天晚上爸爸妈妈很晚才回来，那个孩子一直待在我房间里，他们竟然没有发现。

后来他饿了，我不会做饭，就把我的零食拿出来分给他吃，有牛肉干、烤鱼片，还有树袋熊形状的小饼干……他吃得很开心，一双星眸逐渐恢复了明亮的光泽。一起吃过东西以后，我跟他也渐渐有了话题，聊聊学校、聊聊机器猫、聊聊他家里的事……然后我们就这样稀里糊涂地睡着了。

第二天是周末，当我醒来的时候，爸爸妈妈还没起床，可是那孩子已经不见了。我满屋子找他也找不到，最后在一本《机器猫》里发现了他留下来的纸条——

上面画着机器猫跟大雄，他们躺在同一张床上，机器猫睁着眼睛，头顶上写着歪歪扭扭的"谢谢"两个字。

后来我去夜市找过那个孩子，不过再也没有碰见过。

我做这件事本来就是一时兴起，后来很快便忘记了。

10.

我掀开帽子，发现自己正躺在江晓钺的肩膀上。

他也睡着了，靠着玻璃车窗，侧脸闪烁在一片模糊的灯影中。

司机停下车子，回过头来说："终点站到了，都下车吧。"

江晓钺还在睡着。

我轻轻摇了摇他："喂，江晓钺，你醒醒……"

他却往我这边一倾，整个人栽到我身上。

他的下巴抵在我肩膀上，伸手将我抱住。

我整个人微微一震。

他闭着眼睛，喃喃地说："别动，让我再睡一会儿。"

公交车司机等得不耐烦，拔掉钥匙就走了。车门开着，冷风呼呼地吹进来……可是被江晓钺抱在怀里，我竟不觉得冷。

夜色阑珊，空荡荡的公交车上，只有我们两个人。他身上散发着温暖，带出一缕男士香水的馨香。

我低头看他，不知道该不该推开他。江晓钺靠在我身上，露出一截光洁白皙的脖颈。

我把他的衣领翻上来，遮着脖子。他的黑色风衣十分有型，可是却很单薄，开车的话没关系，不过坐公交车就很冷了。

"你会把我也捡回家吗……我也很需要人照顾的。"他在半睡半醒间，把头往我怀里又埋了埋。

我觉得不妥，摘下毛线帽，戴到他头上，缓缓把他推开："走吧，回家睡，别冻着了。"

江晓钺抬起头，片刻之后，大梦初醒似的，眯着眼睛看我："杜芊芊，我好困……我刚才有说梦话吗？"

我站起来，缓缓往车门外蹭去："说了呀，你说要请我去马尔代夫玩。"

"……真的？"他过来扶住我，露出狐疑的神色。

我很诚恳地点了点头。

江晓钺嗤了一声："好像我真带你去，你敢去似的。"

听起来脑子很清楚啊，莫非他刚才是在装睡？

小区里一个人都没有，街边的灯盏像是一轮轮缩小的圆月。江晓钺用猫一样傲娇的眼神瞥了我一眼说："喂，你怎么不说话？"

"我有什么不敢的呀？马尔代夫！去最便宜的岛也得一两万呢，我还怕你吃了我不成？你要是想吃的话，早就咬一口了，还会等到现在吗？"

鬼使神差地，我竟然说出这么一番话。

江晓钺没有接话，他只是放慢了脚步，像是在犹豫什么。

这时，我电话响了，铃声是王菲的《我也不想这样》，应该是齐峰打来的。

我接起，电话另一端，他的声音在寂静的夜色里尤为清晰："杜芊芊你不乖啊，竟然一整天都没给我打电话。"

"一整天都在忙，我马上就到家了……本想一到家就打给你的。"

我看了一眼江晓钺，不知道为什么，隐隐竟有种心虚的感觉，虽然我跟他之间真的没什么……

可是，不知道从什么时候起，我竟不再像以前一样理直气壮了。

江晓钺朝我挥挥手，转身往小区门外走去。

我望着他的背影渐行渐远，听见齐峰在电话里说："我也刚刚忙完，现在去你家接你，好吗？"

江晓钺的身影完全消失在夜色里。

我犹豫片刻，说："今天我闪了腰……想休息一下，过几天再见面吧。"

"怎么弄的？怎么这么不小心？"他的声音低沉下来，"真是叫人一步也不敢离开你。"

"那就不要再离开了啊……"我背靠着楼道的门，无端地有些心绪不宁，"齐峰，我想跟你谈一场以结婚为目的的恋爱，我们不要辜负对方、不要劈腿，也不要三心二意……好不好？"

他在电话另一端沉默良久。

"我没问题。这段感情的生杀大权，向来在你。"

11.

我的腰还痛着，颤颤巍巍地回到家，打开大门，发现爸爸妈妈都在客厅里等我。

有种三堂会审的既视感。

"你交男朋友啦？"我妈一副很八卦的神情。

我怔了一下，没有回答。

"找个知根知底的，挺好。"我爸瞧了我一眼，"那小伙子我见过，是你高中同学，对不对？"

我一时没反应过来，他们是在说谁？

"昨晚你去霄霄那儿住，他在我们家楼下等了一晚上。"我爸多少年来一直觉得所有男孩都配不上我，可是此刻竟然难得地夸了这个人，"我昨晚回来得晚，在楼下看见他，觉得眼熟……后来半夜写完报告，我到阳台上透风，看见他还在楼下。"

我忽然想起……他说的人会不会是江晓钺？

"喔，江晓钺啊，他……他不是我男朋友。"

安澜他们认得，齐峰昨晚又跟我在一起……等在我家楼下的，似乎只能是江晓钺了。

不知道为什么，我心里有些不舒服，忽然之间我跟他的关系好像复杂起来了。江晓钺是一个对我来说很重要的人，但我从没想过他有一丝一毫的可能会喜欢我。

我妈看我有些尴尬，忙说："你年纪也大了，再不找对象就成剩女了，我们不会反对你谈朋友的。"

我爸忙不迭地点头："明天爸给你发点置装费，你好好捯饬捯饬，以后晚上可以晚一点回来。"

我怔怔地望着父母，心想，他们这么兴奋激动，是因为同事的女儿剩下的太多，还是因为……安澜？

读研之前，安澜曾经在我家住过一段时间，我的父母从抵触到接受他，完全是看在我的面子上。

后来相处久了，我妈得知他的身世，心疼他从小到大无人照料，竟真把他当儿子一样疼爱了。

可是后来的后来，他竟然不辞而别。

唉，所有跟安澜有关的事情，想起来都令人心痛心烦。

"你找个什么样的我们俩都支持！对你好就行。"我爸又补了一句，"没房没车不要紧，但是得靠谱，别像那个……"

我妈戳了他一下，我爸把后半截话吞回了肚子里。

12.

洗完澡坐到电脑前，我打开QQ，上面弹出无数条编辑的催稿信息。

我这才想起来，这几天只顾着爱恨情仇，都好几天没写稿子了。

我冲了一杯热咖啡，正打算打开文档，这时QQ忽然响了一下，我习惯性地扫了一眼，眼神忽然就僵硬了。

——安澜的头像竟然没有变过，还是那只带花的企鹅，现在已经很少有人用了。

多年以前，我最幸福的事就是看着他的头像在电脑右下角闪呀闪，有时候甚至舍不得点开。他的只言片语，对我来说却是一整天的温暖。有那么一段时间，他是我的神，主宰了我的一切，在我的世界里法力无边，可以呼风唤雨，肆意妄为。

是我给了他这个魔力，也给了他伤害我的资本。

所以后来那一切的伤痛与不堪……要怪，也只能怪我自己。

今天，这一刻，我没有点开他的对话框，而是直接拉黑了他。

从此以后，安澜的头像再也不会闪了。

年少时那种山崩地裂的幸福感……这一生，亦不会再有。

等闲变却故人心，却道故人心易变。

我忽觉时光悲凉。

有一天，我会后悔删了他吗？

但我知道，无论他跟我说了什么，都已经不重要了。

第十章
宁愿用这一生等你发现

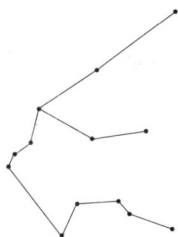

宁愿相信我们前世有约，
今生的爱情故事，
不会再改变。
宁愿用这一生等你发现，
我一直在你身旁，
从未走远。

——王菲《传奇》

1.

今天没课，一觉睡到自然醒。

我拉开窗帘，正午阳光明媚，柔柔地笼罩在房间的每一个角落，我拿了手机，又躺回被窝里，闲闲地刷微博玩。

忽然看到江晓钺的微博，他一向很少更新，碰巧刚刚更新了一条——

是一张地图，定位在马尔代夫。

我一怔，点开他的微博主页。

江晓钺很快又发了一条，是他与一个比基尼美女的合照，两个人都戴着墨镜，笑容甜蜜而嚣张。他公开圈了那个女孩，点开一看，原来她果真是个小明星，粉丝只有一万多，不过长得确实很漂亮。

我犹豫片刻，在他微博底下没话找话地评论：羡慕嫉妒恨！

我仰面躺在床上，等了一会儿，江晓钺却没回我。

我关了微博，有些讪讪的……还有些百味杂陈。

这时手机响了，是前两天刚办了婚礼的老班长肖旭打来的，说了一些当日照顾不周的客套话，约我晚上去吃火锅。

"很多老同学都来，你也一定要来哦。"肖旭说得很诚恳。

"我今晚可能有课……"

"不许找借口，难道我的面子你也不给？"

"那……都谁去啊？"我咬咬牙，干脆豁出去了，直截了当地问，"安澜去吗？"

肖旭顿了一下，说："哦，他说他今天回北京，不过来了。"

"那好，晚上见。"

听说安澜不去，我就干净利落地答应了。

肖旭是个好人。可能每个班里都有这么个人，不是特别聪明，也不特别帅，但是憨憨厚厚的，真心愿意为集体出力。肖旭就是这样的一个人，班上不管男生女生连同老师都很喜欢他。那时候我经常翘掉自习回家赶稿，或者跟霄霄偷跑出去逛街，肖旭没少帮我们打掩护。

我一直想找机会好好跟肖旭叙旧，还不知道他的新娘子是个什么样的人。有传闻说他以前暗恋霄霄，不过现在已经无法考证，不知道是不是真的。

想起霄霄……我们已经好几天没联系了，我急忙打电话给她。

霄霄的电话不在服务区，于是我给她发了条短信，约她晚上来吃火锅。

这时，手机桌面上弹出一条提示，是江晓钺在马尔代夫那条微博下面回复了我的评论。

——以后会有人带你来的。

2.

是啊，我该好好经营跟齐峰的这段感情，然后让他带我去马尔代夫。

于是我从床上爬起来，洗澡化妆，去学校取齐峰的车。在路上，我给他打了个电话，约他一起吃午饭。

齐峰犹豫了一下，说："那这样吧，下午我晚点回公司，吃完午饭，我陪你逛一会儿。"

"为什么？还是工作要紧。"我坐在公交车上，忽然想买个毛线帽。

"这两天想去拜访你的父母，你陪我去买礼物。"齐峰的声音笑吟吟的，"我决定把今年的年终奖都花在你父母身上，一会儿大悦城见。"

我不想让齐峰破费，不过他花钱实在是大手大脚。在我的阻拦下，他把给我爸爸的礼物从按摩椅换成腰带，然后我给我妈妈选了一条丝巾，说服他放弃了羊绒大衣。

后来我们逛累了，他给我买了个甜筒，送到我嘴边的时候忽然拿走，自己咬了一口。

我追着他抢甜筒吃，他个子高，我怎么也够不到，后来我发了狠，整个人吊在他手臂上，非要吃到甜筒不可。

齐峰低下头来看我，眼神忽然变得很深很深……他把甜筒送到我嘴边，眼神温柔得像是在看一只小狗："吃吧，都给你。"

不知道为什么，我忽然脸红了，接过甜筒默默地吃着。很甜，很凉，就像他这一刻的笑容。

齐峰牵住我的手，七拐八拐地走到商场的角落里，前面是安全楼梯，一个人都没有。冷风呼呼地吹来，显得他手心愈发灼热，齐峰把我抵在墙上，抢走我的甜筒，把他的俊脸逼过来……

我以为他要吻我，犹豫片刻，缓缓地闭上了眼睛……

他的气息扑面而来，呵在我脸上，暖融融的痒，可是我预想中的吻却没有到来。

我睁开眼睛，齐峰正似笑非笑地看着我，探头过来吃一口我手里的甜筒，捏住我的下巴："你想什么呢？你以为……"

我拨浪鼓似的摇头："没有，我……"

他的吻忽然落下来，深深的、急促的，舌尖上带着甜筒的奶香……我双手攥住他的衣襟，有点喘不过气来……

甜筒掉在地上，融化了。

齐峰像是想要把我揉进身体里，忽然之间，我觉得他也许真的很喜欢我……因为安澜是我唯一的前男友，他从来不曾这样对我。

这时楼梯下面传来脚步声，好像有人来了。齐峰意犹未尽地松开我，帮我弄了弄头发和衣服，这才拉着我走回商场。

3.

"你今晚要去吃火锅？"齐峰坐在驾驶位，侧过头来看我。

跟他在一起的时候，我从来不开车。

我点了点头："明天再带你去我家吧，正好给我父母一点准备的时间。"

他上班的地方离商业街很近，很快就到了，齐峰把车子停在楼下："要不，我下午请半天假，陪你多待一会儿？"

齐峰真是最佳男友，不过，我也要做最佳女友。

"来日方长，以后咱们在一起的时间多着呢……"我装模作样地推辞着，心里当然希望他多陪陪我。

"啊，我好像还不知道你在哪里上班呢？"

第一次见面的时候霄霄问过他，他一带而过，只说了个大概年薪。

"既然下午不请假，我就得回去打卡了。"齐峰好像不太愿意继续这个话题，打开车门，一条腿迈了出去，"车子你开回去吧，晚上聚完了打电话给我。"

说完他就走了，砰的一声关上了车门。

我一个人坐在车里，说不上是为什么，忽然觉得有点失落。

这时，车门忽然在我这一侧打开，齐峰探身进来，轻轻亲了一下我的脸颊。

"别嘟着嘴了，都给你goodbye kiss了。"齐峰拍拍我的头。

我怔怔地看着他。

他脸上的笑容如涟漪，轻轻浅浅地荡漾在我心头。

"这一次我真的走了，给爷笑一个。"

他伸出食指，拈了一下我的下巴。

我缓缓地咧开嘴巴，笑得像个傻瓜。

齐峰这才关上车门，转身走远。

望着他的背影，我忽然觉得自己运气真好。

遇见齐峰……真好。

4.

我看了眼油表，齐峰的车快没油了，附近正好有个加油站，我便开过去加油。

有个办信用卡的姑娘敲开我的窗户："姐，这卡加油特别划算，每个月百分之五返现……而且我这个月业绩完不成了，你就帮帮我呗？"

小姑娘可怜巴巴地看着我。

"那好吧……怎么办呀？"

我果然是个白莲花。

"这个卡是要跟车子绑定的，出示行车证和驾驶证就可以……"小姑娘面露喜色。

我去翻方向盘左侧的手抠，一般人都会把证件放在这里，果然齐峰也不例外。

小姑娘笑眯眯地做完了登记，把证件还给我的时候顺口夸道："你男朋友长得真帅。"

我不由得翻开他的证件瞄了一眼，结果整个人都愣住了。

齐峰的证件照确实很帅，可是在他生日那栏，年份前面明晃晃地写着1994。

我完全傻掉了。

……他是1994年出生的？怎么可能？他明明告诉我他是1983年的，比我大六岁。

我拿着手机，几乎忍不住想打给他了……就在这时，手机收到一条短信，是齐峰发来的。

"若干年后，墓碑上只刻二维码，路过时拿出手机扫一扫，一生的故事就出来了：爱过谁、恨过谁，还牵挂着谁，简称：扫墓。"

他发笑话给我，一定是想逗我开心，可是我却笑不出来。

齐峰为什么要隐瞒年龄？

其实他隐瞒什么都不要紧，比如车子房子不是买的而是租的，比如工作没签约只是临时的，这些我都能够接受，但是年龄却是人力所不能改变的。

如果他是1994年的，我比他大五岁，我们怎么结婚，怎么在一起？

我不是不能接受姐弟恋，我只是不能接受这种年龄差发生在自己身上。

我忽然觉得有些难过。

齐峰是一个多好的男朋友啊，他温柔体贴，会逗我开心，愿意把时间和门钥匙都交给我，还会在分别时送上goodbye kiss，接吻的时候舌尖有一丝淡淡的甜味……

可是谁能想到，这样的他，竟然比我小了整整五岁！

……他是敌人派来玩我的吗？

齐峰，你到底为什么要骗我？

5.

我整个下午都昏昏沉沉的，不知不觉，就到了赴约的时间。

肖旭订的那家火锅店生意很好，热腾腾的蒸汽远远看去青烟袅袅。我说了肖旭的名字，服务员引我进包房，看来我来早了，竟然一个人都没到。

我脱掉外套，捧着手机发呆。

齐峰的事，我该怎么办？不过只有装傻与摊牌两个办法。可是，我承担得起选择的后果吗？

大门吱呀一声打开了。

我抬起头，以为是某个老同学来了。

可是在我目光触及那个人的时候，我有种想站起来逃跑的冲动。

安澜。

……是安澜。

我怔了怔，抓起外套和包就往外走，可是他却关上了包间的房门，背靠着门板，沉默地看着我。

"杜芊芊，我有话跟你说。"

"我不想听。"

我转过身，看着窗户下面车水马龙的商业街，无言以对。

暮色四合的城市，华灯初上，马路上光影流泻，映在窗上像一团一团模糊的冰花。

"不听你会后悔的。"

……忽然像是回到了小时候。

安澜的声音那么高高在上，冷峻而魅惑……那时他总是在俯视着我，因为他太明白我对他的崇拜。

"我已经后悔了。"

我依然背对着他，心中打定主意，这一次，就算我再怎么想听他说的话，再怎么想回头看他一眼，也一定要咬紧牙关，只留一个背影给他。

这是我作为一个爱了他十几年的傻女人，最后的自尊。

"你不该对我期望太高，"安澜的声音低沉下来，有些沙哑，"其实我只是个普通的男人，有漂亮姑娘投怀送抱，我也不想拒绝。"

"与我无关了。"我转过身去，低着头直奔门口，他背靠着门板站着，挡住我的去路。

"让开！"我鼓起勇气，抬头看着他的眼睛，"世界上有很多种价值观，我知道我没资格要求你什么，可是，不要伤害一个喜欢你十几年的女生，我觉得那是一种礼貌。"

我不知道自己在说什么，也许真的是我矫情了，他怎么样跟我有什么关系？

是，我管不了他，我伤我自己的心还不行吗？

那双眼睛细长料峭，邪美如昔，像春天乍暖还寒的风，带着一丝磨砺拂过心头。

"杜芊芊……"

"我也不知道我在期待什么。"我垂下头，打断他的话，不觉间有两行泪水滴落脸颊，"不过，感谢你，断了我对你的最后一丝幻想。"

当他在我面前跟小缇接吻的时候，当他在霄霄面前护着她的时候，当他看着狼狈的我无动于衷的时候……我忽然发现，十几年来让我奉为神明的男人，其实不过是个过路人。

初恋之所以难忘，初恋之痛之所以锥心刺骨，不是因为那是第一次，而是因为……

我们再也不可能像第一次那样去爱一个人了。

手袋的把手被我攥得起皱，我把指甲深深地抠进软皮子里。

安澜眼中隐约有痛，却如流星般一闪而过。

这时他身后响起敲门声，有些嘈杂，领头的应该是肖旭："不好意思来晚了，谁先到了？开门吧！"

我怔了怔，急忙用手背抹掉脸上的泪，转身钻进包房内的洗手间里。

6.

等我出来的时候，桌子上已经坐满了人。

我在洗手间里洗了脸，上了眼药，还重新化了个妆，走出来的时候已经神采奕奕，仿佛什么都没发生过。

"哟，芊芊，你什么时候来的？"肖旭急忙招呼我。

我坐到他旁边，笑着跟大伙寒暄。

安澜一直注视着我，虽然我没有看他，但我感受得到。

这时，小喇叭忽然问我："哎，芊芊，江晓钺去马尔代夫了你知道吗？"

我一愣，大家的目光忽然都集中在我身上。

小喇叭有些同情地看着我："你没看他微博吗？你快去看看吧！"

果然一个谎言需要更多个谎言去圆……记性不好的人实在不适合说谎。

女生们纷纷露出暗爽的表情。

尤其是戴斯，她看了一眼安澜，又看了一眼我，说："江晓钺跟一个小明星出去玩了，有没有告诉你这个'女朋友'啊？"

"我……我跟他……其实……"

我不知道该怎么说。我不想让别人看笑话，可是却一次又一次地难堪。在她们眼里，可能我已经注定了是被甩的命运。

"杜芊芊，其实我很喜欢你。"

安澜忽然扔出来这么一句话，云淡风轻地给我夹了个鱼丸。

所有人都愣住了。

小喇叭好像看到了晴天霹雳。

火锅咕嘟咕嘟地响着，整张桌子都寂静下来。

安澜站起身，绕过半张桌子，走到我身边，手里拿着一杯啤酒，说："如果你愿意一笑泯恩仇，就喝了这杯酒。"

我愣住了，只听见他又说："然后我们重新开始。"

整个房间更安静了，活像高三那年的晚自习。

安静得仿佛可以听到我自己的呼吸和心跳。

我不由自主地站起身来，怔怔地接过他手里的酒。

心念百转，却无一个念头留得住，可是……

纵使我再难过、再不舍……也不可能再原谅他了。

咔嚓一声，我松开手，酒杯掉到地上，瞬间就碎掉了。

"哈哈，安澜你别跟我开玩笑了！我们之间，原本就没有什么恩仇啊。"我拎起一瓶啤酒，"拿杯喝有什么意思？这一瓶我敬你！"

好解渴啊……我一口气喝了一瓶，刷新了我的喝酒纪录。

我坐回到椅子上，眼前的东西有点晃，我拿起筷子去锅里夹肉，却怎么也夹不到。

所有人都怔怔地看着我。

后来是肖旭看不过去了，往我碗里夹了几块肉："杜芊芊，你挺能喝的啊！"

我开朗得不似自己："那当然啦，我不但能喝，酒品还好！"

肖旭哈哈一笑。桌子上的气氛缓缓回暖，大家的注意力从我身上转走，又三三两两地聊起来。

我酒量其实不好，尤其不能喝得急。

今天真是很棒的一天！

今天，我发现齐峰骗我。

今天，安澜当众对我表白，嘿，真有面儿啊！安澜可是当年风靡全校的男神呢。

也许……要不是有小缇那件事，说不定我对他千年不死的少女心又复活了。

我看见火锅汤上漂着蘑菇，伸手去夹，却不小心被锅子烫到了手腕，筷子也掉到了锅里。

戴斯表示不满："靠，这锅怎么吃啊？"

"你没事吧！"肖旭急忙撕开湿巾，覆到我手腕上。

"我没事啊！"我嘻嘻一笑，瞧了戴斯一眼，"用嘴吃呗，废话那么多！"

戴斯脸庞泛绿，我瞪她一眼，老娘就是借酒行凶，你能拿我怎么样？

我站起身，拿起漏勺又想去捞蘑菇，却被肖旭夺下："你想吃什么，我帮你捞！"

我去抢他的漏勺："不要，我自己来！"

安澜从座位上站起来，走过来帮我披上外套。

"你喝多了，我送你回去。"

安澜一手拎起我的手袋，一手拥着我，在众人含义纷杂的目光中，沉默地往门外走去。

7.

微寒的夜风迎面而来，吹散了我脸上的热气，我清醒了一些，轻轻挣开他的手，与他保持距离。

安澜没有再来拉我，只是无声地走在我身边。

很长一段时间，我们俩就这样一起往前走，肩并着肩，中间却隔得很远，好像并不认识彼此。

十几年前，每当我走在他身边，都觉得自己就是偶像剧的女主角。

十七岁——

操场上人山人海，我总能第一个找到他的身影，光是远远看着，就觉得心头发甜。

放学之后我偷偷跟着他，反方向地走了很远的路，只是想知道他家住在哪里。

我走着他走过的路，惴惴而窃喜，希望他能回过头来看我一眼。

我很爱他，傻气又大胆，手足无措，情深似海。

十八岁——

他是远近学校的风头人物，在篮球场上光芒万丈，运动会上十项全能，高高瘦瘦的样子，总是独来独往，漂亮的瞳仁里带着凛冽，即使不发一言也会让你心碎。女生们总是在背地里谈论他，以能跟他说一句话为荣。

她们跟我一样喜欢着他，让我既骄傲又灰心。我每天兴致勃勃地上学，寒窗苦读想考第一，都是为了他。我想吸引他的注意，我想让他多看我一眼。

那时候喜欢一个人，会有一种盲目的幸福感，觉得喜欢就是爱，爱就是勇敢，然后勇敢得近乎偏执，又懦弱得低进尘埃里。

后来当我真正跟他在一起的时候，我觉得这是上天给我的恩赐，我觉得自己是世界上最幸福的人，我用尽全身力气，想要紧紧地抓住他。可是有些东西，却像掌心的细沙，攥得越紧，失得越快。

一辆电动车忽然从我身后冲过来，安澜从小体育就好，眼疾手快，把我拉到身边。

我们离得近了一些。

"就送我到这儿吧……我已经醒酒了。"

是的，我醒了。

我们之间的一切都是陈年老酒，却不能再迷醉我了。

安澜停下脚步，长长的影子拓在地上，安静而悲凉。

"再见。"

有些人只能用来仰望，有些人只能用来遗忘。

既然总有告别的一天，不如及早到此为止。

在我经过他身边那一瞬，他拉住我的手腕。

但是生活不是韩剧，悲伤只有发生在别人身上，看起来才会凄美。

"我没想到你那天会去陌笙，也没想到你反应会这么大……我跟那女孩不是认真的，你知道的。"

原来，有些事，一直是我一厢情愿而已。

"就算没有小缇，你以为我们还能回到从前吗？安澜，也许你从来没有变过。一直以来，是我把你想得太好了……"我苦涩一笑，"是我把我这辈子看过的所有爱情故事……都演到你身上了。"

他是最无辜的恋人，承载了我的整个青春。

安澜走过来站在我面前，高大的影子将我淹没，让我看不到眼前的路。

"你不想知道这些年我发生了什么吗？当年我为什么要走，现在我为什么要回来……你都不想知道吗？"

从我认识他起，我从未在他脸上见过这么沉痛的眼神。

我忽然笑了，脸颊发烫。

"你想说什么？你得了绝症，怕连累我，现在治好了，又回来找我？还是你父母给你订了婚，你要是不娶他们就不认你？拜托，那些都是我在小说里都不稀罕用的烂梗好吗？"

我今天真是借酒行凶，不知哪里来的胆量，竟然走过去用力戳了戳他的胸口。

"你们水瓶座的人就喜欢玩暧昧！把喜欢自己的女孩都当成备胎！"

安澜忽然抓住我的手，放到他的胸口上。

我的手好凉，他的心好热。

"几年前我离开你，其实并没有什么特别原因……只是那时我太年轻了，还不想安定下来。"

我想抽回我的手，可是他的力气好大，像铁钳一样抓牢了我。

"我喜欢现在的你，独立自信，有自己的爱好……如果你一直跟我在一起，你会失去你自己，你不会是今天这个样子！"

虽然我喝了酒，可是我听明白了他的话。

"你的意思是，你当年甩了我，我现在还得谢谢你？哈哈哈。"

我用尽了全力，他大概是怕弄伤我，猛地松了手，我用劲过猛，一个趔趄，差点仰面栽下去。就这样，我在原地转了个圈，仰头看见乌烟瘴气的天空，好大的雾霾。

"路是我自己走的，不需要你来替我做选择！在我最需要你的时候你离开了我，今天竟然可以振振有词当什么也没发生过……"

在更难听的气话出口之前，我停顿了一下。因为我心里清楚，无论今天怎么样，我都不后悔喜欢过他。

是他把我那段青春年华变成了彩色的，他给过我永远不可能再有的心动感觉。

我试图绕开他，这部我自编自演了十几年的爱情电影，现在已经没有观众了。

他拉着我的手，紧紧地："杜芊芊，不要走……"

我甩开他的一瞬，他忽然抱住了我。

"其实我早就知道，你也会喜欢上别人的，我也不过是个凡人。

我这次回来，本来是想追回你的……可是阴错阳差，却好像失去了你……"

我记得他方才喝得也不多……他怎么哭了？

依稀有温热的液体，顺着我的耳垂滴进颈窝。

"我想看遍世间美景再回来，我想白头偕老的人，一直是你。"

时至今日，面对他的眼泪，我仍然不能无动于衷。

有那么一瞬间，我的心又软了，我好想抱住他，因为这个场景，是我曾经在多少个不眠之夜里所幻想过的……

就算齐峰再像他、再温柔，就算齐峰没有骗我……他也依然不能代替安澜。

安澜只有一个，我爱了他十几年，曾经只要他向我招手，山长水远我都可以奔赴而去。那种感觉很美，也很凄凉。

不过我现在终于明白，爱一个人是要有底线的。这个被用滥了的"爱"字，不能当作所有任性的借口。

我不是小女孩了，我不可以再放弃自尊，以为孤独地仰望一个人，也可以是种完美的爱情。

短暂的沉默过后，安澜垂下眼眸。

"走吧。"安澜牵住我的手，缓缓往前走，"我送你到下一个路口。"

他的声音很寥落，像雾气一样散在夜里。

我心头一酸，眼泪忽然流出来……新化的妆，又花掉了。

"这是我陪你走的最后一段路。"他在红绿灯前停下脚步，轻轻地亲吻一下了我的手背，"以后，会有更适合的人，取代我陪着你的。"

安澜转身而去。在我面前他骄傲了那么多年，这大概已经是他的极限。

8.

我没有回家，打了辆车到浑南。

沈阳的浑河并不出名，可是到了晚上，水边栈道灯火阑珊，也算是一处美景。我倚着栏杆站着，希望这样的水色，能带给我片刻的宁静。

水面上反射着模糊的灯影……寂静的夜、寂静的星。

我拍了一张照片，发到微博上，没有配任何文字。

这就是我，又白莲花又矫情，活该被爱情所伤。

很奇怪，这一刻，我也并不是很伤心。

我只是觉得心里空荡荡的。

这时，电话响了，是齐峰打来的。

我怔了怔，按了静音。

在没想好该怎么面对他的谎言之前，我是不会接他的电话的。

其实我并不了解齐峰。

可是，也许一个人根本就没办法了解另外一个人……世俗中所谓的了解，不过是掌握了多一点的信息和资料，而非走进过那个人的心。

这时电话又响了，是江晓钺。

我想了想，按下了接听键。

"看我在海边你羡慕嫉妒恨，就自己跑河边去了？"江晓钺的声音似笑非笑，"干吗呢，这么晚还不回家，多危险。"

他真是我微博上的忠实粉丝。

"我刚才见到安澜了。"我怔怔地说，"我跟他告别……我觉得我做得很好。"

"嗯，你做得很好。"

我沉默下来，江晓钺也是无言。

"齐峰……他没有在你身边吗？"

"没有，我一个人。"

我顿了顿，又说："齐峰可能有事瞒着我，我还没想好该怎么处理。哎，仔细想想，我好像挺倒霉的。"

话音未落，我忽然间手一滑，手机掉进河里去了。

不会真这么倒霉吧……

果然……下雨天不能说雨。

今天是个逝去的日子。

9.

我被激烈的敲门声惊醒，坐起来发现自己还穿着昨晚的衣服，一身酒气，连睡衣都没有换。

昨晚不知道是怎么睡着的。我习惯性地找手机看时间……忽然想起来昨晚手机已经掉河里了。

咚咚的敲门声越来越急。

我以为有什么急事，拖鞋都没来得及穿，连蹦带跳地跑到门边。

万万没想到，透过猫眼，我竟然看到了江晓钺的脸。

我疑心是自己看错了，打开防盗门上的小窗户，江晓钺的脸清晰起来。

四目相对。

他仿佛舒了口气。

我打开房门，江晓钺晃进来，看起来十分疲倦。

"昨晚怎么不接电话？你家里电话也打不通。"他换了拖鞋，径直走到我房间里，斜躺在沙发上。

"家里的座机没人用，骚扰电话又多，就取消掉了。"我怔了怔，"你怎么这么快就从马尔代夫回来了？"

164

江晓钺摆了摆手，很累的样子："去给我倒杯温水。"

我屁颠屁颠地去了。

热水没有现成的了，我烧了一壶，兑了些凉开水。

当我回来的时候，江晓钺已经睡着了。

我怔了怔，蹑手蹑脚地放下水杯，从床上拽了条毯子，轻轻地给他盖在身上。

江晓钺睡得很沉，翻了个身，外套里掉出来个东西，还把毯子碰掉了。

我走过去帮他重新盖好毛毯，捡起地上的东西，原来是护照和机票——他是坐夜班飞机回来的，从机票上的时间来看，他一下飞机就来我家了。

我怔怔地看着沉睡中的江晓钺。

转眼之间，我已经认识他那么多年了。

十几年的旧东西，留下来都已经算是古董……更何况是人。

对我来说，他真的很珍贵。

我拉上窗帘，打开笔记本，坐在他身边的地毯上，安安静静地写稿子。

笔记本的键盘声比台式机小，应该不会吵醒他的。

这个下午我状态很好，不知不觉就写了五千多字。等我回过神来的时候，窗帘的缝隙里已经透出一丝夕阳的颜色。

我从地上站起来，可是因为坐得太久，腿已经麻了，我扶住沙发的靠背，差点栽在江晓钺身上。

江晓钺忽然睁开眼睛，无辜而迷茫地看着我。

"你干吗？想非礼我？"他缓缓扬起了唇角。

我瞪了他一眼，一瘸一拐地走过去拉开窗帘。

右腿麻了……每走一步，都像是过电了一样。

海的女儿变成人时，是不是就是这样的感觉？

我家在五楼，景色不错，夕阳将这个城市染成绯红的颜色，钢筋水泥的楼宇，依稀也变得温柔起来。

江晓钺走到我身后，忽然轻轻地抱住了我。

这个动作没有丝毫的侵略性和违和感，与那夕阳一样，只让人觉得柔和而温暖。

"你没睡醒吗？"

我知道我们不该这样的。我已经失去了安澜，我不可以再失去江晓钺了。

可是他的拥抱……仿佛有种治愈的能力，让我舍不得推开。

他可以在我身边安心地沉睡，我可以在他身边安静地写稿。对我来说，江晓钺就像是我的亲人。

"昨晚我好担心你会出事……"他声音清淡，浅尝辄止，"离开齐峰吧，我找人查了他，他比你想象得复杂得多。"

我心里咯噔一下，江晓钺是不会骗我的……看来齐峰身后真有很多的秘密是我不知道的。

其实撇开别的不提，单单是齐峰隐瞒年龄这件事，我跟他之间，就已经不可能再有将来了。

他比我小五岁，当我四十岁的时候，他才三十五岁，正是一个男人最有魅力的时候。这一次，我是以结婚为目的谈恋爱的，所以有些事必须要想清楚。

想想真是挺心酸的……难道我也是传说中的"吸引渣男体质"？我以为得到了救赎，我以为终于等到了疼爱我的人，可是，现在才发现依然是梦幻泡影，就像安澜。

江晓钺的手臂骤然收紧，口中呼出的热气落在我耳朵里，有些热、有些痒："既然他们都不能好好地照顾你……不如让我来吧……"

我整个人一僵。

"十几年了……也许从当初你为了救我，拿着灭火器冲出来的那一刻，你这颗豆芽菜，就在我心里生根发芽了……我知道你很喜欢安澜，所以我从来没想过要跟你怎么样……一直以来，我只是希望看到你幸福而已。"

房间里的气氛忽然沉重起来。

江晓钺的这番话，字字重若千斤，压在我心上，真的是太沉重了……

我侧过头去，试图笑嘻嘻地打断他："别开玩笑了，你历来的女朋友都是大美女，颜值都能上电视的……就算你想安慰我，也不用牺牲这么大呀……"

江晓钺忽然亲了我一下。

蜻蜓点水般的，亲了我的脸颊。

他忽然抱得我好紧，勒得我骨头都疼了："你知道我从来不骗人的……只要你现在点一点头，我可以换手机，把所有前女友都清理干净，一心一意地跟你在一起……"

房间里又暗了一分，夕阳如一缕金辉透过窗帘的缝隙。

江晓钺轻轻把我扳过来，让我不得不面对着他："跟我在一起吧……我会把世界上所有的幸福都给你。"

我有一瞬间的恍惚。

跟我在一起吧……我会把世界上所有的幸福都给你。

我以为一辈子不会有人跟我说这样的话。

多年以前，我也曾对一个人说过这样的话，然后那个人拒绝了我。

那个人就是安澜。

他与我的故事，注定是没有结局的结局，好像就连开始也没有。

十年爱恨终成雪，谁没爱过水瓶座。到底何处是尽头？

第十一章
拥抱，拥抱彼此的梦想

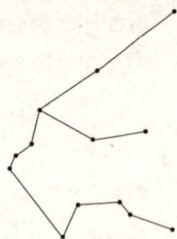

歌声悠悠穿透春的绿色，

披上新装当明天到来的时刻，

悄悄无语聆听那轻柔的呼吸，

那么快让我们拥抱，拥抱，拥抱彼此的梦想……

——王菲 那英《相约九八》

1.

2005。

高中毕业，等待上大学的那一年暑假。

我像个傻瓜一样，追安澜追到西藏去。

独自一人，自以为伟大，带着无所畏惧的少女心。

这就是有勇无谋的白羊座。

那年我还不到二十岁，揣着半年的稿费横冲直撞，一下火车就蒙了。

后来回想起来，当时没碰到坏人完全是走运。

坏人遇到当时那个脑残的我，那是一骗一个准。

好在我有霄霄这个很厉害的闺密，按她的指示投奔到江晓钺的客栈。

当时在西藏，我对江晓钺的印象是很模糊的，甚至很快忘了他的客栈叫什么名字。

原来能够让人铭记于心的始终是一种感觉。

我为了安澜千里奔赴，多年以后未必记得他当时的脸，却永远无法忘记当时等待他的感觉。

执着，炽热，充满希望。

很多很多年以后，我依然记得等待安澜的那个下午，阳光的密度恰到好处，蝉翼一般落在身上。

那是喜欢一个人的感觉。

忐忑的，窃喜的，患得患失。

一想到他很快会出现在你面前，你就会露出世上最甜美的笑容。你听过的最动听的情歌、你看过的最美好的电影，都像幻灯片一样投射在他身上。

是的，是你的喜欢为那个人镀上了金边。

可是，有生之年能遇到这样一个人，终究是幸福的不是吗？

笑着笑着，你也会想……

万一，如果，他不来呢？

有个希望总是好的。如果他不来，宁可自己不知道答案，永远等下去。

咚咚咚，有人敲门。

一瞬间，我疑心自己听错了。

江晓钺文艺而简朴的客栈里，我因为高原反应而奄奄一息，昏昏沉沉地躺在床上，心底却是希冀而甜蜜的……

我就知道安澜会来的。

所以尽管我浑身无力，呼吸困难，可是我心里欢喜。

我扶着床头勉强站起来，一步一步走得艰辛，可是即便如此，去开门之前，我还不忘对着镜子涂上一层草莓味的果冻唇彩。

"谁？"

倚着门站着，我的脸颊微微发烫。

我以为会听到安澜疏离又熟悉的声音。

"炸酱面！"

……竟然还带着四川口音。

早就听说，西藏因为四川人多而被称为"小四川"，可是安澜什么时候变味儿了？

而且炸酱面是什么鬼？

我打开房门，羞涩尚未褪尽的表情一下子就僵住了。

陌生的小哥脸上带着两朵高原红，不耐烦地把一个大大的塑料袋塞到我手里，照着单子念道："一碗炸酱面，一份辣白菜炒五花肉，一瓶雪碧，东西齐了。"

我不记得我叫了外卖，但是此时闻到食物的香味还真有些饿了。

"多少钱？"

"不要钱！小老板让我送来的！忙死了，楼下还有客人呢，我先走了！"

小哥看我一眼，不解的神情一闪而过，转身一溜烟跑下楼去。

我天生能当作家，是因为我天生敏感，会察言观色，揣测人心。

电光石火间的念头，我觉得那个小哥心里在想，这女的长得也不漂亮，为什么酷爱美女的小老板要照顾她？

那一年还没有智能手机，外卖行业更是尚未兴起，江晓钺要不是小老板，估计那位小哥肯定懒得过来给我送餐。

我很失望，也很饿。这一瞬间，好像我对安澜的期待没那么强烈了，食物的香味诱惑极了。我打开外卖袋，开始狼吞虎咽。

就在我大口吃肉吃得满嘴流油的时候，木质门板再度响起了敲门声。

不轻不重的……一下一下，好像叩在人心口上。

是他吗？

还是江晓钺派来的其他人？

我太想知道答案了。脑子里一片空白，我根本顾不得擦手擦嘴，就冲到了门口。

电影里经常有这样的镜头。

女主角一脸幸福地冲过去，打开房门，慢动作，表情特写，看到男主角，露出惊喜而幸福的表情。

等待和爱情，定格在那一瞬，在胶片里成为永远。

我想把我看过的所有爱情电影，都跟我最喜欢的人一起演一遍。

可是怎么也没想到，当我打开房门，看到的人却是齐雯绮。

安澜站在她身边，表情平和温柔，像四月和煦的阳光。

2.

2011。

江晓钺很近地站在我面前，满眼红血丝，可是不知道为什么，今天的他，反而比平时无懈可击的样子看起来更帅一点。

"其实我能够理解……你玩累了，想要安定下来的心情。"

我的声音很轻，像窗外的夕阳一样薄如蝉翼。

我轻轻推开江晓钺，拍拍他的肩膀，声音和表情都在故作镇定："你并不是喜欢我，你只是想要换一种生活而已。"

他身上有一种独特而清淡的味道，很好闻。大概是洗发水、剃须膏和香水混合在一起的味道，温馨而亲切。

他是我熟悉的江晓钺。这么多年来，不知何时已经有种藤蔓似的眷恋生长在我们之间。

从初见那天起，随着时光，春生夏长，绵绵不息。

"杜仙仙……"

他是故意叫错的。

这世上只有他一个人会这样叫错我的名字。

江晓钺直直地看着我的眼睛，表情有点儿复杂，他拉住我的手，想再说什么。

可是我打断了他。

"我们认识十几年了，对彼此来说都很珍贵。人生中有几个十年？别一失足成千古恨。"我扬了扬唇角。

我知道自己做这个表情的时候，左边脸颊会有一个小小的酒窝。

此时此刻，我故作镇定，内心其实是慌乱的。

但我真的很珍惜江晓钺。

原来，在不同的阶段，女人对爱情的理解也是不同的。

喜欢安澜的时候，我以为爱情就是勇往直前，一腔孤勇，奋不顾身，以为爱得惊天动地，就可以得到想要的回应。

就算得不到回应也无所谓，感动自己就已经足够。

这辈子，我再也不会那样对待一个人。

他的名字，刻在我十七岁的骨骼上，看不见，摸不着。却此生不灭。

而遇到齐峰的这一年，我马上要研究生毕业，我想要的已经不是无望的爱情。

幸运的是，他很像他。

不同的是，他疼我，宠我，对我用心。

可是齐峰走进我生命里的时间太短了。我喜欢他，但是算不上爱。我努力尝试，给彼此机会，完全是因为他是一个很好的结婚对象。

到了现在这个年纪，我想要的已经是一场以结婚为目的的恋爱。

而江晓钺……当他对我表白的时候，说不心动是假的。

但是心动归心动，现实归现实。

友谊终究比爱情长久。

哪一段感情不是从美好的愿景开始，却以伤痕和痛楚结束。

我不想我们之间以悲剧收场。

我低下头，绕开江晓钺，走到离他很远的沙发上坐下。

他叹了口气，打开窗户，从外套口袋里拿出一盒香烟。

"杜芊芊，你不相信我，还是不相信你自己呢？"

他把细长的烟夹在指缝中，淡淡的白色烟雾袅袅地飘出窗外，丝丝缕缕地朝着远方的夕阳飞去。

"其实我也不知道是从什么时候开始喜欢你的。"江晓钺双手一撑，挺帅地坐到窗台上。

"甚至第一次见你是什么时候我也忘了。你知道，你并不是那种让人一见就想跟你上床的女人。不过有一天，当我跟一个小网红接吻的时候……我想起了你。"

跟别人接吻的时候想起我，这是什么梗？

"我忽然希望眼前的人是你。"

他的声音低了一些。

我本能地浅笑，朝他翻了个白眼，心里却莫可名状地波澜四起，无声无息地蔓延开去。

长恨人心不如水，等闲平地起波澜。

江晓钺端详我片刻，又说："你现在比以前好看多了，小时候你不会打扮，底子又不好……可丑了呢。"

"喀喀……"

烟味儿好像有点呛人。

虽然他说的是真话，但我仍然无法直面过去的自己。

"江晓钺，我小时候那不是丑，那是清纯好吗？"

我最讨厌别人说我丑了，忍不住走过去跟他理论。

他笑得眯起眼睛，把烟叼在嘴里，腾出两只手来抓我。

"那时候齐雯绮都开始化妆了，但我为了多睡一会儿连脸都不洗……虽然我现在有点后悔当时没有好好打扮，但……"

江晓钺抓住我的手腕，忽然把我拉到身边。

我的脸离他好近，近得好像可以碰到他的睫毛。

他此时就坐在我家窗台上，身后是静立在冬日寂静里的一幢幢楼宇，他抬眼看我，一副烟视媚行的样子，忽然往我脸上吐了个烟圈。

……竟然有点像个心形。

我愣住了，第一次觉得二手烟似乎也没那么难闻。

江晓钺忽然把烟掐了，手上加力，一把将我拽进怀里。

虽然我这方面的经验不够多，但我也不是小女孩了。

我知道这样跟一个喜欢我的男生单独待在房间里意味着什么，所以我得密室逃脱。

"江晓钺，你饿了吧？我们出去吃点东西吧……"

我话没说完，他已经双手兜住我，不由分说地吻下来。

3.

2005。

西藏。

齐雯绮拉着安澜走进我的房间。

她情商高，又比同龄人早熟，说话办事像个大人，她走过来拉我的手，低着头，一脸真诚地看着我，语气里的幸灾乐祸却掩饰不住。

"杜芊芊，你一个娇滴滴的千金小姐，怎么一个人跑西藏来了？不过咱们能在这儿见面也真不容易。既然你来找安澜了，我们俩怎么也得尽尽地主之谊，请你吃顿大餐！"

齐雯绮好像变漂亮了，化妆技巧日渐精进，也比以前会穿衣服了。

我看着她，脑仁儿很疼，觉得自己高原反应更严重了。

"不用客气了吧……"

这一刻，我根本来不及后悔。

其实我早该想到的，安澜跟齐雯绮感情很好，西藏是他的梦想之地，他怎么会一个人来呢？

"你想吃什么？"安澜微眯着眼睛看我，现在的他好像温和了许多，桀骜不驯的气质少了一些，眼睛弯起来像月牙一样，"这附近有家牦牛火锅还不错，还是你想吃川菜？必胜客也行。"

"谢了，我什么都不想吃，没胃口，真的。"我摆摆手，声音越来越虚弱。

西藏太高了。

太高的东西不适合我。

就像安澜。

"杜芊芊，你是临时决定来西藏的吧？要是早有计划，提前喝几个月的红景天，高原反应不会这么严重。"

"我……我是过来看江晓钺的。"

多年后我觉得，我当时根本就是在睁着眼睛说瞎话，那么拙劣的谎言，安澜竟然会相信？

也许那时我们都太年轻了。

"霄霄说江晓钺在这边开了间客栈，可以白吃白住，我就过来了。"我忽然觉得很累，眼前黑了又亮，有点迷糊，跌坐在床沿上，"听同学说你们也在，就想聚一聚……我今天不太舒服，改天我请你们。"

我眼前又黑了一下，有点眩晕，这时恍惚看到安澜的脸凑过来，一脸关切的神情。

"杜芊芊，你怎么了？"

他的声音好焦急啊，他是在关心我吗？我心头一热，鼻尖却是一凉……

鼻血像喷泉似的喷出来。

我用手一抹，凉凉的，甜腥味四散在空气里……我的视线渐渐模糊，看着自己血淋淋的手，却没有力气抬起来……

"杜芊芊！"

安澜的声音离我更近了，依稀就在我耳边，他也许真的有点关心我吧……

我的意识越来越模糊，隐约感觉他把我打横抱了起来。

反正他就是跟我的血有缘。

每一次碰面都会血流成河。

4.

2011。

沈阳。

跟江晓钺接吻的感觉竟然很不错。

他的吻很干净，嘴巴里有种很清新的味道，像微甜的山泉水。

我觉得我应该推开他吧……但是我手臂没有力气，扶着他的肩膀，反而像是欲拒还迎。

江晓铖手臂加力，箍得我的腰更紧，好像更投入了。

这时，门锁咔嚓一声，我心里也咯噔一下，身体还没来得及反应……

爸爸妈妈已经推门进来了。

此时此刻，江晓铖坐在我们家的窗台上，双手搂着我的腰。

我无助地望着自己的父母，脸颊发烫，像被淋了煮沸的油，简直就要燃烧起来。

四个人，八只眼睛，在空中交错相逢，面面相觑。

窗外夕阳西下，室内光线晦暗不明。光束里的灰尘凌乱飞舞，房间里寂静无声。

如果评选"人生中最尴尬的几个瞬间"，这应该能排进前三名吧。

我脑中一片空白，完全不知道该怎样收场。

江晓铖也愣住了，望着我父母的眼神有些忐忑。

到底还是我爸爸见过大场面，率先哈哈笑了两声，自顾自地脱了外套，背转过身，挂到衣架上。

"芊芊你有朋友到家里来，怎么不提前告诉我们？我好多买点菜，给你们做顿大餐。"

爸爸又帮妈妈脱掉外套，拂了拂，细致地挂好："介绍一下吧，这小伙我好像见过，来咱家楼下找过你。"

爸爸走过来，眯着眼睛看江晓铖："嗯，不错，挺帅、挺精神。"

他把我从江晓铖怀里扯出去，轻轻拍了拍江晓铖的肩膀，说："能看上我姑娘，说明你很有眼光。"

这一刻，我又觉得有些尴尬，但跟刚才的尴尬却不是同一种。

"你俩回房间玩会儿吧，看个电影什么的，叔叔给你们做饭。"我爸撸胳膊挽袖子地说，"我跟你妈很尊重个人隐私，绝对不会进你们房间的，你们俩放心玩吧。"

"爸……"

这就很尴尬了，我怎么觉得他是故意的呢。

我看着爸爸，想说什么，可是我又能说什么呢？

我爸嘿嘿一笑，转身推着我妈一起往厨房走去。

江晓钺表情怔怔的，有些迷茫，有些始料未及。

"你爸挺开明的啊。"江晓钺伸手揉揉我的头，"果然只有不俗气的父母，才能生出这么有趣的女儿。"

"你别被我爸骗了。"我脸上的灼热还未完全褪去，往厨房的方向斜了一眼，压低了声音，"他那是笑里藏刀，你可不能放松警惕。"

这时厨房里传来嘶的一声，紧接着是一阵浓郁的鱼香。

"我爸竟然给你做鱼了！"我有些惊讶，"那你更得小心了。那是他的拿手菜，轻易不给别人做的。"

我有些同情地看着江晓钺，当然也是同情我自己："你说我们俩怎么这么倒霉，认识二十多年了，第一次接吻就被家长撞见了。我爸要是逼着你对我负责，你可怎么办啊？"

江晓钺郑重地抻了抻衣领和袖子，说："杜仙仙你这臭记性，我们才不是第一次接吻呢！"

他侧过身，又来帮我整理衣服，我像个小孩似的抬起手臂，任他拉扯，原来十指不沾阳春水的江晓钺在生活中还挺细致的。

"喔，在操场上那次……摔倒了意外接吻不算的啊。"我看着他专注的侧脸，又说，"对你来说，接吻是不是就像刷牙、喝水一样习以为常，简单自然？"

江晓钺鼓捣完我的衣服，抬起头，又伸手揉了揉我的头发，一脸轻描淡写。

"不管你相不相信，或者愿不愿意回应……跟你接吻的时候我是很认真的，每一次都是。"

厨房里食物的香味愈加浓郁，飘得整个房间都是。

这是人间烟火的味道。

世间最平凡的东西，却会在某个瞬间，给人带来莫可名状的幸福感。

江晓钺就站在我面前，那么真实。他的体温透过指尖传递过来，一张脸在阴影里，像一团美丽的花影。

"你忘了吗？那一年在西藏，我们差点酒后乱……"江晓钺没有再说下去，只是又抱住我。

我也是今天才发现他竟然这么黏人。

"杜仙仙，你应该找个让你快乐的人，而不是令你伤心的。比如说我。"

江晓钺的贼胆真是越来越大了，我父母就在厨房里做饭，他竟然敢抱我，还抱得这么紧。

我家不大，只有一百二十多平方，厨房离客厅也就几步之遥。我怕惊动父母，也只好任由他在阴影里像抱小狗一样抱着我。

他的拥抱又轻又温柔，还摸我头发，好像我是一只乖巧的金毛。

忽然之间，我想起来了。

那一年在西藏，我们俩确实接过吻。

5.

2005。

西藏。

我是被冻醒的。

……恢复意识的时候，我整个人都在发抖。

消毒水味儿混合着冷风，穿透薄薄的被子，仿佛侵入我的血液里。

我像个虾米似的蜷缩成一团，但还是无法抵御这种寒冷。

病房很简陋，巴掌大的小地方，横七竖八地塞满了病床。人很多，很嘈杂，每个病床前都围着几个家属，只有我是一个人。

我觉得更冷了。

窗外天色漆黑，不知不觉已经到了晚上。

隔壁病床的姐姐呜呜地哭泣起来。

"都怪你，非得要来什么西藏！装什么犊子啊？现在好了吧，病成这个样子，听说在这破地方感冒了都能死人！"这个姐姐有东北口音，长得又高又瘦，看起来比我大不了几岁，"你要是死了，我可就成寡妇了啊。"

我忽然有点想笑。

但还没笑出来，就有点想哭了。

"媳妇儿，放心，我死不了。寡妇门前是非多，我可放不下你。"

"死鬼……呜呜。"

隔壁床的小两口一口东北味儿，唱二人转似的。

也许每个人的人生都是这样。不是单纯地想笑，也不会单纯地想哭，大多数时候都是哭笑不得。

或者笑着流泪。

我蜷缩在病床上，弯起唇角，心头苦涩极了。

这时有个高大的人影走过来，将我笼罩其中。

我抬起头，就看见了安澜。

这辈子我都是这样看他的。

……我永远都在仰头看他。

也许每次看到他的表情也都是一样的。

我心头一喜，方才的苦涩孤独，一瞬间烟消云散。

并且这一次，他身后没有跟着齐雯绮。

安澜在我床边坐下，一手扶起我，将枕头塞在我背后。

"感觉怎么样？你高原反应挺严重的。"他手里拿着一个保温瓶，从里面倒出白花花的粥来。

"喝点粥吧，这几天吃点清淡的。"

安澜竟然亲手喂了我一口粥。

我觉得我整个人都活过来了。

如沐春风大概就是这个意思，我身体不冷了，心里也不难受了。

安澜就是有这样的本事，给我点阳光我就灿烂。他一个微笑，就能将我的身和心都点燃。

"安澜，我会死吗？"

撒娇这件事，大概也是无师自通的，尤其是面对自己喜欢的人。

"放心吧，死不了。"安澜不知道从哪儿弄来一块火红火红的豆腐乳，此时此刻却胜过山珍海味。

"谢谢你送我来医院……嗯，真好吃！"

我喝着粥吃着豆腐乳，觉得病体残躯重焕青春，什么病都好了。

"也是巧了，你每次流血我都在场。"安澜看着我，神色隐约比平时温柔，"以后离我远点儿吧，免得有血光之灾。"

"我不！"我几乎本能地这样回答，"好女生流血不流泪。"

是的，有你在，我就不会流泪。哪怕血流成河，我心里也能欢喜得开出花儿来。

"你回家吧。"安澜喂完我，四下乱翻一通，没找到纸巾，就用袖角帮我擦了擦嘴角，"我明天就不能照顾你了。你一个人在这儿太危险，快点回去吧。"

安澜胡乱地把保温桶塞回塑料袋里，站起来要走。

"等等！"我几乎是本能地拽住他的袖子，"你……你要去哪儿？"

"明天跟齐雯绮一起去日喀则，然后去珠峰。"安澜轻轻拂开我的手，把我按回病床上，盖好被子，"早就定好了的行程，跟另外两对情侣一起拼车。"

跟另外两对情侣一起拼车……

是啊，他跟齐雯绮是情侣啊。

我觉得病房里的灯光都黯淡了下来。

我的眼神也一定黯淡下来了。

"抱歉，我不能带你去，也不能为你留下来。"

看见我这个样子，安澜似乎有点愧疚。他这样的人，说抱歉的次数是数得出来的。

只可惜，有些东西终究只是一闪而过。

这一丝愧疚在他的表情里也只是一闪而过，就像哀伤和失望在我脸上一闪而过。

"不用担心我啊，我还有江晓钺呢。"

那一刻，我内心深处是自以为伟大的。或许我没能感动他，但是我把自己感动了。

千山万水奔赴而来，只为这一口粥和豆腐乳，也算值得了。

"江晓钺……"

安澜提到江晓钺的时候，神色总是很复杂，他们俩八字犯冲，气场不和，但是这一刻，安澜却破天荒地夸了他。

"江晓钺现在也在这家医院里。"安澜顿了顿，表情认真极了，"他能做到我做不到的事，他真是条汉子。"

当时我对江晓钺的事并没什么兴趣。

当时我所有的注意力都在安澜身上。

那一刻，我悲哀地想……

我也做了一般女生不会做的事啊，可是我又得到了什么呢？

我只是喜欢一个人而已。

每个女生在少女时代，都有一个自己幻想出来的白马王子。

可是白马王子并没有像椰子一样长在树上，这果实也并不能靠自己的努力和汗水浇灌出来。

也许这就是爱情最悲哀的地方吧。

付出与回报，诡异地永远不能成正比。

6.

2011。

沈阳。

爸爸妈妈，江晓钺和我，四个人以打麻将的队形坐在饭桌上。

晚餐很丰盛，看得出我爸挺把江晓钺当回事的。六菜一汤，中间是一条好香的炖鱼。

我饿了一天，拿起筷子就要夹鱼吃。

我爸一掌把我手里的筷子按回桌上。

"客人还没吃呢，你急什么？"我爸一脸似笑非笑，看看我，又看看江晓钺，好像很满意的样子，"来，吃鱼，芊芊平时最喜欢吃鱼眼睛了，今天这对儿鱼眼睛给你。"

怎么这么客气？这不像我爸的风格啊。我真的很饿，拿起汤勺去舀鱼汤。

江晓钺看着我爸，有些拘谨地笑了笑。

我爸也笑了，亲自用筷子抠了鱼眼睛，千里迢迢地夹到江晓钺碗里："你好好尝尝味道，以后也这么做鱼给我们芊芊吃。"

我一口鱼汤差点喷出来。

我妈也忍不住笑了。

我爸一脸认真地看着江晓钺，说："其实婚姻里就两件事，一件是出钱，一件是出力。通常情况下是男人出钱，女人出力，但是现在时代变了，很多事情也没有固定标准了。"

我看着我爸严肃的脸，觉得他好像正在一本正经地胡说八道。

"我们家芊芊吧……钱的事儿上不用你操心，我闺女我养得起。你要是喜欢她，就把所有家务都包了就行。"

我朝我妈使个眼色，但她此时也是一脸无奈。

我爸真是在大学里待了太久，被学生们众星捧月惯了，说话怎么这么耿直啊。

我看向江晓钺，想公开安慰他几句。

可是我却猛然发觉，这一刻，江晓钺的表情竟然比我爸还认真，一脸虔诚地看着他。

"叔叔您放心，我跟芊芊结婚以后，一分钟的家务活儿都不会让她做的。我会给她买个大房子，请两个阿姨，一个负责做饭，一个负责收拾房间，将来要是生了孩子，就再请一个月嫂……家里只有我们俩的时候，这些活儿就由我来干。"

江晓钺的语气十分真诚。

……真诚到连我都差点儿相信了。

我爸怔了怔，脸上露出感动的神色："那你在事业上有什么规划吗？我知道你家庭条件不错，可是男生老花家里的钱那可不行。"

"叔叔您放心，我家里是做房地产的，偶尔我也会帮我爸爸分担一点宣传推广什么的……虽然说，我爸给我的钱够我花一辈子，但我是个闲不住的人，几年前就开始学着做生意，现在已经开了两家培训学校和一家咖啡厅，培训学校主攻SAT这一块儿，也就是美国高考……"

"SAT啊，嗯……"

教育相关的话题都是我爸的强项，两个人你一言我一语，搞得我跟妈妈完全插不上话了。

可是不知道为什么，这一刻我突然觉得很温暖。这一切都十分和谐，又那么自然，仿佛不必刻意强求，所有感觉都恰到好处。

这时，手机叮的一声，在我衣兜里轻轻震了一下。

我点开。

是来自齐峰的短信。

"你在哪儿？为什么不接我电话？"

齐峰。

我按下锁屏键，想起齐峰酷似安澜的细长眉眼。

新欢旧爱在这一刻交汇，我是不是该心乱如麻？

然而奇怪的是，我心头并无波澜。

这并不是说，我对齐峰从未付出过真感情。

事实恰恰相反。

正因为付出过真感情，反而不能容忍半点欺骗。

公正点说，如果时光倒流回五年前，把齐峰换成安澜，我可能会为了这段感情不管不顾，粉身碎骨也在所不惜。

但是现在，我跟齐峰本来就是以结婚为前提开始交往的。我以为我们年纪相当、条件匹配，可以拥有一段顺理成章的感情。

所以当这个前提不复存在，我们还有继续发展下去的必要吗？

但我跟齐峰之间总要有个了结。

因为曾经尝过被冷漠对待的苦，领略过无疾而终的心痛，所以我绝不会像当年安澜对我那样，去对待一个喜欢我的人。

我要问他原因，然后给他一个答案。

所以我回复了齐峰。

"晚上十一点，我家楼下见？"

江晓钺忽然伸手把我揽到怀里，眼风在我手机上一扫而过："芊芊，还记得那年我们在西藏的事吗？你为了安澜千山万水奔赴而来，但陪在你身边的人却是我。所以我们有缘分，冥冥之中早有定数。"

我被迫靠在他怀里，抬头看一眼爸妈，脸上一热。

可是此刻，他们脸上都带着笑容。

似乎看到我跟江晓钺在一起，他们是发自内心地觉得很放心、很欣慰。不像当年面对安澜，他们怕我难过，不好反对，所以明知道我们不适合，却还是在我面前强颜欢笑，努力地跟我一起去接纳安澜。

其实到了这个年纪，我想要的就是一场这样的恋爱。

知根知底，父母满意，没那么多波澜心痛，能够彼此信任，前途光明。

我忽然很感谢江晓钺。

这一刻，在父母膝下，他让我品尝到了这一种幸福。

7.

西藏破落的小医院里，我一个人躺在一翻身就咯吱咯吱乱响的木板床上，怎么也睡不着。

于是我从被窝里爬起来，披上所有衣服，往门外走。

那天晚上没有月亮，黑云压顶，天气糟透了。

我穿得臃肿，整个人精神不济，步履蹒跚，心情和身体状况都在谷底。

医院外面的小院里有假山长廊，月色下鬼气森森的。

夜风一吹，落叶飞起，我迷了眼睛，本想转身回病房去，却在风落的那一刻，瞥见长廊里有个熟悉的人影。

江晓钺穿得单薄，一个人怔怔地坐在长廊里。右胳膊上缠满了绷带，白花花地挂在胸前。

站得这么远，我看不清他的表情，却能很清晰地感觉到他此时此刻周身散发出来的落寞与凄凉。

就像此时此刻的我。

我犹豫片刻，走过去在他身边坐下。

江晓钺依然怔怔地看着前方，都没有侧过头来看我。

但他却知道是我。

"杜芊芊，你看，今晚月色多美。"他没头没脑地说，"你来得真是时候。"

我抬起头，看着乌黑的天色，连一盏路灯都没有，更何况是月光，但是我并没有反驳他。

"嗯，今晚月色很美。"

他想苦中作乐，我又何妨配合着演一出？

我们两个人，就像两个失意的疯子，看着眼前的一团漆黑，假装拥有撩人的月色。

虽然我不知道江晓钺身上发生了什么，但是我知道这个夜晚，对我来说会有多凄凉。

异乡孤独本该如此。而我喜欢的人在这里，在他身边的人却不是我。

是的，我来得真是时候。难过的时候身边有个人陪着，终归是好的。

然后很长一段时间，我们都没有说话。

我穿得比他多，都开始觉得冷了，而一身单薄的江晓钺，却依然一动不动地坐在风里，没有丝毫想走的意思。

我身上被冷风打透，站起来打算回去了，走出两步又折回来，把身上的外套披到江晓钺身上。

"你也早点回去吧，没什么过不去的坎。"

我心里清楚地知道，这是一句放之四海而皆准的废话。但是有些时候，这种废话恰恰是你发自内心想说的……也是唯一能说的。

真的很冷。

我转身要走，江晓钺忽然拉住我的手。

他的手比我的手还冷。

"别走，留下来陪我。"他手上加力，将我扯回到身边。

他的手真冷，却很有力，像是憋着一股劲儿，无处发泄。

我本就虚弱，被他这样一拽，就跌坐回去。

石凳冰凉，可是他的手更凉，牢牢地拽着我。

一阵冷风吹过，乌云散去，丝丝缕缕地透出一缕月光。我浑身冰凉，江晓钺的手却渐渐转热了。

"你怎么了？"我忍不住问，"你的手为什么断了？你为什么住院？"

"薛菲跟别人走了。"江晓钺依然呆呆地望着前方，"那人差不多快跟我爸一样大了。"

我一愣，同情之心油然而生。

"是他把你打成这样的？"

听说薛菲跟江晓钺一起来西藏了，但是这事跟我没关系，所以我也没追问过："薛菲呢？她是自愿跟那个人走的吗？我们可以报警啊！"

白羊座的我向来侠义心肠，从他的一句话中已经脑补了恶霸强抢民女的剧情："不行，我们得想办法帮她！她喜欢的是你啊！"

我一脸认真地看着江晓钺。

月光下，他脸色惨白，却比平时多了一种沧桑的味道。他鼻梁笔直，一脸清冷地看着我，忽然笑了。

"她是自愿的。这是她自己的选择。"江晓钺弯起唇角，"我是富二代，可是她等不及，她需要的是富一代，现在就能给她她想要的一切。"

我又愣了一下，一时无言。

"那男的也没找人打我，他压根就看不起我，我在他眼里就是个毛都没长全的小崽子。"江晓钺笑得像一朵摇摇欲坠的白色海棠，"也许薛菲也是这么想的吧。"

"是我拉着薛菲，不让她走……她挣开我的时候没站稳，从楼梯上滚了下去……我怕她受伤，本能地去抱她……"

江晓钺攥着我的手收紧了一些："还好她没事，我也只是断了一条手臂。"

只是断了一条手臂。你是千手观音吗？断几条是多？

我在心里吐槽，可是嘴上什么也没说。

江晓钺的肩膀微微抖动，他忽然松开我的手，单手掩住脸庞，说："她走了……我输了。"

那一刻，我能清晰地感受到江晓钺内心深处散发出的难过与悲凉。

他说："我以后再也见不到她了。"

我不知道该说什么，但我真的明白他此刻的心情。

原来在爱情里只有两种情况，要么两情相悦，要么一厢情愿。得不到回应，必须要了断，那种心情很绝望。

有的人可能需要一生的时间来适应这种绝望。

我转过身，伸手抱了抱江晓钺。他浑身冰凉，眼窝处却是热的。我想安慰他几句，可是同样作为爱情里的失败者，我也无从说起。

"会好起来的。"我说，"把她忘了重新开始吧。"

这其实也是我想要对自己说的话。

"也许有些人的出现，就是要告诉你，人生里有些东西是你得不到，又不得不放弃的。"

你再喜欢那个人，喜欢得快要死掉了，但是对他来说……你却不是他想要的。

那一年我二十一岁。那一年我觉得世界上没有比这更绝望的事情了。

江晓钺从小顺风顺水，大抵也是同样的感受。我看到两串泪珠儿顺着他的脸庞滚落下来，他回手将我深深地抱住，轻微而沉默地抽泣。

"杜仙仙，我现在真的很难过。"

"我知道，我知道。"我轻轻拍着他的背，"一切都会好起来的。"

他又叫错我名字了，但是这并不重要。我看到了他最软弱的样子，同时又觉得这一刻与他无比亲近。

这一天，我们都失去了心爱的人，同样的痛苦让我们贴近彼此。

只是那一刻，我怎么也没想到，江晓钺忽然托住我的后脑，深深地吻了下来。

他唇边还带着泪。

这个吻苦涩而冰凉，又沉默绵长。

不知道为什么，我并没有推开他。

西藏医院的夜晚，实在是太冷了啊。

我们两个都被冻透了，浑身冰凉，但是抱紧了彼此，多少也能感受到一丝暖意。

第十二章
无奈这天方知你最好

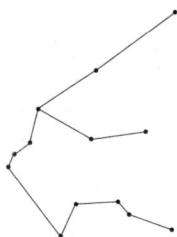

无奈这天方知你最好，

因始终得不到。

——王菲《无奈那天》

1.

很久没见过父母这么开心了，不但满脸堆笑，吃完饭还要求亲自送江晓钺下楼。

我说还是我送他吧。江晓钺也急忙推辞。

爸爸笑了，说人家小年轻也许有悄悄话要讲，咱们还是别跟着掺和了。我一张脸红到脖子根，像火烧似的，还好夜里光线昏暗，估计他们也看不清楚。

江晓钺不肯坐电梯，拉着我徒步往楼下走。

第三层的声控灯坏了，我跺了跺脚，四周依然一片漆黑。

我摸着扶梯往下探索，他忽然把我环住，堵在楼梯转角。

"其实我们早就接过吻啊，在西藏。"他在我耳边小声说，"可能是从那个时候起，我就觉得跟你在一起也挺好的。起码，接吻的时候很舒服啊。"

我一怔，抬头刚想说什么，他已经吻住我，舌尖在黑暗中探进我的唇齿中，呢喃着说："我们好好在一起吧。不分手，不伤害对方，好不好？"

这一次跟他接吻的感觉，与之前所有的都不同。

他的气息竟然让我有些眷恋。

谁说所有子女都会跟父母唱反调？我就不是。我父母对他的态度，让我觉得心里踏实。

但我还是轻轻推开了他。

"齐峰的事我还没有处理好。"我暗自调整了一下呼吸，不想让自己看起来陶醉或局促，"给我点时间。"

我垂下头，又说："你也再想一想。我们是朋友，如果角色转换得不好，那以后连朋友也做不成了。"

江晓钺没再说什么，攥住我的手往楼下走去。

黑暗中，我的电话响了，是齐峰打来的。

江晓钺看他的名字在我手机屏上亮起来，顿了顿，说："我是不是该给你们俩点空间？"

"是的。"我点了点头，"我约他在楼下见面。你不太方便出现。"

江晓钺深深地看了我一眼，然后一脸不在意地撇了撇唇角，说："好吧，我去楼顶花园晒月亮，给你半小时，不能再多了。"

我也笑了，说："你干吗赖在我家不肯走？怕我跟齐峰跑了？"

"你会吗？"江晓钺的表情骤然紧张起来，"你心里还没选好？"

我看他这样子，不由好笑，很认真地点了点头："我很贪心的，是要再选一下的。"

"不行！"江晓钺紧紧攥住我的手，"你这辈子只能有一个答案，那就是我！"

我忽然觉得窝心。

这种感觉很独特，有点酸、有点涩，紧接着便有甜蜜从心底层层翻涌出来。

我曾经以为，跟安澜分手以后，我再也不能拥有这样的感觉了。

可是原来不是。

世上没有什么是时间治不好的。

好了伤疤忘了疼，这才是江湖。

2.

万万没想到，离开西藏的时候，我会在飞机上碰到薛菲。

原本我应该坐火车的，但身体实在不舒服，再加上当时已经能赚稿费养活自己，所以就奢侈一把选择了坐飞机。

薛菲和她男朋友就坐在我旁边。

当我跟薛菲狭路相逢，彼此对视的时候，我整张脸上都写着"尴尬"二字。

薛菲反倒是大大方方的，也没跟我打招呼，只是提高了声音，对身旁的男子说："老公，我渴了。"

我仔细看一眼她身边的男子，其实并没有江晓铖说得那么老，看起来不过是不到四十的样子，保养得很好，戴着眼镜，身材有些微胖，看起来文质彬彬的。

"来，这儿有水。"那男子拿过来一杯水，送到她的嘴边，喂她喝下去。

薛菲露出幸福的神情，含义深深地看我一眼。

我侧过头，假装没看到。

其实薛菲跟谁在一起，对我来说并不重要，但是此刻看到她幸福的样子，我就仿佛看到了江晓铖难过的神情。

我闭上眼睛假装睡觉，这是缓解尴尬最好的办法。我很累，渐渐地就真的睡着了。

"对不起，我要去一下洗手间。"

我惊醒，急忙给他让路。一排三个座位，我坐在最外面，薛菲在中间，薛菲的男朋友在最里面。

"头等舱没位置了，不然也不用这么挤了。"薛菲勾了一下那男子的手指，仰头一笑，"下一次不许再带我坐经济舱喔。"

那男子嘿嘿一笑："好啊，老婆说了算。"

当时我年纪小，觉得薛菲一下子转变了角色，心里竟然有点儿羡慕。

让了路之后，我闭着眼睛假装睡着。这时薛菲的声音响起来，也不知道是不是在跟我说话。

"我以后应该不会再来西藏了。"

她没头没尾地来了这么一句，应该是在跟我说话吧。

"其实我觉得，江晓钺好像有点儿喜欢你。"

我吓了一跳。

吓得一下子睁开了眼睛。

薛菲并没有看我，只是漫不经心地翻着杂志。

我定了定心神，也目不斜视地回应了她："这样想，能减少你心里对他的愧疚吗？"

薛菲一愣。

我没想到她会主动提起江晓钺，我以为她应该避之不及才对。

但是既然她自投罗网了，我就要为江晓钺讨个公道。

"江晓钺有多喜欢你，你自己心里清楚。"我侧头看着薛菲的眼睛，"他为了你，摔断了胳膊，一个人住院……你考虑过他的心情吗？你见异思迁，我也没有立场说你什么，但你不该抹黑他对你的感情。"

我义正词严，她面无表情。

我有些生气，不依不饶地说："是他带你来西藏的，你却跟别的男人离开，你难道不觉得问心有愧吗？"

薛菲依旧低着头，我看不到她的表情，只听到她把杂志翻得哗啦哗啦作响："一会儿我男朋友回来了，你别乱说话。"

薛菲压低了声音，又说："我不跟他在一起了，这并不表示我心里没有他……其实就算结婚了也可以离婚啊……任何人，任何时候，都有重新选择的权利。我没有做错什么，你也没资格跟我阴阳怪气的。"

我冷哼一声，并不服气："我只是在跟你闲聊罢了。你骗不了你自己，所以听起来刺耳，我也没办法。"

薛菲放下手里的杂志，回头看了一眼，她男朋友还没回来。

她侧过头，瞪了我一眼，我这时才发现，原来那双漂亮的眼睛里也可以露出那么冷漠的眼神。

"就算我跟江晓钺在一起了，几年后，等他长大了，我们也还是会分开。他家里能让我进门吗？他能保证对我一直不变吗？"

我顿了顿，然后飞快地接话："你怎么能说得这么理直气壮？我都差点要替你委屈了。"

"你不用冷嘲热讽的，其实你什么都不明白。"薛菲垂下眼眸，长而浓密的睫毛遮住眸光，"我们不般配，他跟你这样的人才是一对。"

薛菲顿了顿，又回头看一眼，然后冷冷地看向我，说："我男朋友回来了。我不认识你。你是个作家，我知道你不会乱说话。"

事实上我也不想再说什么了。

什么叫江晓钺跟我这样的人才是一对？

薛菲的男朋友很快回来了，我们一副不认识对方的样子。薛菲靠着她男朋友的肩膀睡着了，而我，戴着耳机，脑子放空，不由自主地想起了安澜。

他跟齐雯绮在一起的时候是什么样子？很温柔吗？

然后我又想起了江晓钺。那天晚上接了吻之后……我们都很默契地没有再联系对方。

我觉得是时候放弃安澜了。

只是，还能再遇见一个让我这么心动的人吗？

那个人的风吹草动，在我的世界里就是龙卷风，足以搅得我的世界天翻地覆。

这种喜欢一个人的感觉，还能再有吗？

我拿出随身带着的小笔记本，把这些心情写下来，以后可以放到小说里，也算是我跟他之间的一点纪念。

"爱情就像一杯酒。我小心翼翼地捧给你，你却把它弄洒了……从此以后我兑上了水。"

很快飞机就飞到北京了。空姐让关窗户，收起小桌板，薛菲也从男朋友的肩膀上醒过来。

我忽然有句话想问她。

"你好。"我侧过头，当着她男朋友的面，大大方方地说，"可以问你一个问题吗？"

薛菲眼中闪过一丝惊慌。

她大概是以为，我要在她男朋友面前说些让她难堪的话吧。

"你是什么星座的？"

我很真诚地看着她。

薛菲怔了怔，温柔一笑，就像她第一次见我时那样漂亮甜美。

"水瓶座。"她礼貌地回答。

3.

小区绿化很好，草木扶疏，灯光温馨。我把江晓钺送到楼顶花园，自己下楼跟齐峰见面。

好几天没有见过齐峰了。

他太像年轻时的安澜了。瘦长笔挺的身材，眉眼间料峭的风情……我想起他帮我换掉高跟鞋，想起他藏在后备厢里的花。

……还有在他车里，出生日期是1994年的身份证。

齐峰看见我，眼中闪过一丝光亮，紧接着又黯淡下来。

他沉默地走向我。

我在脑海中搜索开场白，他低头看着我，手指忽然抚向我的脸颊。

我本能地往后退了一步。

他眼眸中闪过受伤的神情，只是转瞬即逝，复又扬起唇角。

"你不想跟我在一起了，是吗？"

他的声音很低，像做错事的小孩，很努力地在微笑，眼底却有雾气般的惊恐。

"我……做错什么了吗？"

这一刻，我有些心软。他是很像安澜，但是他们其实一点儿都不一样。

安澜从不曾这样在乎过我。

"齐峰，你是不是有事瞒着我？"

我终究是个作家，会拿出一些技巧来对付他。而且有些事我有直觉，天生敏锐，所以才可以写小说。

"今天，我们有什么就说什么，你不要骗我，好吗？"

我走到小区的假山凉亭中坐下。

齐峰沉默地跟在我身后。

"我能感觉到，你很想跟我在一起……但是你有事瞒着我。"

包括江晓钺之前的欲言又止。我没有再问，但是我知道齐峰身上有事。

既然要分开了，我也不想了解他太多。

我只想知道跟我有关的部分。

齐峰在我身边坐下。

小凉亭建在假山上，十分小巧，脚下是潺潺的流水。旁边有一棵大树，一朵快要凋谢的花搭在亭顶，摇摇欲坠。

"你看到我身份证了，是吗？"

齐峰也没有兜圈子。他低着头，瘦长的手指把玩着表带，顿了顿，又说："江晓钺应该会替你查我吧？"

我一愣，他怎么知道江晓钺？

原本我只是感觉他没跟我说实话，有些事瞒着我，但我没想到他竟然会知道江晓钺。

"那……你觉得他会查到什么？"

事情的发展似乎已经脱离了我的掌控，此刻我的心情已经跟刚才不一样了。

我看着齐峰，他垂着头，一张脸在阴影里，我看不清他的表情。

"我是齐雯绮的弟弟。"

他的声音轻描淡写。

于我，却是一声惊雷。

"什么？你再说一遍？"我站起来，直直地看向他的眼睛，"所以，你是故意接近我的？"

我脑子有点乱，嗡嗡地响。齐峰……他为什么要这样对我？

"我跟安澜早就分手了啊，跟齐雯绮也没再见过面，你为什么……"

我有些语无伦次，这一切太出乎我的意料。

齐峰忽然把我抱住了。

我站着，他坐着，他双手紧紧地将我抱住，把头埋在我怀里。

夜风清凉，摇曳着枝头那朵快要衰败的花，花瓣落在假山下的水池里，黑暗中就像一团白色的雪花。

"我从小就喜欢你。"他的声音好轻，我能感受到此刻他的身体在轻微地颤抖，"小时候，你曾经把我带回家……你就像个公主一样，又漂亮又温柔。"

我一愣，这些意外的信息接二连三的，我本能地想要躲闪，后退一步，却被齐峰更紧地抱住。

"我跟我姐，这辈子最想做的事，就是摆脱不堪的出身。"他双手死死地揪着我的衣角，"我也是后来才知道，你喜欢安澜哥哥……你竟然是我姐的情敌。"

我一愣，放弃了躲闪，想听齐峰把话说完。

"这些事……我隐瞒你了，你怪我吗？"

我当然怪你。世界上有哪个人喜欢被欺骗？

但是我并没有说出来，我声色未变，又问："你为什么要这么做？为什么要隐瞒我？你想从我身上得到什么？"

他沉默了很久。我被他抱着，双腿有些麻了。

"幸福。"他忽然说，"你知道吗，我姐从小就很嫉妒你，她羡慕你拥有的一切。她时常说，你什么都有，而她却只有安澜。"

"……什么意思？你是来替你姐姐打抱不平的？"

我脑子很乱，若我知道他是齐雯绮的弟弟，我根本连一句话都不会跟他说。

"你为什么会这么想我？"齐峰轻轻地从我怀里抬起头来，纤长的睫毛轻轻抖动，像落花、像蝶翼，"我怎么会想要伤害你？"

"那你为什么要骗我？"我低头看着齐峰，他离我这么近，可是我却觉得他是这样陌生。

我们之间隔着一堵墙……这种虽然接近却无法拥抱的感觉，比相隔千山万水更加令人伤感。

"你还有什么事瞒着我？"

其实有些事是说不清楚的。好像自从我看了他的身份证，就有预感我们不可能在一起了。

所以事到如今，我也并不觉得很难过。

我看着齐峰的眼睛……他到底是什么样的人？

"我有女朋友。"他说，"江晓钺已经告诉你了吧？所以你这几天才躲着我。"

我脑子里又是轰隆一声，雷声滚滚碾过胸口。

"什么……你有女朋友？"

我难以置信地看着齐峰，露出冷笑的表情："我究竟跟你有什么仇，你要这样对我？"

齐峰怔怔地看着我，细长的眼睛在夜色里波光粼粼："杜芊芊，你听我说……"

我推开他，后退一步，躲得远远的，我觉得我再也不想见到这个人了。

"我给你两分钟，想说什么你就说吧。"

齐峰伸手过来拉我的手腕，我又后退一步，离他更远了。

他扬了扬唇角，低下头，表情无奈又荒凉："你别这么防备地看着我……我真的没有恶意。"

我没有说话，背靠着凉亭的柱子，脊背一片冰凉。

"我小时候来过你家……你带我回来的。"齐峰没有再看我，侧头看着别处，他的脸轮廓清晰，侧脸比正脸漂亮。

"那天我爸爸跟人打架，他在我面前被警察带走了……我妈妈早就过世了，姐姐那时候已经不回家了，那时候我还很小，不知道该怎么办，也不知道该去哪里。"

我又愣住了。

今晚齐峰真是给了我太多惊喜。

"多亏遇见了你。"齐峰抬起头来看我，一串眼泪静静地流淌在脸颊上，"我永远忘不了那个晚上。那时候我还很小，但是所有的一切我都记得很清楚……那是那么多年来，我睡得最好的一个晚上。"

……原来是他。

不知道为什么，我的心一下子软了下来。

齐峰看着我的眼睛，许是察觉了我的变化，他眼眸深处腾起一丝希望，站起身来走向我："我是后来才知道你跟我姐的关系……我真的不是故意想骗你的。你说你想谈一场以结婚为目的恋爱，所以我才隐瞒了年龄……我觉得这并不重要。"

夜色下，他这一刻的眼神看起来像是一只小鹿，单纯无害，又企盼又温柔。我的心又软了，但是我又能怎么办呢？

"那，你女朋友是怎么回事？"

我的目光又锋利起来。齐峰也一时无言。

"是因为有代沟的关系吗？你的行为我完全不能理解。"我叹了口气，今天我约见他，本来就是来道别的。

"我跟我姐一样。"齐峰眼眸一沉，变回像往常一样成熟冷静的模样，就像我第一次见他那样。

"我们起点太低，天生就有向上爬的志向。"齐峰眼中那种真诚和柔软消散开去，取而代之的是淡漠与无谓。我这才发觉，他的某些表情，真的跟齐雯绮一模一样。

"我姐后来之所以跟安澜分手，就是因为他不够强大。"齐峰平静地说出他的名字，但我的睫毛还是抖动了一下。

"我们这种人，想要改变出身，最快的办法就是找个好伴侣。"

齐峰的声音忽然离我远去。我走神了。

我回想起在西藏那一年，安澜跟齐雯绮爱得难舍难分。我全无机会，只能放弃。那晚跟江晓钺互相疗伤之后，我从医院直接赶往机场离开了西藏，那之后我再也没有联络过安澜。

如果安澜没有跟齐雯绮分手，我跟他的故事可能也就这样结束了。

——但是他们很快就分手了。

在安澜最受伤的时候，他回来找我。

原来纵使事隔多年，回想起这件事，我心头还是会泛起酸涩。

"杜芊芊，你能原谅我吗？"

齐峰忽然走到我身边，将我的手腕攥住，我这才回过神来。

"不能。"我说，"其实你也不需要我的原谅。"

不知道为什么，在内心深处，我对安澜始终苛求，对齐峰却可以宽容。我见他神色难过，又说："我理解你，真的。你跟你女朋友的事我也不想知道太多……对你来说，我可能比较特别，但如果真的在一起久了，你就会发现其实也没什么特别的。"

他始终是齐雯绮的弟弟。他方才的话，一说我就明白了。

"我能给你的，绝不会比你女朋友更多。"

他现在所拥有的一切，也许都跟他女朋友有关。

但都已经跟我无关了，我也不想知道。

那已经是很多很多年前的事了，听说齐雯绮跟安澜分手以后，跟她实习单位的领导在一起了。那男的已经结婚，是那个旅行社的一把手，后来齐雯绮另起炉灶，成了女强人，也是因为最初走对了路子。

但这些我都是听说的，她已经成了十一中的一个传奇。当我跟同龄人还在傻傻地念书的时候，齐雯绮已经经历了丰富的人生，当过小三，听说还被正室当街打过，但她都挺过来了，现在开了自己的公司。

这应该不算是偏见吧。我觉得齐峰够聪明，与他姐姐一样有这个天分。

"江晓铖都告诉你了？"

齐峰又问了一遍。

我摇了摇头："江晓铖只是说你比我想象中复杂，但他没有说具体的。"

难怪他有些神情也很像安澜，原来他们从小就认识。

齐峰低下头，沉默了很久。

我看着他，觉得他更加陌生。

也许我跟齐雯绮就是天生犯冲。当我知道齐峰是她弟弟，心理上就不由自主地开始抗拒他了。

齐峰再一次抬起头看我，脸上露出坚定的神色："我会跟她分手的。"

我一怔，没想到他会这么说。

"欠她的我都会还给她的。"齐峰走到我身前，他比我高，影子把我整个人遮住了，"我不告诉你，是想在处理好之后再跟你求婚……"

我又往后退了一步。

我根本就不相信他。

我对齐峰的失望，跟对安澜的不同。

也许每个女孩在不同的年龄状态也是不一样的，会有不同的需要、不同的追求。

遇见安澜的时候，我无法控制自己的感情。

而遇见齐峰之时，我已经理智了许多，不是单纯地在寻找爱情，而是在寻找未来。

所以对于没有未来的爱情，我不会再浪费彼此的时间。

"别说下去了，趁着你还可以回头。"我又后退了好几步，远远地看着齐峰，"好好珍惜你现在的女朋友吧。我比你大，也不适合你。"

他到底还是个小孩子吧，听了我的话，两行泪水涌出眼眶，应声而下。

我心里也不好受。可是经历过这么多的风风雨雨，我已经能够坦然地面对离别。

"为什么？"他哀哀地问我，"因为我比你小？还是，因为我是齐雯绮的弟弟？"

至于我们不能在一起的原因……也许这些都是，又也许都不是。

有些事他隐瞒我了，我就不可能再相信他，并且在这些"不可能在一起"的原因里，也许我最在意的是他有女朋友这件事吧。

我忽然有些心烦，不经意间我竟然扮演了心机女的角色，差点撬了别人的男朋友。

"再见。"我转身想走。

齐峰上前一步，自后紧紧地抱住我。

抱得很紧很紧，箍得我肩膀发疼。

"不要走。"他在我耳边说，"我错了。我不该骗你。我骗你是因为我害怕失去你。"

齐峰不再装成一个成熟稳重的大人，这一刻他哭得像个孩子，两行热泪顺着我的衣领落在皮肤上，滚烫滚烫的。

我有些被灼伤了，但是我没有回头。

"保重。"我拍了拍他的手背，"过去的就过去了。那年我把你带回家，没想过要任何回报，不过……如果当时我知道你是齐雯绮的弟弟，也许我可能不会帮你。"

我说的是实话。

"我也是个普通人啊，很自私的，并不是你想象中的小公主。"

我矮一下身子，从他手臂里钻了出来，往前走了两步，依然没有回头。

拓在地上的他的影子，在微微颤抖。

我不忍心看他，所以不敢回头。

感情上的事是最难说清楚的，怎么可能非黑即白？

中间深深浅浅的灰色，可以排成无数色号。

判断、决策是一回事；心酸、遗憾，是另一回事。

我承认我不够喜欢齐峰，但这并不是说，我未曾对他付出过真感情。

"我们之间的事，我不会跟任何人说起。"我往家门口的方向走去，声音落在身后，灰尘一样撒在他影子上，"你可以当什么都没发生过……好好对你女朋友吧，加倍对她好，加倍补偿她……"

齐峰上前一步，声音沙哑："你真心喜欢过我吗？"

"杜芊芊，如果你真心喜欢过我，怎么可以这么轻易就离开我？"

他的声音听起来是那样伤心。

我眼眶酸了。

是的，我没有那么喜欢他。可是也许，因为我也体会过绝望无助和一厢情愿的爱，所以我明白他的感受，但是可悲的是我不能回应他。

当一个人眼眶酸楚的时候，通常心也是酸涩透了的。

我不敢回头，也不敢再逗留，逃也似的快步冲进楼道里。

眼角瞥见齐峰修长的影子，在我身后缓缓地蹲下身去。

可是我又能怎样回答他呢？

这本来就是个没有意义的问题。

回答是或不是，结果都是伤人的。

楼道漆黑，大门在我身后闭合。这一刻，让我觉得安全又孤独。

原来……很多很多年前，当我问了安澜同样的问题的时候，他是这种心情。

4.

从西藏回来以后，我认真学习，认真写稿，认真参加大学里的社团活动。

认真去适应没有安澜的生活。

其实他一直不曾真正出现在我的生活里，但他一直是我的心灵支柱。

也许这就是暗恋。他是最遥远最无辜的恋人，就算我因为他心伤心碎，也是我一厢情愿，其实是与他无关的。

那个阶段，我写的所有武侠小说都是悲剧。故事里的人能飞檐走壁，天下无敌，理智半生，却会在遇见那个人后劫数难逃。

感谢上天赐我写作天赋，让我能够面对孤独——没有安澜的孤独。

那个时候我不但失恋，最好的朋友霄霄也出国留学了。

少了霄霄这个纽带，我跟江晓钺之间也没再联系过。

可是凭借我的键盘和我脑海中的故事，我挺过去了。

正当过去的一切离我远去，所有过往尘归尘、土归土的时候，安澜忽然给我发了条短信。

我这辈子都忘不了那条短信。

安澜是个聪明人，他知道发什么样的内容可以得到回复。

"兰成雪，你能请我吃顿饭吗？"

他叫我兰成雪，这是我的另一个身份。他以读者的面目出现，客观又疏离，我想拒绝他都没有理由。

因为我们一直都只是普通朋友。

"怎么，你没钱吃饭了？"

我重写了很多条，写了又删，删了又写，字斟句酌。

最后我自己都烦了，因为这件事本来就没有正确答案。

然后我就这么回他了。

安澜很久都没有回复。

我攥着手机等了半个小时，心情渐渐凉下来，难道他是发错人了？

不会的，安澜不是那么乌龙的人。

这时，短信叮的一声响了，那时我好像刚开始用iPhone，是国内第一批用苹果手机的人。我把iPhone放在胸口，像是在演偶像剧，一时间竟然不舍得去读他的短信。

收到他的信息，就算只有一个字，依然会让我心跳加速。

"听说你住十七舍？几楼？"

他怎么知道我住哪个寝室楼？不过这件事想打听出来也不难。

"603。"我回答了他，心怦怦直跳。

安澜……他在大连读大学啊，他是要来找我吗？

门板咚咚地被敲响，我一愣。一秒的怀疑之后，我很快得出了否定的答案。安澜就算要来找我，也不可能这么快。寝室里还有其他室友，我离得远，就没有去开门。

我攥着手机，绞尽脑汁地想着怎么回复安澜。太热情了不好，太冷淡了也不行，因为在乎那个人，回短信就像答卷子，需要用心，也需要技巧。

"芊芊，有人找你……"

室友的声音竟然有些羞涩。我抬起头，就看到了安澜。

他穿了一身黑色，有些憔悴，好几天没刮胡子了，下巴上有青色的胡茬儿。

可是依然英俊。

我站起身，怔怔地走到门口。

安澜扶着门口，一脸疲惫地对我笑笑："我钱包丢了，你能请我吃顿饭吗？"

寝室里一片沉默。室友们齐刷刷地看向我，眼神里都有些羡慕。毕竟安澜在这一届的学生里还是有些知名度的，寝室里有好几个本地人，都听说过安澜。

我怔住片刻，才想起来用力点头，露出笑容："……去外面吃，还是去吃食堂？"

"吃食堂的话，你得请我三顿；去外面吃就两顿，你自己选吧。"

安澜转身走了，我这才发现他背着个大书包。

"你们学校放假了吗？"我有些纳闷，"你为什么带这么多东西回来？要常住吗？"

安澜没有回答我，他的背影看起来十分疲惫。

我忽然明白，他可能是遇到什么事了。

但是，此时此刻，他就在我面前啊，简直就像做梦一样。

我在心里打定主意，如果他不主动说，我也绝不会主动问。

5.

跟齐峰告别以后，我独自走上楼梯。

江晓铖在顶楼花园等我。

顶楼的夜风很凉，天空无星无月，雾气弥漫。江晓铖一个人坐着，傻呆呆地看着天空。

"四十五度角仰望天空？"我走向他，笑道，"原来你是这样的江晓铖。"

江晓铖回过头来看我，扬唇一笑，拍了拍身边那块石板，说："过来，陪我看星星。"

"今晚阴天，哪有星星啊？"我白了江晓铖一眼，但还是走过去坐在他身边。

"你跟齐峰……聊完了？"江晓铖一副欲言又止的样子。

"嗯。"我知道他想问什么，但是我故意不往上面说，还打了个哈欠，"我困了，你该回家了吧？"

江晓铖侧过头来看我："我今晚不回家了，我要你在这儿陪我一晚上。"

"哟，富二代就是任性啊。"我瞧他这个样子，不由得好笑，"坐在这儿吹冷风啊？会感冒的。"

"齐峰跟你说什么了？"江晓铖终于忍不住了，直白地问道，"他应该很喜欢你吧，他是不是求你再给他一次机会？你答应他了吗？"

我怔了怔："他喜不喜欢我，你怎么知道？"

江晓钺回过头去："他的事我都查清楚了。你没问，我也就没说……但他女朋友不是普通人，你真的别再招惹他了，那女的脾气不好，迁怒于你就不好了。"

江晓钺顿了顿，又说："他竟然想为了你，放弃那样一个女朋友……当然是很喜欢你啊。"

"你这话是什么意思？"我皱了皱眉，有点不高兴，听起来他是在说我不如那女生啊，同时我的好奇心也被勾起来了，"齐峰的女朋友是谁啊？是个什么样的人？"

"具体是谁我就不说了，说了你也不知道。在圈子里挺出名的，她家手眼通天，挺有背景的。齐峰能被这样的人家认可，可见情商智商都不是一般的高。"

说到这里，江晓钺的神色有些讪讪的："我看你对他兴趣不大，也便罢了，你要是陷进去，我就得出手阻止了。不为别的，就冲那女的，你也不能去惹他。"

我抬起头，仰望着无星无月的夜空。这样的姿势，让我颈椎舒服了很多。

"江晓钺，我觉得我挺差劲的。"我想起齐峰在我身后蹲下身去的样子。

"你知道我为什么喜欢齐峰吗？因为他很像安澜。"

我自问自答，然后继续自言自语："我是不是很坏？我可能真的没有很喜欢他。我伤害了他……就像当年安澜伤害我一样。"

难道这就是网上说的"能量守恒定律"吗？别人伤害你的，你会从另一个人身上拿回来。

但是我并不想这样。我不想伤害任何人，真的。这一刻我没有任何炫耀的念头。

"我很后悔，我不该招惹齐峰。"

我想起多年前的那个孩子，我带他回家，给他洗澡，给他看漫画书。

谁能想到多年以后，他会在我心情最低落的时候，把我从路边救走，带我回家，给我做夜宵……还送花给我？

江晓钺一直无言。

"你只查了他的女朋友，那你知不知道，他是齐雯绮的弟弟？"我深吸一口气，夜凉如水，深呼吸就像喝水一样。

虽然心里有点儿难受，但是一切都已经过去了："你说这是不是孽缘？"

"他是谁的弟弟，长得像谁，是不是某人的替代品……其实都不重要。"江晓钺沉沉地道，"重要的是，他骗了你，也背叛了他的女朋友，这才是你不能接受他的原因。你没有错，也不必觉得歉疚。"

我怔住片刻，哑然一笑。

还是江晓钺脑子清楚。其实我们喜欢一个人，或者不喜欢一个人，终究都是有原因的。

只是有些原因可以拿出来摆在台面上，有的原因却说不出来。

"不说他了，说说安澜吧。"江晓钺小心翼翼地看我一眼，问道，"霄霄说你跟他真的在一起过……后来为什么分手呢？"

我沉默片刻，侧过头去看他："一般来说，不都是女生追着男朋友问前女友的事吗？我们俩怎么反过来了？"

江晓钺眨了眨眼睛，茫然的表情渐渐转变成笑容，他忽然伸手把我抱进怀里，下巴抵着我额头，紧紧地，轻轻摇晃……那亲昵的神情就像我抱着猫，又贪婪又温柔。

"你承认是我女朋友了？"江晓钺的声音十分欣喜，"你答应我了？"

"什么啊，我才没答应呢！你也根本没有问过我啊。"可能是晚上脑子不够用，我竟然被江晓钺抓住了破绽。可能我们之间的角色转变得太快了，我还没有准备好拿到台面上说呢。

我跳下石阶说："我困了，想回家了。"

江晓钺温柔一笑，双手又将我环住，低头吻了下我的头顶："我不许你走。你是我女朋友了，以后你得听我的。"

他扳过我的肩膀，让我面对面地看着他："安澜的事如果你不想说，我以后不会再问。过去的事都不重要了，重要的是我们的将来。"

一阵夜风吹来，吹散了月亮四周的乌云……月光穿透云层，这个夜晚渐渐明亮起来。

可是我心里却迷茫起来。

我可以相信江晓钺吗？我可以再一次承受感情上的失败吗？

就连霄霄都不知道我跟安澜之间的故事，所有人都以为我只是单恋。

他伤害过我，但是他是无辜的。他曾经在我的世界来了又走，曾经给了我最渴望的幸福，然后又全部收回。

就当今天是个转折点吧，我要放下过去的一切，放下安澜。

"江晓钺，以后，你可不可以不要伤害我？"我很认真地看着他。

"我知道喜欢一个人是什么感觉，也知道得不到回应，心情会有多痛苦。"我望着天边越来越清晰的白月光，"安澜跟齐雯绮分手之后，他很痛苦，他来找我……他跟我在一起，其实是为了疗伤。"

我也没想到，那些压在心底的陈芝麻烂谷子的事，会在今夜一起涌上心头。

"我就是个创可贴啊，用过之后，就可以摘下来了。安澜在我家住了一段时间，我陪他度过了失恋后最难熬的一段时光。他伤好了就走了，就像推功过血，把那些伤都转到了我身上。"

没有人知道这段故事的细节。霄霄也是在我多年以后云淡风轻的口吻中，听我说了我跟安澜真正在一起过而已。

别人怎么能知道过程如何呢？在一起时他给过我多浓烈的幸福，后来分手就转变成多浓烈的痛苦。

"冥冥之中，也许一切都有定数。我被安澜伤害，然后我伤害了齐峰，一个很像他的人，并且是齐雯绮的弟弟。"

208

世事真是无常。但这毕竟是现实，竟然像我的武侠小说一样戏剧化。

"有时候，我真怕再经历一次那种痛苦。"

我觉得这些话不该当面说，应该发信息告诉江晓钺。但是无论如何，我是应该说出来的。

"我跟安澜也不是一下子就在一起，然后一下子又分手……中间双方都曾犹豫过，因此经历了很多痛苦。"

我说这些，是希望江晓钺不要像安澜那样对我。

"你真心喜欢过薛菲，应该明白那种感觉吧。等他的电话，等得那么辛苦……真是很讨厌那种感觉啊。你等他，痛苦得快死掉了，可他却在世界的某个角落沉默着，明知道你的心情，却假装懵懂不知。"

我想起我跟安澜分手的时候，每天就像个疯子一样，一阵风从我身边吹过，都会让我想起他，然后落下泪。

真是往事不堪回首。

"你恨死了他，发誓再也不理他了，可是当他回过头来找你的时候，你还是会像小狗一样跑过去。"

当时我跟安澜在一起，我父母本来是反对的，但是我第一次那么坚定，他们为了我，只好接受安澜。

安澜的父母离婚了，不缺钱，但是父母各有各的生活，没有时间管他。他跟齐雯绮分手，受了情伤，不管不顾地办了休学，他父母竟然都不知道。

我父母开明又心软，听说了安澜的家事，也发自内心地怜惜他。

毕竟在他们的眼里，我们都是小孩子，是应该被照顾被保护的。

"……那段时间，安澜住在我家书房里，每天都跟我在一起。在这座城市里，我是他的唯一，既是他的女朋友，也是他的亲人。"

其实我记性也没有那么好。很多细节也都记不住了，但我不会忘记那种感觉。

极致的甜蜜和痛苦。

心伤、心痛、心花怒放……都是因为"心爱"的关系。

他跟我分手的时候，我真的体会到了什么叫"心碎"。虽然事后说起，听起来有些矫情……而且谁不是那样挺过来的？谁未曾在爱情中受过伤害和痛苦？

"江晓钺，不要伤害我，好不好？"

我抬起头，瞬也不瞬地看着他。

"你跟别人不一样。我们认识那么多年了……如果这段感情失败了……我失去的不仅是个前男友……还失去了一个很重要的朋友。"

"疼你都来不及，怎么会伤害你呢？"江晓钺抱住我，小心翼翼地，像在抱着一个脆弱柔软的婴儿，"以后我们再也不提从前了，都过去了。我会让你幸福的……发自内心的幸福，你相信我。"

我点了点头。

江晓钺抱着我，在月色渐起的顶楼花园，他的气息将我包围，这一刻让我觉得温暖而安详。

"我们好好地在一起吧。"他吻了吻我的额头，"把过去都归零。"

我回抱住江晓钺，郑重地点了点头。

也许遇到了对的人，不必低到尘埃里，也可以开出最美丽的花。

安澜这个名字，也该跟齐峰一起封存起来。

"江晓钺，你喜欢我什么？"

这个问题真的很困扰我。

喜欢一个人是有原因的，不喜欢一个人也一样。只是有些原因，隐藏在内心深处，有时候连自己也发现不了，自然也没办法说出来。

江晓钺伸出手，笑着用拇指拂过我眉心："除了聪明、漂亮、有才华之外……你还很勇敢。"

　　他抱住我，轻轻晃着："那天我看你的睡容看了半个小时都看不够，我就知道自己是真的爱上你了。杜仙仙，我觉得，每个遇到你的男生都应该喜欢上你。"

　　"那你呢？你喜欢我什么？"江晓钺顿了顿，反过来问我。

　　"以后我再告诉你吧。"我把头埋在他胸口，刻意不看他。

　　也许有些事情，说得太明白了反而不好。

　　我们还有漫长的时光，可以慢慢寻找对方的答案。

第十三章
若你真爱我

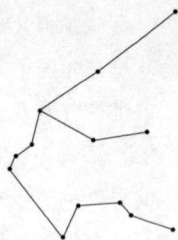

一颗心可以破碎，

但是不可活受罪。

——王菲《若你真爱我》

1.

江晓钺每晚临睡前都给我打电话。不聊到我睡着，他绝不肯挂断。

真正在一起了我才知道，原来江晓钺这么黏人，简直像个年糕一样。

有好几次，他把我哄睡着了，然后自己也睡了，我早晨醒了才发现电话竟然都没挂断。

这半个月的热恋期，我们俩给中国移动做出了杰出的贡献。

"杜仙仙，你在干吗呢？怎么都不找我啊？"江晓钺竟然在撒娇，"我们都好几天没见面了。"

"我快毕业了嘛，又要赶稿子，真的很忙。"我把电话放在桌上，开着扬声器，确实有些心不在焉，"我在写论文啊，你早点睡，好不好？"

"不好！"江晓钺提高了音量，抗议又委屈的语气，"你都好几天没见我了！连电话都不好好跟我说了呀！"

"……我怎么觉得我俩反过来了，一般不都是女生撒娇卖萌求关注吗？"我心里隐约有点儿甜蜜，"我真的在忙啊，你乖一点啦。"

"宝贝儿你等一下，我爸找我谈点事儿。"

江晓钺声音微变，挂断了电话。

我赶紧噼里啪啦地敲论文。

虽然我也很喜欢他黏着我……但我确实有很多事情要做，最近真是感觉精力不够用，有点对不起他。

除了毕业论文，我还有一本小说稿子要交，现在就差个结尾了。

"浅谈金庸小说中的女性人物形象……"是爸爸的声音。

他端着一杯咖啡进来，我虽然没回头，但是听到脚步声，闻到咖啡的香味，就知道是他了。

"你这论文题目挺有意思的啊……写着也挺享受的吧？"

爸爸把咖啡杯放在我桌上："别睡太晚了，熬夜尽量别超过三点。"

我头也不回地点了点头，开玩笑道："爸，要不你替我写点？你不是也挺爱看金庸的吗？"

"我刚玩电脑那会儿，弄了个博客，上面写了一些杂文，说到过金庸，你去看看吧，也许对你会有帮助。"

我爸接过我的鼠标，点开浏览器，输入个网址，点击登录。

我发现这博客的点击率还挺高的，有两万多。

我都不知道，我爸的网名竟然叫"咖菲老猫"……

什么鬼……这真是个让人忍不住扶额的名字啊。

"哎，要不是看你太累了，想帮你，我真不愿意告诉你我的笔名啊。"我爸干咳了声，说，"不知道为什么，有时候，把笔名告诉别人，那种感觉挺奇怪的。"

"是啊！"这句话我太有共鸣了，一拍大腿，回过头去看着我爸，"所以啊，现在我轻易都不告诉别人我的笔名了……原来您也是个隐形网红啊！"

我爸被我说得有些不好意思，嘿嘿一笑："快写吧你，不是还有小说要交吗？都忙完，好好跟江晓钺出去玩玩，你都在家憋了好几天了。"

我看着爸爸，忽然觉得自己其实挺幸福的。

父母开明，对待我就像对朋友一样，现在我身边还有了江晓铖……他们都支持我把爱好当职业，在研究生毕业后做个全职作家。

这样的人生，我还有什么不满足的呢？

这时电话响了起来，我爸识趣地退出书房。

肯定是江晓铖。

"你爸跟你谈什么了呀？"我两只眼睛还盯着电脑显示器，"我论文还差三分之一呢，今晚熬夜写完……明天一起吃晚饭吧？"

电话那端沉默片刻。

"还是别熬夜了。"

我一愣。

那人又说："明天早点起来写，一样的。"

我怔了怔，双手离开键盘，看向桌面上的电话。

是个陌生号码，并不是江晓铖。

这声音……我当然听得出来。从他说第一个字开始，我就知道他是谁。

只是有些难以置信。

"我是安澜。"他顿了顿，见我不说话，又说，"你刚才……认错人了吧？"

我无声地叹了口气。

我曾经设想过，如果安澜再给我打电话，我会是怎样的反应。

在听到他声音的那一刻，我以为我一定会失态的，会将手边的咖啡杯碰翻到地上。

浊水四溅，就像我心中的波澜。

可是我没有。

我竟然只是怔了怔，就恢复正常呼吸了，好像这个人一直与我无关一样。

电话另一端，安澜也不再说话。

深夜静谧，一片汪洋大海般的沉默里，浮起往昔岁月中，一朵又一朵的心事。

"明天有时间吗？"不知道沉默了多久，在我觉得尴尬之前，他说，"我要去巴黎工作了，临走前，想请你吃顿饭。"

我愣住了。

他要去巴黎了？艺术之都，确实很适合他。

我由衷地为安澜开心，但是心头飞快地闪过的这些想法，没必要再让他知道了。

"我赶着交稿，还有毕业论文……走不开。"我必须拒绝。

安澜一时沉默了。

我终究是个心软的人，不愿让他下不来台。

"抱歉了。"我说，"祝你一路顺风。"

很长一段时间，安澜没有再说什么。

但是他也没有说再见。

这通电话……我也有点舍不得挂断，但是我们之间已经无话可说了。

"你还有别的话要对我说吗？"

他的声音渐渐低下去，很轻很轻。

轻得仿佛当年的那些誓言。

"我们之间发生过的一切……我都记得。"安澜不是个反复无常的人，我相信这一刻他说这些话，全都出于真心。

"兰成雪，我想再见你一面。"他的声音轻到不能再轻了，"我没有别的意思，只是想道个别而已。"

听起来，他真的很真诚啊。

可是为何，当初他能找出一万个放弃我的理由，却不肯找出一个理由坚持下去？

这些问题，就不要再想了吧。

他只是不够喜欢我而已。

我并非还喜欢着他，但也并非不想再见到他，毕竟对我来说，他依然是个特别的人。

但是我已经有江晓钺了。

"以后有机会，我请你吃饭。"其实，这是大家都明白的敷衍和客套，"最近真的脱不开身。以后等你回国，我组局给你接风洗尘。"

生疏的人渐渐熟悉起来……很多时候是个美好的过程。

可是，曾经亲密无间的两个人，现在却说着言不由衷的话，又礼貌又疏离，不能不让人觉得时光荒凉。

"那……再见了。"

电话那端，安澜好像轻轻叹了口气，又好像是在浅笑，我心里有点儿难受。

我觉得他根本不该打这通电话。

"再见。"

我正要按断电话，他忽然又说："等一下！"

隔着电波，他的呼吸声清楚地传来："这一次说了再见……就真的再难相见了……你舍得吗？"

"我们一起经历过那么多……你都忘了吗？"

安澜是水瓶座的，不是完全感性也不是完全理性，他总是不按常理出牌。

就像当初他猝不及防地跟我在一起，然后又毫无预兆地离开。就连这通电话，也是完全在我意料之外的。

"我……没有忘。"

我不知道该说什么。

不能如他所愿，也不愿强硬地挂断电话。

"到'陌笙'见个面吧。"

安澜的语气向来随意，很少听起来这样坚定："我等你。不见不散。"

他飞快地挂断了电话。

安澜怎么也来这一套？

我忽然想起秦睿，那天晚上他也是这么约霄霄出去的。

原来霄霄那晚的心情是这样的。

我握着手机，眼前的Word文档像是跳起舞来，晃得我眼晕。

这一切……就像是个梦。

我站起身，钻到书桌底下，翻出压在柜子最深处的那个铁盒子。

那些年关于安澜的日记和心事，我后来又重新看过。

我有一本武侠小说的男主角就是安澜，我跟他之间的点点滴滴，都被我放到了那片不存在的江湖里。

日记本纸质好，并没有发黄，我的钢笔字歪歪扭扭的，上面隐约还有泪痕。

十七岁。

你有那样青涩地爱过一个人吗？

操场上人山人海，可是你总能在第一时间找到他的身影，光是远远看着，就觉得心头发甜。放学之后你偷偷跟着他，反方向地走了很远的路，只是想知道他家住哪里。

你想走他走过的路，你想他回过头来看你一眼。

你很爱他，傻气又大胆，手足无措，情深似海。

十八岁。

你有那样卑微地爱过一个人吗？

他是远近学校的风云人物，在篮球场上光芒万丈，运动会上十项全能，高高瘦瘦的，总是独来独往，漂亮的瞳仁里带着凛冽，即使不发一言也能让你心碎。女生们总是在背地里谈论他，以能跟他说一句话为荣。她们跟你一样喜欢着他，让你既骄傲又灰心。你每天兴致勃勃地上学，寒窗苦读想考第一，渐渐地，都是为了他。你想吸引他的注意，你想让他多看你一眼。

你很爱他，勇敢得近乎偏执，又懦弱得低进尘埃。

十九岁。

你有过想忘记，最后就真的忘记了的人吗？

你曾经那样疯狂地迷恋他，觉得有一天你不再爱他就像失去了所有，心里也空，岁月也空，变得不再是你自己。

他是你的精神支柱，他是你生命的一部分，他是你舍不得放下的人。可是终有一天，你绝望地发现，不知道从什么时候起，你已经开始在忘记他了。

你感到释然，又觉得恐惧……渐渐地真的不再记起，曾经以怎样的心情去爱。

青春岁月里的一切，化为乌有。

二十岁。

当你真正跟他在一起的时候，你觉得这是上天给你的恩赐，你觉得你是世界上最幸福的人，你用尽全身力气去爱，紧紧地想要抓住他。可是有些东西，却像掌心的细沙，攥得越紧，失得越快。

相爱容易相处难，年轻的时候你想不通，为什么有时候太在乎一个人，反而会成为分开的理由。

后来你才明白，感动与同情，永远不是爱情。

十七岁我遇见你。

二十四岁你离开。

生命中最真挚的七年……最无辜的爱情给了最无辜的你。

渐渐地我们都忘了，当初靠近对方的理由。

只是始终，爱而不得。

2.

"你说你爸怎么这么不靠谱啊，大半夜的给你做咖啡喝。"

妈妈的声音从身后传来，我急忙把日记本藏起来，胡乱地往抽屉里一塞。

"不啊，我爸挺好的啊，他知道我困了嘛。"

我急忙分散妈妈的注意力，好在她也没有看我，她的注意力都在那杯咖啡上，她端起来咕噜咕噜喝了几口："手艺还不错，挺好喝的，进口咖啡机没白买。"

我愣了，眨了眨眼睛。

"妈，你不怕晚上睡不着觉啊？"

我妈一愣。可能我身上比较犯二的基因都是从她身上得来的。

"是啊，我喝它干啥？哎，不是怕浪费嘛，这咖啡豆挺贵的。"

我哈哈大笑，心情莫名舒展了许多。

"你干吗呢？不写论文，也不睡觉。"我妈忽然话锋一转，目光也变得深邃起来。

"刚才谁给你打电话了？书房门开着，我听见你支支吾吾的。"妈妈在我身边坐下，她是偏白羊的双鱼座，看起来大大咧咧的，却也有着感性的一面。

"妈……"我顿了顿，还是说了出来，因为我自己真的找不到答案，"安澜约我见面，他要去巴黎了，想跟我道别……"

我有些无助地看着她："我应该去吗？"

"你想去吗？"她端详我片刻，又说，"你想去，但是你觉得不该去。"

我点了点头。

"我是不是不应该这样？我已经有江晓钺了。"

我妈笑了，她的表情那么轻松，云淡风轻的，立刻感染了我。

"这算什么事啊，看把你愁的。这并不是原则性问题。"我妈轻易地给了我答案，"去吧，老同学见面而已啊。何况，安澜也不是一般人。他在我们家住过将近两个月呢，我也曾经把他当成自己家人啊。"

我心头一松。

也许这本来就是我想要的答案。我妈成全了我，又没让我纠结。

我仔细保存了论文，关上文档："那……我要化妆吗？"

"你跟他约的几点啊？"

"没定啊，他说会一直等我，不见不散。"

"化！化久一点……你本来就磨叽。"我妈哼了一声，"让他多等一会儿。安澜那小兔崽子，当年他对你不起。"

说到后面那句，我妈加快了语速，声音也低了下去，转身就端着咖啡杯出去了，我看不到她的表情。

我打开播放器，一边听歌一边洗脸化妆。

"如果你一层一层剥开我的心……"

我放下沾满爽肤水的化妆棉，点了点鼠标，换下一首歌。

不想听这么伤感的歌。

"原来你这样珍惜我，从前在热恋中都未听讲过……"

这旋律太熟悉了，竟然是杨千嬅的《可惜我是水瓶座》。

我又停下在化妆的手，怔了怔，犹豫着要不要关掉播放器。

这时电话铃又响了，正好在我手边，我眼风一扫，心头竟有些沉重。

……是江晓钺打来的。

我调整一下呼吸，接起他的电话。

"宝贝儿，睡没？"他的声音听起来挺高兴的，"我爸喝了点酒，拉着我说个没完，他让我去趟北京，想投资点生意，先跟霄霄家一起开个律师事务所，然后再投几家饭店和奶茶店……"

江晓钺说了很多，可是很快我就听不进去了……我心里有事，我不知道该不该告诉他安澜的事。

"你困了吗？"他顿了顿，问，"你写了一天论文，很累了吧，早点睡吧。"

他声音听起来恋恋不舍，关切又温暖："明天早点起来写，写不完我帮你。晚上我来接你出去吃饭，然后我就飞去北京了。"

"你什么时候回来？"

我终究还是没说安澜的事。也许当人面对难以启齿之事时，总会怀着侥幸心理，本能地选择逃避。

"只要你想我了，我随时可以回来啊。"江晓钺笑了，"怎么，我还没走，你就舍不得我了？"

我心头一紧，一时说不出话来，愧疚的感觉弥漫在胸口，我终究是要去做坏事吧。

"江晓钺……"我又努力了一次，但还是不知道怎么开口，"早点睡吧，晚安。"

"……晚安宝贝。"

我望着镜子里的自己，忽然失去了化妆的兴致，简单涂了层隔离霜，决定就这样出门了。

其实我还化什么妆呢？

安澜又不是没见过我素颜的样子。

3.

那是多年前的一个黄昏。

小区里花木葱茏，夕阳西斜，映得周遭一片浅橘色，浮光掠影中，我跟安澜一起窝在书房里看电影。

男女主角接吻了，我的脸骤然红了。

窗户开着，夏末秋初的风吹在脸上，盘旋之后带走那层热气，又冰凉惬意起来。

安澜看着我，眼眸因为靠近了我而放大起来……

我的心跳得突然加快，一声一声，重若千斤。

那时我根本就不会化妆。

纯素颜的脸在他眼中也许也曾美好过。

我胡乱穿了条牛仔裤和白T恤就出门了，坐在出租车上，刚好路过我跟安澜的母校。

我们毕业之后，校园扩大了，名声也更响了，收割了更多人的青涩年华。

那个下午，安澜吻了我。

他的嘴唇碰触我的瞬间……仿佛时光凝滞……

原来得偿所愿的感觉是这样的。

幸福，就是得到你的梦寐以求。

出租车司机在听广播，放着一首老歌，我不知道这歌的名字，但是人要是矫情起来，听什么歌都像是在说自己。

第一天，驼铃摇走我的爱恋；

第二天，风沙飞来拭我的眼；

第三天，仙人掌啊对我无言；

第四天，海市蜃楼在我面前……

可能我也是年纪大了，这种古老的旋律反而更让我觉得心动。

他离开我的时候，我以为那种痛苦会跟随我一辈子。

可是我终究还是扛过去了。

后来时过境迁，人事全非……记忆里残留的反而都是好的一面。

我呆呆地望着车窗外，脑海中一片空白。有些人就像遥控器，让你灵魂放空，杂念丛生。

"哎，到地方啦。"出租车司机催促道，"快下车吧，前边有人打车呢。"

我这才回过神来，急忙给了钱下车。

陌笙的招牌在夜色里五颜六色地闪烁着，我抬头望去，又是一阵恍惚。

身边穿梭着无数锦衣夜行的俊男美女，我忽然想起那个小缇……想起安澜的来者不拒，以及像我这种人，竟然会在卫生间里与小缇扯头发打架。

我是白羊座，冲动直率，反复无常。我忽然改变主意想走，我不知道该怎样面对安澜。

方才载我来的那辆车就在前面，我追出两步，忽然眼前有人挡住了我的去路，瘦长的身影将我笼罩在其中。

"你这么快就来了。"他扬了扬唇角，"我以为，你起码会让我等到半夜。"

安澜站在我面前，站在五颜六色的光影里，笑容仍是少年。

我忽然有点无措，低头摆弄着手机，假装不在意，又有些语无伦次："明天几点的飞机？今晚你得早点回去吧。"

安澜走近了，身影完全遮住了我眼前的光。

我更加不敢抬头。

他凑近了我的手机问："你在干吗呢？"

"喔，刚才在出租车上听到一首歌，蛮好听的，正在查。"

"你记得旋律吗？"独特的气息扑面而来，"我帮你查。"

我照猫画虎地哼了几句，配合我在搜索引擎里打的歌词，安澜竟然很快露出了然的神色。

"《在沙漠的第七天》。"他歪着头看我，这张脸在夜色里，露出跟当年一模一样的表情，恍惚间，仿佛一切都未曾改变过。

"我也很喜欢这首歌。"

安澜很自然地抓起我的手，往陌笙里面走去。

"来，我唱给你听。"

他那么高。

我们俩的影子拓在地上……那画面，就像我小时候看少女漫画时，代入的我跟他。

曾经的梦寐以求，现在本该形同陌路。

我甩了一下手腕，甩开他的手。

安澜侧头看我一眼，眼底像有流星掠过，光芒消逝，却仍只是笑："想喝什么？百利甜怎么样？"

"喝橙汁吧，我不喝酒。"我再一次拒绝了他。

他应该知道我酒量不好。

意志薄弱的时候，说不定我会说出一些奇怪的话。

陌笙里很热闹，安澜带我在舞台前坐下："你等我一下。"

我点了点头，拿出手机，屏幕上有江晓钺发来的消息。

"睡了吗？"

我犹豫片刻，没有回他。

这时安澜的声音从四面八方聚拢而来，比平时听起来更加磁性。

"这首歌，送给一个我真心喜欢过的人。"他站在小舞台上，收敛了笑容，像昔日一样神色料峭，反而更添魅力。

四周安静下来。

他身后的LED大屏幕上，出现那首歌的名字，《在沙漠的第七天》。

第一天，驼铃摇走我的爱恋；

第二天，风沙飞来拭我的眼；

第三天，仙人掌啊对我无言；

第四天，海市蜃楼在我面前；

第五天，日影晃着他的誓言；

第六天，太阳烧着我的思念；

第七天，我的嘶喊直冲上天……

啊，哪里是我的水源……

安澜的歌声，跟以前一样。

但是他到底是长大了，见过花花世界以后，台风越发逼真……他站在台上看我，也仿佛透过我的眼眸，看到那些逝去的岁月。

我还记得他吻我的那个午后，阳光薄透熏暖，我恍惚以为，他也是那阳光的一部分。

我把心给了他，又怎么样呢？

你走后，绿洲只是一个谎言。

我困在寂寞的沙漠里面，

层层的黄沙翻滚善变的容颜，

我用回忆封锁有你的感觉……

这首歌……应该由我来唱吧。

谈恋爱这种事，曾经有多甜蜜，分手时就会有多痛苦。

当时的那种感觉，我此生只有那么一次，此后再也没有过。

安澜，他夺走了我太多太多珍贵的东西。

有时候我觉得，六七年的时光在我们这一代人身上就像六七个月，呼啸而过，连点像样的痕迹都没留下，回头一看，似乎什么都没有改变。

我正在发怔，缭绕在整个陌笙的音乐却戛然而止。

安澜身后的大屏幕上，忽然出现一张QQ空间的截图。

那是很多年前的界面了，上面有一段好长的英文签名。

"Snow, you came with so much love that my life had never bare, the love that I have been dreaming of. With you, our laughter, happiness, and even sorrow becomes the most precious treasure that I have to devote my life time to cherish. Here I give my whole self to you my dear, I love you. "

安澜站在台上看我，仿佛这一刻，喧嚣的陌笙里只有我一人。

"我收拾行李的时候，忽然觉得，网上这些东西也该整理一下。然后我找到了这个。"

他顿了顿，看着我的眼睛，仿佛想要穿透眼眸看透到心里去："这是那时我写给你的。你总以为我把你当备胎，未曾对你付出过真心……那是不对的。"

我眼眶一酸。我想他一定是疯了。

他为什么忽然说起这些？

我看着QQ空间上的日期。

那应该是我跟安澜最甜蜜的几天。

他走以后，我花了很长时间去思考，要怎样才能忘记伤痛。

过了很久我才想明白，其实不需要刻意去忘记的。

一切顺其自然。

也只能顺其自然。

有一天你忽然醒来，发现虽然伤痛依旧如影随形，可是你已经渐渐习惯了它的存在，变得不再在意。

昨天已是昨天。

你，也还是你。

"那时候我太年轻了，除了被人伤害，就是伤害别人……我根本不知道该怎样长久地去维系一段关系。"

他脸上并无笑意，眼中似有料峭春风，或许我当年最喜欢他的，就是这种凉薄中又不带杀伤力的温柔。

"杜芊芊，我向你道歉。"安澜向我深深地鞠了一躬，他说，"等你准备好了，我们随时可以重新开始。"

四周忽然安静下来。

我耳中嗡的一声，所有声音离我远去。

短暂的沉默之后，有人开始起哄，他们都喝了酒，正好需要地方宣泄，唯恐天下不乱地喊着："答应他！答应他！"

安澜直直地看着我。

他的目光比旧日还深，看不出一丝端倪。其实他不再是个少年，眉宇间多了几许风霜的神色，只是眼角那种凛冽的风情，一如当年。

可是，就算当初他喜欢过我，又能怎么样呢？

最后还不是留我一个人看烟花。

我忽然觉得眼眶好酸。但是我清楚地知道，这一刻我想哭，并不是为了安澜。

而是为了多年前的自己。

以及那些喜忧参半的，一去不复返的前半生。

我不想让他看到我流泪，站起来拿了包想走，一回头，却看见江晓钺怔忡又无辜的眼睛。

万万没想到……我竟然会有今天。

我很少做坏事，偶尔做一次，竟然闹到天下皆知。

在江晓钺身后，我看到了霄霄和秦睿，他们俩也都是满脸震惊。

秦睿脸颊绯红，可是眼神清晰，仿佛看到我，酒都醒了一半。

我忽然不敢再看江晓钺。

但是他离我很近，我不能假装没看见。

我的睫毛颤了颤，看向他的眼睛。

他什么也没说。

但是我知道，我今晚真的伤害到他了。

"芊芊，江晓钺说你睡觉了啊，还说你白天写论文很累，让我不要打扰你，可是你怎么会在这儿啊？"霄霄很快收起一脸惊讶，露出恨铁不成钢的表情，"我们在包厢里喝酒，安澜的歌声传进来，我以为只是巧合，走出来一看，竟然真的是他。"

霄霄叹了口气："其实，是不是他并不重要，因为他的事我们并不关心……重要的是你。"

她的话还没说完，江晓钺已经沉默地转身，往门口走去。

我跟出去两步，又停了下来。

……他什么都没说啊。

如果江晓钺质问我，或许我还有解释的余地。

可是他就这样走了，眼眸里有伤，背影是从未有过的落寞。

我还能再说些什么呢？

第十四章
爱恨无须壮烈

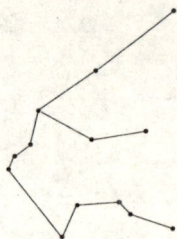

不要迷信情变等于灯灭，

爱恨无须壮烈……

——王菲《情诫》

1.

毕业论文终于写完了。

我开始报复性地写小说，稿子也很快就交了。

骤然闲下来，我竟然觉得有些无助。

安澜应该去巴黎了吧。那天之后，他没再联络过我。

霄霄跟秦睿去北京了，还有江晓钺。

后来霄霄跟我说，那天其实是她硬把江晓钺找出去的，她家里反对她跟秦睿在一起，秦睿为了做出点成绩，打算辞去现在的稳定工作，跟着江晓钺做生意，快点赚钱好娶霄霄。

霄霄说，江晓钺不喜欢秦睿，也懒得管他们的事，他是看在我的面子上才肯出去的，毕竟霄霄是我最好的朋友。

江晓钺也没再联系过我。

而我，也没脸再找他了。

这时，QQ忽然响了，是编辑发来的。

"公司说要给你搞个签售，开始减肥吧。"她打了好长一段笑脸，"宣传费都批下来了，你上本书卖得超级好。"

签售？那种抛头露面的事，我听着就很紧张。

"我还是抓紧写下一本书吧，已经构思得差不多了，回头把大纲给你看看。"

编辑很开心，打了更长的一串笑脸："你这么漂亮又这么高产，今年肯定是公司力捧的当家花旦。嘿，算了算了，告诉你吧，本来想给你个惊喜来着！"

原本她这么夸我，我应该是很开心的。

可是不知道为什么，我却笑不出来。

"什么惊喜啊？"我淡淡地问。

"明天我跟老板一起去找你啊，想跟你签个长约，定金六位数，合同都准备好了！"

"啊……"

我当然是开心的。

可是，难道真是情场失意、职场得意？

江晓钺，他还会再回到我身边吗？

2.

"原来男人的誓言，远比酒与沉香更令人心醉。

只是烟消云散之后，便是无尽的伤痛与留恋。"

我刚到学校，就有人对着我指指点点，几个看起来挺小的低年级同学还拿着我的书，大声念出上面的话，然后哈哈大笑。

我有些诧异。

"你们……干吗呀？"我有些尴尬地笑了笑，还以为他们是在跟我闹着玩，故意岔开话题，"系主任来了吗？不是说今天讲毕业答辩的事吗？"

"你还有脸见系主任？"平时跟我关系不太好的某个女生上前一步，鄙夷地看我一眼，"系主任多向着你啊，说你是美女作家，我呸！"

我愣住了。

"原来你抢别人男朋友，做小三，抄袭，还堕过胎！"那女生恶狠狠地说，"我们怎么会跟你这样的人做同学？"

我完全蒙了，她到底在说什么啊？

一个平时跟我关系还不错的女生看不过去，走过来把她拉走，看着我片刻，欲言又止："要不，芊芊，你今天还是先回家去吧。"

"发生什么事了？"我上前一步，握住她的手腕，我当时的神色应该很无助吧，"你告诉我，好不好？"

那女生不忍心，递给我一张传单说："这个……你看看吧。"

我把这张纸捏在手里后才反应过来，校门口满地都是这种传单，我还以为是小广告，一眼都没看。

"杜芊芊，笔名兰成雪，生性淫贱，擅抢别人男友……"

这传单还真是花了心思，竟然用仿古的语气绘声绘色地说我如何抢了别人的男朋友，还在某年某月去本市某个医院堕胎，上面竟然还印着手术单……

要不是我知道自己真的没做过，看了这些，几乎都要信以为真了。

传单背面是我的小说，旁边竟然印着我爸爸的博客文章，旁边仔细列举了我小说中厚重的情节，说我一个小姑娘不可能有那种知识结构，说我的书是我爸代笔的。

我觉得胸口有点上不来气儿，简直气得想笑："这传单哪儿来的？这人为了黑我，也是下了不少功夫！"

那女同学说："说来也奇怪，好像就一个早晨的事，整个校园里处处都有这个传单了，还有校园论坛、百度贴吧……甚至学生会成员的邮箱里都收到了电子版。"

我心乱如麻，在脑子里搜索着可能做这事的人，却毫无头绪。

这时研究生班的班长推门进来，看我的目光也十分复杂："杜芊芊，系主任叫你去他办公室一趟。"

3.

这栋教学楼有四十多年历史了，不知道为什么总是十分阴冷，即便是夏天，穿堂风吹过，走廊里竟有寒意。系主任办公室在尽头，我平时总去。

系主任是个五十出头的大叔，不胖，但是有点儿谢顶，学中文出身的。他曾当众说过喜欢看我的书，所以这几年，但凡系里评三好学生什么的，每次都会有我。

可是今天，系主任板着脸对我，两个眼镜片都绽着寒光。

我心里有点害怕，但还是走到他面前。

还未等我说什么，系主任已经把一叠纸摔在了桌面上，像雪花似的四散开去。

"杜芊芊，我看错了你！"

他眼中几乎喷出怒火，这神情绝对是发自内心的，受伤又愤懑："我把你当成咱们系的骄傲到处说，可是你竟然抄论文？"

系主任指了指面前那叠打印纸："以你的能力，写一篇论文有什么难的？你竟然到处抄！还要不要脸了？"

已经很多年没人对我说这么重的话了。

"老师，我真的没有抄论文……"我也不知道该说什么，只觉得这句话十分脆弱，形同狡辩，可是我还能说什么？

"……您相信我，好吗？"我心里堵得慌，这一切来得太突然了。可是不知道为什么，我并没有想要哭泣的欲望……胸口像被什么压住了，我喘不过气来，但是我必须撑下去。

系主任顿了顿，语气好像有些不确定了，但还是很生气："你自己看看标红的地方，都是软件检索出来的抄袭……还有关于你的传单，突然弄得满学校都是，影响非常不好。"

他顿了顿，又说："我本来是向着你的，觉得你人红是非多，可能是得罪了什么人，可是论文总是你自己的错吧？你怎么会做出这种事呢？"

我已经不想辩解，但是我又不得不解释。

"这篇论文，是我一个字一个字敲出来的……怎么可能是抄袭的……"

我拿起那叠纸，扫了一眼就愣住了，话都没说完，手指就开始轻微颤抖。

"这……这并不是我写的论文啊……"

我忽然觉得脊背发凉，这到底是怎么回事？就算是有人要黑我，又怎么能够手眼通天？

"你邮箱发来的，还能有错？"

系主任的神色又不耐烦起来："你先出去吧，自己好好反省一下！我简直是丢尽了脸面！这件事不会就这么算了！"

我没再说什么，手都在发抖，草草捡起那叠论文，连句客套话都没再说，就转身走出了房门。

真的好可怕啊。

我捧着那叠纸跑到洗手间，关上房门仔细看了一下，这根本就不是我写的那篇论文！

怎么可能是用我的邮箱发的？

前方还有什么事在等着我？

到底是谁……要这么害我？

4.

我整理好心情才回家的。

这些事，我不想让父母知道。

虽然我也不知道该怎样解决。

黄昏时分，妈妈正在做晚饭，看见我，笑吟吟地说："给你爸打个电话去，我今天做了鱼汤，让他早点回来。"

我机械地点了点头，佯装若无其事地给我爸打电话，没有人接。

他耳朵不好使，经常接不到电话，我也没觉得有什么："妈，我爸没接电话，那我先去忙一会儿，等他回来一起吃吧。"

我妈正在厨房忙碌，倒油进锅里，嘶嘶响着，将我的声音淹没。

这样的烟火气，竟然治愈了我。毕竟我还有家，还有个可以躲避的港湾。

我回到书房，坐在我惯常坐的电脑椅上，把整件事情想了一遍。

"哎，你不是说干活儿吗，怎么光坐着？"我妈端了一盘水果进来，"你爸还不知道几点回来呢，你饿了吧？先吃点水果。"

妈妈顺手按开电脑说："我想买个新围裙，你上网给我看看，有没有好看点儿的……"

脑海中有个念头闪过，我飞快地从椅子上跳起来，拔掉主机线，想了想，还是觉得害怕，又关掉了路由器。

这台电脑上有我的论文、我的邮箱，以及我爸爸的博客网址。

一定是有人黑进了这台电脑。

我妈不解地看着我："你抽风啦？拆电脑干吗啊？"

我不知道该怎样解释："这台电脑进病毒了，您千万别再用它了。"

"喔，那买台新的吧。"我妈大大咧咧地说，"进病毒的，扔了就没事了吧？难道这玩意儿还能传染吗？"

我妈还挺有幽默感的，我轻笑一声，刚想说什么，这时她的手机叮铃一声响了。

她拿起手机看了一眼，表情立刻变了。

"你把电脑打开，我现在要用。"

我妈整张脸都僵了，神色严肃起来："你是不是知道什么了？在给你爸打掩护？"

我一愣，完全不知道她在说什么，却有更不好的预感袭来："妈，您说什么呢？这电脑真的进病毒了，我可能是得罪了什么人……"

我妈完全不听我在说什么，手脚麻利地连好电脑，按下开关。

"妈，你怎么了……"

我心里又恐慌起来。

我妈完全不看我，坐在椅子上点开浏览器，噼里啪啦地打了几个字。

很快就出来了很多新闻网页，日期都是今天。

"大学教授与医院院长开房被拍，同学会成婚外恋温床……"

这新闻前面有个监视器截图，背影是一对中年男女的背影。

我妈脸色煞白，点开了大图。

看到那张图，我的心凉了半截。

"妈，这……"

现在这感觉，已经不是有什么压住我胸口了，而是我的心不断地下沉，下沉……仿佛坠入了无底的深渊。

"是你爸，新闻上就差指名道姓了。"我妈声音都变了，"要不是我同事告诉我……我还被蒙在鼓里。"

"妈，这事很蹊跷……有人在整我，可能不关爸爸的事……"

我浑身发冷，整个人前胸贴后背地冒凉风："您冷静点。我今天在学校也发生了很多事……"

"我认识这女的。"我妈完全没听我在说什么，"她是你爸的中学同学，你奶奶去年住院，还是找她给弄的病房……"

"妈……"

她忽然站起来，把电脑桌上的所有东西都拂落到地上。鼠标、键盘和显示器都被摔得七零八落的，妈妈极力克制着，对我说："你先出去吧。一会儿你爸回来，有些话我想单独跟他说。"

我的眼泪唰一下就落了下来。

"妈，是我的错，是我得罪人了……"

"别说了。你先出去吧。"我妈的暴脾气我是知道的，她此刻真的是在极力克制，"听话，别让我说第二遍。"

我沉默地拔掉主机电源，我害怕再有什么信息泄露出去。

妈妈眼眶红了，耐着性子催促我："你出去吧，快点儿。"

我知道，妈妈是不想让我看到她跟爸爸吵架。

我希望她冷静，不过看到那样的照片，又有哪个女人能冷静？

这一切……是我的错吗？到底发生了什么，为什么我的世界忽然就全部塌了？

我走到门口，用袖子抹了把眼泪，深吸一口气，这才迈出门去。

毕竟天还没黑，走在小区里还会碰到邻居。

如果邻居跟我打招呼的话……

我希望我还笑得出来。

5.

网吧里烟味儿很大。

我不玩游戏，习惯了在家上网，被呛得不断咳嗽。

可是今晚我除了这个地方，竟然无处可去。

我仔细检查了发件箱，发现我发过去的论文，竟然真的被替换了。

我现在真是百口莫辩。存在草稿箱里的，我写的那篇论文也被删除了，不过台式机里应该还有原稿。

身边的人不是在打游戏就是在看电影，网吧里乌烟瘴气的，我坐在这里，有些格格不入。

我脑子里一团糟，也不知道爸爸现在回了家没有，跟妈妈谈得怎么样了。

这时QQ响了，是编辑。

"雪，在吗？"

我的责编是个女生，跟我年纪差不多。我出道早，当初已经小有名气的时候，主编把她指派给了我。我俩是同龄人，很快熟络起来，不但是工作搭档，也早就是朋友了。

"这几天你别上网了。贴吧、QQ空间什么的，都别去。"编辑这一次没打表情，语气挺严肃的，"人红是非多，我相信你。无论发生什么，你别往心里去。"

她这样一说，我马上打开微博和贴吧，怎么能忍住不看？

没经历过今天，我根本就不知道什么叫骂声一片。

我在学校里看到的传单也被发到我的贴吧里，评论全是组团骂我的。爸爸的事也被扒出来，那些话……不堪入目。

我眼前一黑，一阵眩晕袭来，胸口咚咚直跳，像被一块大石头压住了。

编辑又说："老板说了，这几天先不过去找你了，避一避风头再说……签长约的事，可能要先放一放。"

这是意料中的事，我也不太难过。只是往昔那些支持我的读者，现在竟然会对我说出这么难听的话……这才是最让我难过的事情。

"别难过，这种误会，一两个月就过去了。"编辑安慰我说，"老板说你的新书要先放一放，但我还是会偷偷继续推进的，等风头过去，马上就给你出版上市。"

"谢谢你，晚安。"我用很正常的语气说。

我关了QQ，关了电脑，离开雾气缭绕的网吧，随便跳上一辆在街边停下来的公交车。

其实我也不想回家。

我知道爸爸妈妈也不想让我看到他们的另一面。而我，此时此刻，也只想找个没有人的地方，一个人待会儿。

可以哭，也可以不哭，那都不重要。

重要的是，我需要时间来面对伤痛。

公交车上没什么人，我也没有那么红，红到妇孺皆知，在大街上会被认出来。所以这一刻，没有人来打扰我。

我心里忽然生出一个古怪的念头。

跟失恋比起来……现在的心情，哪个算更痛？

其实我只失过一次恋，就是跟安澜。

就算他现在已经完全走出我的人生，可是我们之间的过去，已经成为我人生的一部分。

我曾经真的好喜欢他，那份感情甚至感动了我自己。

我自以为，我会比世界上任何一个人都珍惜他，死死地抓住他，一辈子不放手。

可是，原来感情这件事，一厢情愿是不够的。

也不是所有的痴心与决心，都能换来情深似海。

还有江晓铖。

我忽然很庆幸，他在这一切发生之前离开了我。

不然我会觉得好难堪。

这也算是不幸中的万幸了吧。

公交车通往浑南，我跳下车，一路走到河边。

上一个手机就是在这附近掉进水里的，然后江晓铖就从马尔代夫飞了回来，因为他担心我。

晚上很凉快，河边人来人往，我找个石阶坐下，又冷又硬，可是竟也不觉得难受。

从小到大，说起来我一直都很顺的……所以现在，我第一次不知道该如何面对明天。

论文抄袭、小说代笔、父亲跟老同学开房被拍……对方是个医院院长，两个都是有头有脸的人，这件事势必闹得满城风雨。

现在最重要的反而不是我的事。

我妈遇到原则性问题脾气很大，我有点担心他们，又不敢回家。

难道要在这里坐一夜吗？

其实，在这里坐一夜，也比面对现实来得容易。

河边风大，我忽然觉得有些冷，这才意识到自己已经一整天没吃东西了。

不过谁遇到这么多事，还能有胃口吃东西那也真是心大。

忽然身边传来一阵食物的香气……好像是我最喜欢的香草咖啡，混合了烤串的味道。

我侧过头。

以为自己是在做梦。

江晓钺并没有看我，只是把咖啡从袋子里拿出来，放在石阶上。

"你最喜欢的香草拿铁。"他淡淡地说道，"趁热喝吧。你冷吗？"

我都不知道他什么时候来的，一时只是呆呆地看着他。

江晓钺依然没看我，只是脱下了外套，披在我肩膀上。

"还买了烤串、板筋、鸡皮，都是你爱吃的。"他又低头摆弄着，塑料袋发出窸窸窣窣的声音，更衬得夜色寂静。

他又说："这儿还有瓶矿泉水。管够喝，后备厢里还有很多。"

我怔怔地看着江晓钺，忽然间眼眶一酸。

无声的委屈……像源源不断的山泉，冰凉地从胸口涌了出来。

他什么也没问。

我也什么都没说。

可是这一刻，看到他，我忽然好委屈。

我低下头，拿了一根烤串，假装在吃。

泪花落在脚边，渗透进石阶，在夜色里半点儿痕迹也没留下。

"好吃吗？"他问，"还有饭后甜点，有你最喜欢的芝士蛋糕。"

我看着地面，点了点头，一串泪水摇晃下来。

"谢谢。"我轻声说。

谢谢你什么都不问，我也什么都不必说。

但是我知道，他一定什么都知道了。

我觉得很丢脸，可是同时，又觉得如释重负。

江晓钺伸手揽住我，把我抱紧在怀中。

……好暖，让人觉得好安全。

我靠着他的肩膀，泪如雨下，心头委屈极了。

"我好累。"我抽了抽鼻子，眼眶温热，心中说不出的酸楚如水中涟漪一般荡漾开去，"我不知道该怎么办。"

眼泪鼻涕一起流下来，根本止不住，索性全蹭到江晓钺的衣服上，我抱得他越发紧了，无声地落泪。

他轻轻拍着我的背。

"都是小事，很快就会过去。"他今天穿了件休闲衬衫，用袖子给我擦了擦鼻涕，"你把护照号给我，我带你去日本玩。你不是一直想去冲绳吗？我们明天一早就走。"

我一怔，正在眨眼睛，他忽然探过头来，轻轻吻了吻我的额头。

"这边的事情我来处理。等你回来，一切都会好起来的。"他衬衫的衣料上沾染了夜色的凉意，我的脸贴在上面十分舒服，"宝贝儿，相信我。"

我心头一热，一串泪水又落了下来。可是这泪，又与方才不同。

他还叫我宝贝儿。他原谅我了？

"江晓钺，我……"

他低头吻住我嘴唇。

……好长时间，直到他呼吸急促起来，才肯将我放开。

"过去的事我们不提了。"他像是在哄小孩子，轻声软语，将我视若珍宝。

"我不会再离开你了，杜芊芊。我以后会保护你。"

第十五章
一面笑得天真无邪，一面看破一切

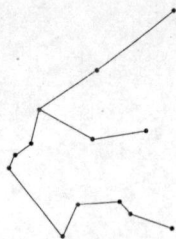

分裂，分裂，

一面笑得天真无邪，

一面看破一切……

——王菲《分裂》

1.

江晓钺的车像往常一样温暖舒适。

我看着他的侧脸，整个人的精神状态也一点一点恢复正常。

"我可能拿不到毕业证了。"我说，"研究生三年白念了。"

我终于发自内心地说出了我的恐惧："爸爸妈妈会离婚吗？我爸是知识分子，他那么要面子……"

我是真的在害怕，对这些事情的惊恐程度，没有语言可以描述。

"还有我的读者……他们为什么不相信我？我写东西那么细腻，怎么可能是我爸代笔的？为什么他们会这么容易就被其他人改变？"

江晓钺单手握着方向盘，右手握住我的手说："你只要记住，你并没有做错什么。是有人故意害你。"

"……是谁？"

我也知道，这一切接二连三的事情，不可能是巧合。

"是齐峰的前女友做的。"江晓钺好像不太想提起这个名字，

240

"听说齐峰还是跟她分手了，去北京投奔他姐去了。"

我一愣。齐峰……齐雯绮。这两个名字，这样陌生，又这样熟悉。

"那女孩其实我家里也认识，但不太熟，家里背景很深，听说她从小就特别喜欢齐峰。家里也是被她闹得没办法，才接受了那小子。"

江晓钺停下车子等红灯，趁这会儿伸手到后座帮我拿了瓶水，拧开盖子，递给我："她应该是把所有痛苦都算在你头上了，出手才这么狠。"

我没再说什么，今天对我来说太长了，我脑子已经不够用。

车子很快在我家楼下停下。

"我陪你一起上去，还是……"江晓钺试探着看我，"还是我在楼下等你？你取了护照就下来吧。别的东西我给你买新的。"

我犹豫片刻，还是决定自己上楼。

2.

家里并没有很乱。

跟我想的不一样。

他们甚至没有吵架，但这安静反而让我觉得恐慌。

我把钥匙放在茶几上，刻意发出声音，想惊动他们让他们知道我回来了，然后试探着往里面走。

出乎我意料的是，爸爸妈妈正坐在客厅看电视，好像什么都没发生过。

这太反常了，我反而心里没底。

"爸……"我想说什么，却又觉得说什么都不对，"我回来了。"

我用问询的表情看向妈妈，可是她并没有看我，只是握着遥控器，眼睛盯着电视机。

"芊芊……"我爸大概也觉得难以启齿，终究没能说下去，"总之，事情不是像你想的那样。"

"但是，我们还是决定要离婚了。"妈妈的眼神还是没有离开电视，"但这是我跟他之间的事，与你无关。"

爸爸一愣。

我也如遭雷击。

过了好一会儿，我才能挪动脚步，艰难地走到妈妈身边去。

"妈……你别开玩笑了……你别吓我啊。"

"这事跟你没关系。"我妈把遥控器放在茶几上，腾出手来拉着我，"对我而言，跟你爸在一起是一种习惯。我习惯生活中有他，他习惯生活中有我……拥有的时候不觉得怎样，一旦失去了，可能打击也挺大的。"

我的泪水不知不觉地又落下来，我紧紧攥着妈妈的手腕："您别这样说……我会自责死的。这些事都是因我而起，我不该去招惹齐峰，我知道错了……我自己怎样都没关系，但是我不能接受自己的错殃及你们……妈，别说气话，好不好？"

我妈看着我，眉宇间闪过一丝慈爱，伸手抚了抚我的眉心。

"如果事情都是因你而起，那也挺好的。"她声音柔和了许多，"不管你爸怎么解释，我都有我自己的直觉和判断，他说服不了我。"

"妈……"

妈妈双手握住我的肩膀："芊芊，你是成年人了，要懂得尊重父母的决定，知道吗？同样，我们也会尊重你的决定。"

她说完，侧头看向爸爸："我想我们还是分开一段时间，先不要在一起了，但这并不表示，我们这个家散了。"

我看一眼爸爸，他一脸无措，但他什么也没有说。

我忽然不想去想，他跟那个阿姨之间究竟是不是完全清白的……

……我克制着自己想要责怪他的冲动。

因为我觉得我妈妈说得对。我是成年人了，我要懂得尊重父母的决定。

虽然我们是一家人，但我们首先是独立的个体。

"我们永远都是你的父母。"妈妈看一眼爸爸，又看向我，"不要急，也不要哭，时间会替我们解决这些问题。"

这一刻，我清晰地看到，爸爸眼眶涌出一串眼泪，但是他很快就别过头去。

其实，这真是个有趣的巧合。

我爸爸是水瓶座的。

安澜也是。

还有江晓钺的初恋薛菲。

我们都喜欢过水瓶座。

但这并不代表，我们一生都要被他们所困。

3.

我拿着护照下楼的时候，脸上已经没有泪水。

江晓钺正在摆弄手机，看见我从楼道出来，下来帮我开车门，他露出笑容，故意逗我开心。

"我给你买了游泳衣、防晒霜、人字拖和化妆品……酒店我已经订好了，就在海边……"

"我们以后再去吧。"我当然还是感激他的，也想像个鸵鸟一样不管不顾，可是有些事我必须学会自己面对。

每一个经历过初恋失败撕心裂肺的人，都应该明白，爱情应该是锦上添花的东西，在任何情况下，都不该作为救命稻草。

就算他再强大，我也不该把重量压在另一个人身上。

那样对他也不公平。

"研究生群里说明天答辩。毕业论文的事，我还是要去解决。"

我把护照递给江晓钺，笑着逗他："护照给你，先放你那儿吧。等这件事过去了，你就带我去冲绳，要安排好哦，不许反悔！"

这个时候我还能撒娇，其实我内心也挺强大的。

江晓钺怔了怔，伸出手来揉了揉我的头。

"那你早点睡，明天一早我来接你，陪你一起去学校。其实你可以把一切都扔给我，我会替你处理好的。"

我用力点头，抱住他的脖子，在他怀里蹭了蹭："我知道你可以。可是有你了，我也什么都不怕，所以我可以自己解决的。"

他又怔了怔，笑容舒展开来："听你的。"

4.

当我出现在会议室的时候，所有人都很惊讶。

曾经，我确实是系主任的骄傲，是他在大大小小场合里的谈资。他培养出一个有市场号召力的作家，这件事让他十分自豪。

可是现在……过去有多光荣，现在就有多难堪和负累。

可是我问心无愧。

很多看不惯我的女生，都在等着看我笑话。

我走进会议室，清楚地感觉到被人指指点点是什么感觉。

"她怎么还有脸来啊？"

"看系主任一会儿怎么收拾她吧，当老师的最要面子了！"

"早就知道这个杜芊芊不是好东西，那叫上梁不正下梁歪，抄论文的人，能自己写出来那么多小说吗？"

我只当没听到，找了个空位坐下。

江晓钺怕我没精神，方才去买咖啡了，现在才拎着星巴克的咖啡进来。

"哟，又换了个男的……真有两下了！"

"我听说啊，她拿不到研究生毕业证了，因为这事儿闹得太大了！"

"啊？那她以后怎么办啊？三年不就白念了？毕业找不到工作，作家也当不成了，可怎么办啊……"

"哈哈，那就不是我们应该操心的事儿了……"

这语气事不关己也就罢了，还明显在幸灾乐祸。

我冷笑，原来我人缘竟然这么差。当初她们要我帮亲戚朋友签名的时候，态度可不是这样的。

会议室里很快坐满了人。

系主任坐到正中央的位置上，旁边还有两个别的学校来的访问学者，帮着一起验收答辩的。

系主任看见我，明显吃了一惊，但很快神色中又浮起愤怒。

"杜芊芊，你来干什么？没人通知你吗，院里决定没收你的毕业证，因为你的所作所为，给我们院，甚至给整个学校，都带来了极坏的影响！"

一时之间，所有人都看向我。

包括江晓钺。

我深吸一口气，刚要说什么，这时江晓钺却站起来，抢先开口。

"其实，没有毕业证也无所谓啊。"他一脸云淡风轻的神色，"你根本也不需要工作。"

他从兜里掏出几串钥匙，很高调地抛给我："跟我在一起吧。房子、车，我都准备好了，写的都是你的名字，你护照不是在我这儿吗？哈哈，我很狡猾吧！"

他演这一出，我还真是始料未及。

"我还给你准备了一家咖啡店，就在我们新房附近，是小区的底商。如果你愿意，就作为老板娘偶尔去视察一下，如果不愿意，我就交给别人打理，反正都随你。"

江晓钺挑衅似的看一眼系主任："没有毕业证也没关系啊，这三年你是来修身养性的，那一张纸有没有，根本无关紧要。"

……所有人看着我的目光从含义纷繁，似乎又转为了艳羡。

我朝江晓钺笑笑，我真的好感激他。

霄霄跟秦睿一起在北京打拼，自己的事焦头烂额的，但昨晚也陪我聊了很多，其实她家里也很复杂，但是我们都学会了尊重父母。

他们的人生属于他们自己，本来就不该让他们为我们牺牲。其实离婚这件事，并没有想象中严重。

只要他们能对自己的选择负责，遵从了自己的心，我们就应该支持他们的决定。

我拍了拍江晓钺的肩膀，示意他坐下。

他很听我的，回应似的握了握我的手。

"老师，在事情没弄清楚之前，学校无权不给我毕业证。"我恭敬又真诚地看着他，"我知道，我的事在网上传得沸沸扬扬，大家莫衷一是，一时也查不清楚。但是，在这种情况下，你们更应该相信自己的学生不是吗？"

我从书包里拿出一叠打印资料，走上前去，放到系主任面前。

"我的电脑被人黑了，替换成了另外一篇拼凑出来的论文，但是我的原稿还在。这是我写这篇论文的提纲和资料，光是准备工作就花了半个月，在内容上您可以随便提问我。只要您看了我的论文，就会知道，这篇文章是我用心写的，不可能一蹴而就。"

系主任似乎没想到我会这么说，他愣了一会儿，蹙了蹙眉头。

"你的事儿回头再说吧。"这是校领导惯常处理事情的方法，"答辩开始，别耽误别人的时间。"

"不行。"我坚持道，"这件事请您马上给我个说法。老师，我是您的学生，您不是应该最了解我的为人吗？"

我心里知道，如果这事放到事后处理，没有这么多人看着，想再翻案就难了。可是系主任在气头上，似乎也不会如我所愿。

但我内心是很坚定的。

如果他还是抗拒，我只有据理力争，继续坚持。

"我有证据，证明杜芊芊是无辜的。"

这个声音……我愣住了。

齐峰从人群中站了出来。

许久不见，他好像更瘦了。

他举了举手中的电话："这件事因我而起，来龙去脉我都已经做成图文并茂的帖子，发到各位邮箱里了。"

他侧过头来看我。

不过隔着几行椅子，却好像隔着千山万水。

"是我前女友，因为恨我，迁怒于杜芊芊的。"他眼眸漆黑，一如初见我的样子，完全不像一个比我小的男孩儿，"我喜欢她，是我追她的，她不知道我有女朋友，事实上我跟前女友也很快就分手了。"

他眼风不经意地扫过我身边的江晓钺，失落的神色一闪而过："对不起，杜芊芊，给你添麻烦了，也许我真的不该再遇见你。"

我的计划又被打乱了，一时间只能怔怔地站在原地。

"事情因我而起，我会帮你证明一切。"

齐峰深深地看着我，眼眸中似有千言万语。

已经有人用手机读了他的邮件，议论纷纷。

"哇，他也很拼啊，竟然把自己的出身、隐私都曝了出来……还有身份证照片呢，有图有真相啊！这男的为了杜芊芊也真是豁得出去！"

齐峰跟齐雯绮，最介意的不就是自己的出身吗？

可是他竟然为了我，把他内心深处最在意的伤疤，剖开了给人看。

"我不需要你为我做这些……我可以自己解决这些问题。"

可能在我眼中，齐峰仍然是多年前那个无助的小男孩。我看向坐在会议室中央的系主任："老师，我们的校训是明德笃行，难道因为你生我气，就可以是非不分吗？属于我的，无论如何我也要拿到；不属于我的，我也绝不会有半点儿觊觎之心。"

齐峰遥遥地看着我，眼睛竟然红了。

我转身走出会议室。

不管结局如何……我做了我应该做的事，这就够了。

因为我的心是坚定的，所以也不再害怕。

因为我并没有做错什么。

我一口气走到教学楼外面，明媚的阳光照在身上，我突然觉得有些感动。江晓钺还没有跟出来，我却收到了齐峰的短信。

"杜芊芊，我真的很喜欢你保护我的感觉。可惜，此生再没有重来一次的机会了。"

尾声

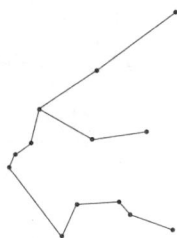

2017年，上海书展。

铺天盖地的横幅上写着，古风女作家兰成雪转型之作——《谁没爱过水瓶座》。

这本书在连载的时候人气就很高，所以签售现场十分火热，我已经去补了好几次妆，还是签名签到手抖，满头是汗。

但是，我是真心地，感谢每一个看我小说的人。是他们给了我取之不尽用之不竭的勇气，以及崭新丰满的人生意义。

忽然，我隐约在人群中看到一个熟悉的身影。

侧脸一闪而过，却似有料峭春风。

是……安澜吗？

我定睛再看过去，那人已经在人海中消失不见。

心头涟漪只有一秒，我已经低头签下一本。

时过境迁，重要的唯有当下。

研究生毕业证我当然拿到了，并且很狡猾地收下了江晓铖赠送的咖啡店，当成我写稿的据点。

但是不要所有权。如果我们分手，我会把一切都还给他。

每当我说起这些，江晓铖就会表示抗议。是的，他现在就在我身边。

可是下半生还那么长。

我没想过要放弃努力。

我会一直保持斗志……因为人生没有一劳永逸。

爱情这件事里，也并没有理所当然和天长地久。

就算孑然一身，仍然可以让生活既温暖又甜蜜。

遇到心动的人，仍然可以大胆去爱，奋不顾身。

也许，对一个女孩子来说……

这才是世界上最勇敢的事情。

图书在版编目（CIP）数据

谁没爱过水瓶座 / 杨千紫著. -- 南京 ： 江苏凤凰
文艺出版社，2017.11
ISBN 978-7-5594-1102-0

Ⅰ．①谁… Ⅱ．①杨… Ⅲ．①言情小说－中国－当代
Ⅳ．①I247.5

中国版本图书馆CIP数据核字(2017)第219695号

书　　　名　谁没爱过水瓶座
作　　　者　杨千紫
出 版 统 筹　黄小初　沈泠颖
选 题 策 划　北京记忆坊文化
责 任 编 辑　姚　丽
特 约 策 划　虾　球
特 约 编 辑　虾　球　单诗杰
责 任 监 制　刘　巍　江伟明
封 面 绘 图　三　乖
封 面 设 计　80零·小贾
版 式 设 计　段文婷
出 版 发 行　江苏凤凰文艺出版社
出版社地址　南京市中央路165号，邮编：210009
出版社网址　http://www.jswenyi.com
印　　　刷　三河市祥达印刷包装有限公司
开　　　本　880毫米×1230毫米　1/32
字　　　数　219千字
印　　　张　8
版　　　次　2017年11月第1版，2017年11月第1次印刷
标 准 书 号　ISBN 978-7-5594-1102-0
定　　　价　32.00元

影视版权抢订热线　　　010-57194853
江苏凤凰文艺版图书凡印刷、装订错误可随时向承印厂调换